丽香斋

著子红　著

团结出版社

图书在版编目（CIP）数据

丽香斋 / 著子红著 . -- 北京：团结出版社，

2023.9

ISBN 978-7-5234-0307-5

Ⅰ.①丽… Ⅱ.①著… Ⅲ.①长篇小说－中国－当代

Ⅳ.①I247.5

中国国家版本馆 CIP 数据核字 (2023) 第 137573 号

出　版：团结出版社

(北京市东城区东皇城根南街 84 号　邮编：100006)

电　话：（010）65228880　65244790

网　址：http://www.tjpress.com

E-mail：65244790@163.com

经　销：全国新华书店

印　装：山东讯立达文化传媒有限公司

开　本：170mm×240mm　16 开

印　张：17.75

字　数：271 千字

版　次：2023 年 9 月　第 1 版

印　次：2023 年 9 月　第 1 次印刷

书　号：978-7-5234-0307-5

定　价：58.00 元

目 录

第一章 "丽香斋"的宝号

窗口黑黢黢的。

方卉瞪着那扇黑黢黢的窗，往事似毒蛇紧紧缠绕着她，透不过气来。身下的床硬邦邦的，一个晚上了，被窝还是冰凉的，她瑟缩起身子，心内绝望地想：我是个不幸的人，一个不幸的女人。

有人说，你不能选择命运，但你可以与命运抗争。可如果你既不能选择命运，又不能与命运抗争呢？豆蔻年华的方卉从来没有想过这个问题，爸爸、妈妈、两个弟弟，一家五口，过着看似平静的日子。如果没有那个女人，如果不是她的出现，方卉的命运也许会和同龄的女孩儿一样，上学、工作、结婚、生子，那个暴雨的午后摧毁了一切，家、平静、幸福和前途。

暴怒的父亲指着母亲吼道："今天这婚，你离也得离，不离也得离！"

方卉、两个弟弟还有照顾小弟的姑姑躲在里屋。外边的争吵在继续，方卉拉着两个弟弟冲出来，她带着弟弟跪在父亲面前，哭求道："爸，不要走，都是我不好，您打我，骂我，不要离开我们，求您了！"父亲的脸有些狰狞，他咬牙切齿地说："你这个邪恶的东西！"方卉怔住，弟弟们哇哇大哭。母亲上前拉起三个孩子，她逼视着父亲，冷静而坚定地说："请在孩子们面前留一点尊严吧，他们将来会长大的。为了离开找借口，卑鄙无耻。不就是离婚吗？你用这个理由要挟了我十几年，我为了孩子忍到现在，好，离婚，我同意！"父亲在母亲愤怒的目光里显出胆怯，他的脸有些扭曲。

远处站着的女人脸上现出冷笑和得意。方卉知道，这一切的灾难都源于这个女人，她不顾一切地冲到女人面前，跪在地上乞求道："阿姨，你行行好，放过我爸吧，我们不能没有爸爸，我弟弟还小，我妈有病，求求你，不要拆散我们的家……"

女人盯着方卉，眼珠子都要凸出来，"这都是你做的孽！"冷酷而恶毒的语言，方卉怔怔地望着女人，她不明白那话的意思，女人轻蔑地哼了声，转身离开，方卉一把抓住女人的手腕，"求求你了"。女人扬手却甩不脱，方卉的手插进了女人手腕上戴的乌银镯子里，她的手硌得生疼，她看清了——那上边镶着蓝宝石，两边雕刻着龙凤的图案。父亲走上来，用力扯开方卉的手，与女人扬长而去。

往事的片段反复跳跃在方卉的脑海里。一切无可解释，却又无可避免地发生了。过往就如结痂的伤口，揭开，只为重温那血淋淋的痛苦。

"我已经 36 岁，妈妈走了 18 年了。"方卉默默念想，第一次认真审视自己的年龄，她的心便恐慌得有些颤抖，眼泪涌出，洇入早已湿透的枕巾。

18 年的光阴似乎只是眨眼间，可又曾是多么艰难和漫长啊！一个 18 岁的姑娘在无尽的操劳中消磨掉了青春的光彩，这惨痛的代价全都是为了那个残缺不全的家庭的幸福。可现在，她竭力维护的那个家就要分崩离析。失望和悲哀的情绪冲撞在方卉的心头，像一股强大而狂烈的巨浪撞击着行将坍塌的堤坝，但她竭力忍着，理性告诉她别无选择。

"当年，你根本就没有打电话，你骗了妈妈……你只是姐姐，没有权力决定我的命运。"大弟的话如惊雷一样反复响在她的耳边，让她在绝望中过了一夜。

这一夜，她细细咀嚼了曾有的喜怒哀乐，第一次让灵魂跳到一边，点点审视自己的所作所为，"也许，真的是我错了！到了该放手的时候了。"她经过痛苦的思索，平静地给过去画上一个句号。

方卉再也躺不住，她坐起来，将外套披在身上，怅然若失地呆想着，许久方用手揉了揉沉重的眼皮，流了一夜的泪，眼睛一定肿得像两个桃子。妈妈去世的时候，她的眼睛也哭得像两个桃子，兴许是眼泪都流干了，虽说以后的生活异常艰难，她却再也没有如此哭过，因为她心中有一个目标，要让那个家跟幸福的家庭一样幸福。

那是个怎样令人寒心的家呀。爸爸离家出走，杳无音信，母亲因病猝然离世，两个未成年的弟弟，大的 10 岁，小的 5 岁，而她也仅仅是一个正在上高中的 18 少女。她毅然退学，参加工作，勇敢地担起了全家的生计。

方卉干的是大体力的挡车工，八小时，三班倒，下班后拖着沉重的身子回家，多想躺一躺，可馒头没有了要蒸，弟弟们换下来的成堆的脏衣服要洗，作业要辅导……她就像个永不停歇的陀螺，这一切，她咬着牙过来了。

她对母亲的在天之灵发誓，一定会把两个弟弟培养成人。她做到了，弟弟们也争气，陆续上了大学，老大医学院毕业后分到县医院，工作积极肯干，被单位派到北京进修，老二眼看也要大学毕业，方卉万分欣慰，她苦苦奋斗的目标终于实现了。

要是没有大弟的那封信该多好，她可以继续陶醉在那欣慰中。但从前再也回不去了，她叹了口气，开始蹑手蹑脚地穿衣服，多年来，早起已经成了她根深蒂固的习惯。

隔壁床的王美兰翻了一下身，从被子里探出头来问："方姐，几点了？"

方卉压低声音道："还早呢，你睡吧，不好意思，把你吵醒了。"

"不怪你，我早就醒了。"王美兰声音又高又尖，方卉忙打手势示意她，可她满不在乎，"不用那么小心，她们两个也没睡着，昨晚上那床都吱吱地响，像翻烧饼似的。"说着，伸脚蹬了蹬刘丹桂的床头，"装相的，快起来吧。"

刘丹桂翻身趴在被窝里，笑嘻嘻地反唇相讥："你才装相呢，昨晚上我给你数了翻身的次数，足有九千九百九十九次，心潮难平了吧？你说，要怎么谢我？"

"谢你什么？拿斧头卸？都是你多事！"

"我可是好心好意，大杨说，我就是红娘。"

王美兰半侧起身子，啐了一口："呸，什么红娘，也不怕说话闪了舌头。"她小声问丹桂："哎，他给你信的时候说啥了？"

刘丹桂说："没说啥，就是要我保证把信送到你手上，不然就打断我的腿。"

王美兰喊了声，"没见过这种人，死乞白赖的。"

刘丹桂觍着脸问道："你看了吗？信上都写的啥？"

王美兰支颐作态，轻佻地说："想知道？自己找人写去呀。"

丹桂脸红道："哪有人会给我写呀？"

王美兰向前一凑，转了话题："哎，昨晚那个怎么样？头一次约会就到了 11 点，感情是难舍难分了？"

"臭嘴巴，到了 11 点又怎样，反正没干别的事。"刘丹桂佯怒，"看我不撕烂你的嘴。"说着从被窝里爬出来，只穿着裤头、背心，露着白生生的胳膊和肉滚滚的大腿，扑上去挠王美兰的痒痒肉。

"越否认越有鬼，方姐，你说是不是？"王美兰说着，早让刘丹桂挠得手脚直蹬，笑得喘不上气来。

方卉只笑了笑，没说话。

仍躺在床上的吕小茉嚯地把被子一掀，恼怒地嚷道："要死了，只管你们闹，别人还要睡呢，讨厌！"依旧将被子蒙了头。

"装什么好人哩，昨晚是谁唉声叹气的？"王美兰吐槽。吕小茉又收到了退稿信，心情沮丧，美兰看在眼中乐在心里。

"别闹了，让她多睡会儿，反正今天歇班。"

方卉的话大家还是听的，王美兰和刘丹桂停下嬉闹，合在一个被窝里说悄悄话，吕小茉才得以安稳地躺着。

窗玻璃透进亮光，渐渐显出红纸剪的"丽香斋"三个字来。

翠春织布厂女工宿舍 404 室被称为"丽香斋"是女秀才吕小茉的主意。纺织厂里女工多，宿舍也多，整整一栋四层楼，除了一楼带院子的住着结了婚的家庭，其他都是女工宿舍。因为房子有限，后来进厂的女工们只能被安排到一个仓库改成的大屋子里，被称为大库，因而楼上的宿舍便被称作绣楼。404 室共住了五个人，五张床按屋子摆成一个少一边的口字，里边打横的是方卉；斋中的大姐大，年轻时酷似电影演员胡惠中，据说她当年走在路上的回头率是百分之一百二，虽说青春已去，却依然风姿绰约，更兼娴静贞淑，令人过目不忘；东边上手的是宋红梅，也是厂里数得着的美女，细眉大眼，皮肤微黑，难得一头浓黑的长发如飞瀑流泄，性情孤傲，人称"黑牡丹"；西边的是刘丹桂和王美兰，两人同是 22 岁，属猴的；刘丹桂是接父亲的班进厂的，长着一张娃娃脸，身子骨结实丰腴，有事没事就爱笑，说一口家乡话，大大咧咧，人都说她心宽体胖少根筋；而王美兰则是新招的合同制工人，人虽长得不及方卉和宋红梅，但细高个儿，白净，又爱描眉画眼，走起路来妖妖乔乔，有无限风光，常惹得厂里的小伙子在她身后吹口哨，她倒越长出精神，腰扭得如水蛇一般，好事的背地里叫她"冰美人"；最小的是吕小茉，十九岁，刚进厂半年，还没出徒。她长得面目清秀，娇小玲珑，短发，别人闲时织毛衣、绣花、嗑嘴磨牙说笑，她却独自捧着古典名著置身事外，似乎与大氛围格格不入。也难怪，这屋里 4 个人的父母不是工人就是农民，独她的爸爸是教师，妈妈是医生，纯正的机关孩子，骨子里透着书卷气，因而大家叫她"女秀才"。

中国人的传统，404 室虽然顺理成章，但不雅，吕小茉想出"丽香斋"的宝号，取丽人如花，凝香成斋之意。她的理论大抵是女儿自是香的，况且 5 个人的名字中皆与花草有缘，卉是香草的总主，方姐实至名归；梅花迎雪耐寒，暗香浮动；丹桂飘香四溢，浓烈馥郁；兰花空谷清幽，淡雅高洁；而茉莉芬芳美丽，自是美誉独享。吕小茉的提议赢得满堂彩，不禁沾沾自喜，兴冲冲地到厂部找谭秘书帮忙。

谭秘书叫谭哲，是厂里唯一的大学生，纺织大学毕业的，细高个儿，白净的脸上戴副黑框眼镜，文质彬彬，他专门学过印染，翠春厂没有这道工序，英雄无用武之地，因为写得一手好字，便留在厂部做了秘书。谭哲平时少言寡语，行动做派有些傲骄，但对吕小茉却不敢怠慢，因为她不但伶牙俐齿，还会写诗。谭哲卖力地写了隶、楷、行字样，吕小茉选了楷书，用红纸描了，拿回去贴在门斗的玻璃上，左看右看不妥帖，别人都不吱声，丹桂随口道："只像是过年贴的对子，不好看。"小茉的脸立时拉下来，赌气撕了。后来还是方卉找了红纸，几剪子下去，剪出镂空的三个字，"丽香斋"从此便在翠春织布厂里名正言顺地叫了起来。

第二章 爱情时讯

天已经大亮，外边传来织布厂特有的喧杂声。除了吕小茉仍躺在被窝里，王美兰和刘丹桂都起了床，忙着梳洗打扮。

方卉本是动作最麻利的，今天却反常了，对着镜子慢慢梳她的长发，一脸沉思，仿佛在梳理淤积久了的心事。她的手忽然停住，下意识地摸着脑后一块隆起的疤，据她母亲说，那疤是她小时候从炕上掉下来摔的。王美兰则满脑袋的发卷，不停地在床头柜的抽屉里翻动着，弄出些声响，嘴里炒豆子似的谈着些不着边际的爱情时讯。

"我可告诉你，现在找对象要趁早，特别是女孩子，一过25岁就危险了。好小伙子就像名牌彩电， 上柜就让人给号下了，跟筛麦子似的，筛来筛去，只剩下些秕糠。"

"照你说，看上一个就得下手了？"刘丹桂正擦脸，停住手问道。

"那倒未必。"王美兰找出一把小镊子，一手擎着小圆镜，对着光亮处修眉毛，"在一棵树上吊死？那才傻呢。你知道现在什么样的对象吃香？我告诉你，前几年文凭热，这会子兴'三大件'。"

"这谁不知道，彩电、冰箱、洗衣机。"

刘丹桂话音未落，就遭到王美兰毫不留情的讥笑："说你傻你还真傻，风水轮流转，现在的'三大件'是有权、有钱、有关系，有了这三样，那才是走遍天下都不怕哩！先找机关口的，再看事业单位的，剩下的才数到工厂的，就是厂子也分国营和集体……"

"那当兵的呢？"丹桂问道。

"现在谁还稀罕当兵的？当几年退伍回来还是老百姓，能有什么出息？"

丹桂哑声。

"怎么，还想着你那兵哥哥呢？"王美兰语带戏谑。

丹桂恼羞，直着嗓子叫道："跟你说过多少遍了，那是俺叔家的哥哥！"举起拳要打王美兰。

王美兰忙讨饶："好——好，知道，那是俺叔家的哥哥！"

去年冬天征兵的时候，猛然来了一个五短身材、黑不溜秋，穿着光板军装的小伙子找丹桂，正逢丹桂上四点的班，他傻乎乎地站在二门口等了半天，丹桂从车间里出来，两人隔着铁门说了几句话便摆手走了，满车间的人瞅着，有好事的人传说丹桂找了个当兵的，害得丹桂四处解释，成了口头禅，后来不待丹桂开口，人家就说："那是俺叔家的哥哥。"

"谁像你脑子那么活呢，感情你是吃准了要找有本事的？可咱没那福分，人家给介绍4个，全都是工人。"刘丹桂悻悻不乐，她忽然想起了什么，反诘道："你就真的不找工人了？"

"人往高处走，水往低处流，条件只有越来越好，哪有降的道理？谁都像你那么……"

王美兰后边的话虽没说出口，但还是触动了丹桂的敏感神经。那是刚入厂子时的一个玩笑，在织布厂这样女人成垛的环境里，老实巴交、天真烂漫的乡下妹子很容易成为车间里碎嘴女人们寻开心的对象。"丹桂，给你说个对象吧，想找个啥样的？"毫无心计的丹桂竟然直截了当地说："一米八，长得帅。""想是看上大杨了？"丹桂的羞涩让心里那点想法昭然若揭，大家都起哄，丹桂单相思大杨的传言一时汹汹，"丹桂，我给你说媒去！"长舌妇面甜心苦，可怜的姑娘还信以为真，见到大杨都有些不自然，时间长了才回过味来，但少心眼儿的名声还是传了出去。

大杨叫杨茂胜，是织布车间的维修工，黑红的脸膛，咧嘴一笑便露出整齐雪白的牙齿，宽宽的肩膀，走起路来上身微晃，自带风度。他是维修二班的班长，技术不错，人又齐整，颇为讨喜。一旦有机器停摆，挡车工便扯开喉咙晴天霹雳地喊："大杨——"有时叫"大杨"的声音此起彼伏，他就像救火队长奔忙在各个火点，为心急火燎的女人们解危除困。等机子修好，老婆子们多半会抬手不管哪个部位拍一下，算作感谢，而姑娘们则会抬脸笑笑。没事的时候，大杨都会倚坐在角落里高高的烂线堆上，居高临下地注视着不停地穿梭在织机间熟练地做着换梭、勾线、接头、挂挡等各种动作的女人们。别人眼里都是白帽、白裙、大口罩，但大杨却能从腰肢和步态上分辨出谁是谁。于是他就迷上了水蛇腰的王美兰，托着刘丹桂捎了两回书信。只是王大美人好像没瞧上眼，见信一笑了之，没点头也没摇头，但好处却是照单全收，鲜花、时新的水果、丝巾之类，约了看电影也欣然前往，只是带上刘丹桂，这种欲拒还迎、模棱两可的态度令小伙子越加神魂颠倒。车间里那些惯看风月的老婆子们背地里撇嘴咂舌地讥笑大杨"脑子灌了糨糊""吃了香饵钩"，连迟钝的刘丹桂都觉不妥，曾好心劝王美兰："这么帅的人都不上心，还要怎样呢？"话一出口，立被嗤之，"要是你看上了，我情愿让给你！"让痴心的刘丹桂满面羞得似新娘子的大红盖头，只好结结巴巴地辩解，"我不过看着大杨可怜。"王美兰扭头神气地道："就你那点心思，我还看不出来？"

这会子看着王美兰洋洋自得，听着她那明显的讥讽口气，丹桂越发心灰意冷，沉默多时，蓦地憋出一句话来："工人哪点不好呢？再说，有钱、有权、有关系的人未必看得上厂子里的。"

王美人被驳得哑口无言。方卉梳完了头发，起身将换下的衣服放进脸盆，端着往外走，刘丹桂顺口问．"方姐，你说呢？"

方卉笑道："还是快点吧，再晚就打不上饭了。"

见方卉出门去了，王美兰便朝着刘丹桂挤眼睛，"你怎么哪壶不开提哪壶呢？她要是明白，怎么会熬成老姑娘？"

刘丹桂吐了吐舌头，"我一说话就忘怀了。"

"昨晚上哭了一宿。"王美兰低声说。

"想是为了宋姐的事，昨天那信是她大弟来的，你说是不是？"丹桂探着头问道。

"操那些闲心，还是多想想自己吧，昨晚相的那个有准吗？"王美兰仔细地拔下一根眉毛，禁不住吸得牙花子啧啧响。

刘丹桂的情绪顿时低落，仰面躺在床上，望着天花板叹气道："谁知道呢，听天由命吧。"

这时，吕小茉已经起来，正穿衣服，不紧不慢地接过话来，"要我说，善有善报，恶有恶报，丹桂，就凭你的勤劳善良，一定会找个好对象的。"

"美兰，小兰子——"门外突然传来个娇滴滴的声音，大库里住着的梦娜扭着屁股摇摇摆摆地进来，穿着一件大红呢子大衣，似一团烈火。火团在屋子空处打了个旋儿，"瞅瞅，怎么样，昨天刚买的，一百多，羊毛的，最新式样，瞧这领子，标准的狐狸毛，单这领子也值 80 块呢！"

梦娜是跟王美兰一起进厂的，虽说也是土生土长的乡下妞儿，可她悟性高，追赶时髦的本领与生俱来，没半年，那描眉画眼、时样穿戴便悉数学会。一年过后，她连流行的动作表情也模仿得惟妙惟肖，比城里人更洋气，连粗夯的黄脸婆子们都上心火，给她取名"梦特娇"。

王美兰和刘丹桂被梦特娇的大衣晃得眼花缭乱，不吝辞藻地赞叹恭维，"真有你的，这件衣服我在百货楼上见过，做梦都不敢买。""啧啧！好看！"

"莲城能有这么好的衣服？是我朋友从潍坊捎的。"

"哼——"吕小茉鼻子里喷出一声冷笑，"衣服一百，领子八十，自相矛盾。"

那团火并没有因为吹冷风而受损。

"给我试试。"王美兰将大衣从梦特娇身上扒下来穿上，拿着模特闪展腾挪的架势摆谱儿。

"也给我穿一下。"刘丹桂急不可耐，硬生生地将大衣套上身子，可根本扣不上扣子，吓得梦特娇赶紧拿话哄她脱下来。

"你得减肥了。"王美兰说。

刘丹桂脱下大衣，鼓起嘴巴。

"瞧，我给你拿来什么了？"梦特娇从大衣口袋里拿出一个红色的长方形小盒子。

"是眼影？"王美兰惊喜异常。

"各色都有！"梦特娇边介绍边用棉棒沾着黑色的眼影粉给王美兰涂抹。刘丹桂在一旁舔嘴唇，"也给我试一下。"

"这牌子跟你的一样？"王美兰半眯着眼问道。

"差不多。"梦特娇支吾。

"多少钱？我给你。"

"嘻——我们这么好的姐妹什么钱不钱的。"

王美兰眉开眼笑，捧着镜子欣赏梦特娇给她画的烟熏火燎妆。丹桂则紧闭着眼让梦特娇恣意涂抹，一股浓烈的香气顶得她透不过气来。

"小梦，你用的啥香粉？"丹桂问。

"是外国的牌子，用了这么久我都不记得那名字，一大串，过后我给你写个条儿。"梦特娇嗲声嗲气地道。

"你可一定别忘了。"丹桂听出了那口气里的怠慢。

"宋姐还没来吗？"梦特娇冷不丁地问，"那事儿……"

王美兰唔了声，飞快地看了一眼吕小茉，岔开话去，"真好看！钱是一定要给的，要不以后怎么好再麻烦你捎。"边说边示意梦特娇出门去。

吕小茉隐约听到王美兰说："你先别急，宋姐总是要搬的，到时候……"

"你得上点心，你也不是不知道，那大库里像个猪圈，乱着呢。"

两人窃窃私语一阵，梦特娇方踩着高跟鞋咯噔噔地离去。

王美兰进屋，吕小茉便问她："那么蛾子想干什么？"

"你也不是没看见，哪有什么？"王美兰讪讪道。

吕小茉冷笑着说："要是她想算计宋姐那个铺位，就趁早死了那条心，丽香斋不欢迎她！"

"我怎么知道！"王美兰有些虚心病，口气发软，然后又反击道："铺位也不是谁一口就说了算的！"

"那倒是！"吕小茉回击，她拿起梳洗用具，瞟了王美兰一眼，似笑非笑地说："我劝你还是与梦特娇撂开的好，她也不是什么好鸟。哼，还真是人以群分，物以类聚！"说完只管口里哼着"两只熊猫，两只熊猫，跑得快……"出门去了，剩下两人大眼瞪小眼。

"她这话是什么意思？"王美兰怔怔地问道。

"她是有学问的人，说的话自然深些。你都不明白，我怎么知道？"刘丹桂回道，她悄悄拿起宋红梅梳妆台上的香水端详，生怕王美兰看到，便侧转了身子，轻轻摘下盖儿，对着脖颈处悄悄喷了两下，深吸一口气，嗅着那缕淡淡的幽香。

但还是让眼尖的王美兰发现，咋呼一声，吓得丹桂赶紧放回去。

"你作死呢？你还敢动她的东西，真是头猪。"

丹桂的目光不自觉地落在柜子上摆的生肖瓷猪上，上次她拿着玩，不想失手掉在地上磕掉了一只耳朵，为此宋红梅骂了她一个星期。

"不就是一点香水么，也至于！"丹桂快快地道。

"这可是方姐的大弟从北京给她买的。"

丹桂张大嘴巴问："你怎么知道？"

"去年过年的时候，方姐的大弟从北京回来，那天我刚下班，一进屋就见两人在屋里，红梅姐坐在她床上，方姐的大弟就坐在我的床上……"

"他们两个在干吗？"丹桂忍不住问。

王美兰伸长了脖子，压低声音道："你想想，隔那么远能干吗？当时我就觉得不对劲，你想想，两人都谈了七八年的对象了，一年不见，还不得黏黏胶似的？如此看来，分手也是迟早的事！"

丹桂叹了口气，"真是个陈世美！红梅姐也太亏了，等了这么多年，不然依她的条件，什么样的没有？"

王美兰没理她，呆着脸想了想，忽然恨恨地道："说起来她们和我们有什么不一样？不就是机关的孩子吗，自命不凡，她们眼里还能有谁？"

"不过，小茉说的也有些道理，听我师傅说，梦娜净跟些不三不四的人在一起。"

"那都是胡说八道！是嫉妒！小梦交往的那些个人都是县城里的头面人物，有钱、有权、有关系，那些烂舌根子的吃不到葡萄就说酸。"王美兰愤愤不平，对着镜子出神，她自言自语地道："什么正式工、合同制，终有一天我要让他们都另眼看我！"

刘丹桂在一旁扑哧地笑了。

第三章　我是方卉的朋友

翠春织布厂近六百口子人的规模在小县城里也算数得着的，这些年受经济大环境影响，效益日下，因是国营单位，招工时还算吃香，许多家庭托人让面送自己的孩子进厂，不只为挣工资，还因国有企业体面。20世纪80年代后期，用工制度多样化，除了安排非农业户口的子女为正式工，也招收一些农业户口的，叫合同工，这部分人是县劳动局批。还有一种是厂子里自招的，叫季节工。而最随意的叫小工，它们在工作上并没有多大区别，只是工资基数差得多。因而在织布厂下班之后熙熙攘攘的人流中，贤愚不等，身份各异。

去年新来了个厂长，姓齐名国胜，军转干部，年近四十，人长得高大魁梧，却是个和气的人，第一次开大会跟工人们介绍自己："大家别见外，叫我老齐就行。"于是厂子里无论什么工，都管他叫老齐，他竟也高兴地答应。据说他在部队里熬到了正营级，本可以不转业，不知为什么来这个即将破产的厂子当厂长，有人说他是自讨苦吃。不过老齐倒挺认真，工作雷厉风行，大胆改革，减少行政人员，对各车间进行承包，优化组合，产量立竿见影，效益也好起来了，一线工人能见到奖金了。但下放到车间的行政人员心存不满，"什么改不改的，不过是出风头！""凭什么让我下车间？老子也是出过力的。""不管怎么改，只要有钱拿就行！""要是优化下来怎么办？""嗨，就你那点心思，愁啥？此处不留爷自有留爷处！"人多嘴杂，各有心思。

太阳升上树梢，阳光擦到楼顶，缝隙处填满阴影，宛如一幅凹凸的版画。王美兰和刘丹桂靠在楼廊的铁栏杆上，俯视着楼下忙乱热闹的情景，一边嗑着瓜子，一边说着闲话，没有去吃饭的意思。

前日大杨缠着要请王美兰吃饭，冰美人以"有安排"为由毫不留情地拒绝了，大杨不死心，昨日又托丹桂传信，她连拆都没拆。她听闻小伙子喝酒时向同伴赌嘴说要年底带对象回家见父母，这摆明了是要跟她摊牌，可她心里早就打下主意，怎么也得找个"三大件"的，大杨癞蛤蟆想吃天鹅肉是他自作多情罢了。但王美兰心里还惦记着大杨许下的雅客居的包子，怎么也得找个由头吃去，而刘丹桂则被梦特娇的大衣刺激得生出减肥的遐想。

"快看！"王美兰用胳膊碰一下丹桂，"你师傅又给方姐布迷魂阵呢。"

丹桂向水龙头那边望去，织布二车间的邱淑月正在跟洗衣服的方卉贴着身子说话，装神弄鬼的。

"我师傅给方姐介绍了个五十多岁的，是什么局的，刚死了老婆，方姐也不过36岁，也太不般配了吧。"

"那有什么办法！谁让她熬到这么大年纪。"

"好在那老头当官呢，条件挺好的。"

王美兰撇了撇嘴，"再好也是去给人当后妈。"

正说着，望见前边大路上有个青年骑自行车插着人空飞冲而下，按着铃，路人见了纷纷躲开。

丹桂说："你看，那个武大郎又来了，上次差点撞到我。"

王美兰笑了笑，自言自语地说："敢情来找小梦的。"

"啥？你认识他？"丹桂问，美兰也不答话。

丹桂忽然兴奋地叫道："大杨——快看，大杨起来了！"她用手指着楼下正在往水龙头处走的杨茂胜给美兰看。

王美兰计上心头，压低声音问丹桂："你想不想吃包子？"见丹桂点头，便成竹在胸地道："你下楼去，告诉大杨我找他有事，只是现在还没吃饭呢。"

"你到底说找他有什么事才好，这样不明不白算什么？"丹桂有些糊涂。

"你只管去，就这么说。"

丹桂带着狐疑转身飞快地下楼了。

王美兰又将身子伏在铁栏杆上，显出细细的腰肢来，如马蜂觅食，嗑着瓜子，舌尖儿一挑，樱唇轻吐，瓜子皮便如雪片似的飞旋而下。

不一会儿，丹桂气喘吁吁地从楼下回来，口里嚷道："累死我了！"

王美兰瞧着她问："怎么样？"

"我跟大杨说了。"

"他怎么说？"

"他说那就吃了饭再说吧。"

王美兰像被蝎子蜇了一下，脸色陡变，"该死的！"

"怎么了？"

"没怎么！"王美兰将口里的瓜子皮用力吐出去。本来顺水推舟的事，大杨不识时务，这让美兰有些生气。

猛听到楼下传来叫骂声："该死的！是哪个瞎了眼的干的好事？闲得臭嘴痒痒了，瓜子皮随便往下吐，饶得老娘天天给你们擦屁股……"

王美兰忙退后一步，刘丹桂伸脑袋往楼下看，就见楼下院子里立着个半堵墙似的大胖娘们儿，仰面叉腰，正骂得起劲，便缩回头来，伸了伸舌头，跟王美兰做个鬼脸，"是刘娘子。"

刘娘子是厂里刮了毛的母老虎，骂街打架是爱好，天生得飞短流长的刀子嘴，利箭射不透的厚脸皮，得理不饶人无理争三分，掉在井里也要占三尺干地面的秉性，一旦开骂，就如碰上六月的冰雹腊月的霹雳，人人心惊胆战，唯恐避之不及。刘娘子还在愤怒咒骂，言词污秽不堪，好歹听得有男人劝解，过了一阵方平息。

"臭娘们儿！天上也不掉下块石头砸到她头上！"王美兰咬牙切齿道。

两人无精打采地回到屋里。

吕小茉端着脸盆进来，里边放着饭菜，先收拾出来放在床头柜上，后取了擦脸霜往脸上抹拍，还嘟着嘴吹口哨。

刘丹桂闻着饭菜香味肚子咕咕直叫，忍不住凑上去觑着脸问："小茉，你怎么打了三个馒头？"

小茉正对着镜子仔细地瞧着额头上方的一个青春痘，也不回脸，"留着中午吃。伙房公告，今天停电！"

"啊，中午不做饭了？"丹桂大惊失色，开始后悔自己减肥的行为轻率，"俺那娘来，这不得出人命！美兰、美兰快走，快走，打饭去——"她抓起铁碗就往外跑。

吕小茉和王美兰被丹桂的样子给逗乐了。

"快走也不中用，伙房早关门了。"

丹桂一腚坐在床上喊起娘来，那肚子越发叫得厉害。

"少一顿饭能饿死？"美兰轻蔑地道。

丹桂也不搭腔，眼瞅着小茉拿起用筷子串的三个馒头吃糖葫芦似的吃起来，只能咽唾沫，后来，可怜巴巴地叫："小茉……"

吕小茉忍不住笑，把咬了的那个馒头拿下来，将另外两个递到丹桂面前，"想吃就拿去，就见不得你那馋样儿！"

丹桂从床上弹起，来个饿虎扑食，飞快地将一个馒头从筷子上摘下，张口就啃，只见那馒头一口一个月牙儿，两口一个山尖，一眨眼就少了半个，她还心有不足，"剩的那个也给我算了，反正美兰也不吃。"

"谁说我不吃！"王美兰趁两人没防备，一把夺了去。

"傻样儿，盆里还有三个呢，留着中午吃，可惜只有炒咸菜丝。"

"小茉小茉，我爱你！"丹桂边吃边嚷。王美兰随声附和，"馒头馒头，我爱你！"小茉也叫，"咸菜咸菜，我爱你！"三个人开心大笑，丽香斋里便充满着年轻女孩坦然纵情的快乐气息。

咚咚的敲门声让笑声戛然而止。

门口站着个中年妇女，背着黑皮包，手里提了个鼓鼓囊囊的红色尼龙袋，往屋里觑了一眼，如释重负地道："总算找着了。"

"你找谁？"

丹桂的问话还没回音，就听到小茉低声叫道："郝阿姨——"

丹桂和美兰互看了一眼，不知如何是好。还是美兰机灵，忙拉上丹桂往外走，"我们吃好了，你们说话儿。"

"用不着，也没什么好说的。"小茉声音冷淡。

"我们说好了去逛街。"

两人带门来到走廊，美兰吐了吐舌头，丹桂咽下口里的食物，忙问："是谁？"

美兰神秘兮兮地小声道："你看小茉的脸色，我想，大概、可能、也许是——小茉的后妈！"

"啊？"丹桂嘴巴张得像河马。

两人靠在铁栏杆上。辰时已过，阳光普照，放眼望去，翠春织布厂尽收眼底，整个厂子分布在一个斜坡上，进了大门，依次是办公、宿舍区、伙房，二门口过去就是宏伟的厂房，前后错落三排，白铁皮的屋顶和玻璃窗子反射出太阳耀眼的光芒，高大的烟囱里蒸腾起团团白烟，蔚为壮观。

"这女人自己找上门来，脸皮可真够厚的！"美兰吮着牙花，一边用手指绕着头发的卷花。

丹桂叹了口气，"小茉真可怜！妈妈让车撞死了，又是独苗，她爸真要是娶了后妈，她可怎么办？"

美兰挖苦道："听评书掉眼泪——替古人担忧，怎么办？凉着办！"

"我们村里有个后妈，前边的孩子只有拾草挖菜的份儿，饭都吃不饱，稍不顺心就用棍子打。"

正说着，就见梦特娇站在楼下招手，美兰高声问："干吗？"却听不到她说啥，只是示意美兰下去。

丹桂想跟上，被美兰阻止，只能眼巴巴地看着她蝴蝶似的飞下楼去，梦特娇递上一样东西，美兰又蹦又跳的。

丹桂瞟了一眼宿舍门，仍旧靠在铁栏杆上，望着灰白的天际线，忽然记起昨晚相亲的那男孩的脸，有些模糊，好像不丑也不俊，"可他是家里的独苗，爹娘有存款……""那他会不会又嫌我胖呢？""要是现在出现一个又高又帅的白马王子该多好！"丹桂的心思就如微起的秋风一般漫无目的地打着旋儿，卷着落叶纷飞。

"小师傅——"身后蓦地传来一个声音，丹桂猝然回头，见一个陌生的男人不知何时站在她身后，高个儿，一副珐琅眼镜配在那张苍白得有些秀气的方脸上，显得和气可亲，像电视剧里走出来的男主角。

"唔，你——"丹桂似乎还没从胡思乱想中撤回来，心一慌，竟支支吾吾，不自觉地脸红了。

"请问方卉在哪个屋子？"

"方姐？你找她？"丹桂脸上挂出惊讶的神情。

那男人显出窘迫，忙解释道："我是方卉的朋友。"

丹桂噢了一声，转身就往楼下跑，跑远了方回头丢一句，"你等着，我去叫她。"

方卉刚好洗完衣服，回身便见丹桂急溜溜地跑过来，"方姐，方姐，有个男人……"

丹桂说了半句就双手撑着膝盖大口地喘着粗气，好歹抬起下巴往楼上仰了仰，刚好那男子正探着身子向下看。方卉望见一愣，身子像被钉住了似的一动不动。

"丹桂，你给我把衣服端上去晾了，叫那人下来，我在这儿等他。"好久，方卉才轻声说。

丹桂端起衣服咚咚上楼去了，方卉无力地将身子倚在旁边的砖墙上。

第四章　一件未织完的黑色毛衣

王美兰回来的时候，丽香斋里静悄悄的。

刘丹桂躺在床上双目紧闭，连美兰打招呼都没理。

"这么大个姑娘了，一天到晚只知道挺尸！"

"你少来烦我！"丹桂侧身往里，将屁股对着美兰，大有决绝之意。

王美兰笑嘻嘻地凑上来，双手插进被里，"对不起，不是我不带你去，实在是不方便，我们有正经事儿谈呢。"

丹桂一骨碌爬起来，好奇地问："是什么正经事儿？"

"事情八字还没一撇，等成了我再告诉你。"

丹桂气愤地说："我就知道，你们有事都不会告诉我！"

"怎么成了我们？"

"方姐、红梅姐、小茉，你也是，白让我拿你们当了好姐妹。"

"这是哪儿话说的？"王美兰一时摸不着头脑，猛然想起那个不速之客，忙问道："那个女人走了？小茉呢？"

"别再提什么小磨大磨，我是白操了心了！"

"那个女人不是小茉的后妈？"

"我哪里知道？我给方姐晾衣服呢，小茉送那个女人出门，等她回来，我就白问了句那是你后妈吗，她就翻脸不认人，说贫嘴咬舌的，你才要后妈呢！不就一句话吗，她就咒我，你说我娘怎么惹着她了？"

美兰歪着头想了半天，问道："那女人说什么了？"

"那女人临走说：'听话，回家去吧，跟爸爸多沟通，有什么想不开的事，去找我。'"

"这就是了，你细想想那口气，看来那女人根本不是那个后妈，难怪小茉恼了。"

丹桂眨着眼想了半天，嘟囔道："就是说错了，她也犯不着发那么大火，也太强势了。"

"那倒是，她眼里能有谁？"王美兰说着，从上衣口袋里摸出一片缺边少沿的纸扔给丹桂，"小梦给你抄的香粉名。"

丹桂拿着端详了半天竟没认出是什么字，让美兰瞅也只看出个兰字来，"小梦用的东西都老贵，你何必跟她学。"

"她的工资也没咱们高，怎么就那钱花得流水似的。"丹桂闷闷不乐。

王美兰鼻子里哼了声，"靠工资还不得饿死？各人有各人的门路。"

"什么门路？"丹桂问。

王美兰不吱声了。

"我就知道，你们有事瞒着我。"

没等丹桂说完，王美兰突然将一样东西亮到她眼前，"当——当——当——你看这是什么？"

"口红？"

"送给你的！"

"真的？"丹桂的烦闷立刻消散到九霄云外，摸过镜子，盘坐床上，有模有样地往嘴上涂着，"多少钱？我给你。"

"嘻——我们这么好的姐妹什么钱不钱的。"王美兰一副款姐的口气，她话锋一转说："可既然我们这么好的关系，你总得帮我个忙。"

"什么？"丹桂侧过身，翘着两片红嘴唇。

"我跟你说，红梅姐早晚要搬出去的，好多人都盯着这铺位呢，小梦想进来，你得帮我。"

丹桂将口红还给美兰，赌气道："我说呢，你半天地里给我东西，感情要收买我？今早你也看见了，我可不敢去惹小茉！"

美兰拿出笑脸安慰她，"又不是让你上刀山下火海，也罢，只要你不表态反对就行，怎么样？"

丹桂想了想说："那好吧。不过，你也不是不知道，梦特娇在方姐的车间里，她师傅可是刘娘子，刘娘子跟方姐可是死对头，为着奖金的事儿吵了多少次了。"

美兰一时呆住，"我怎么没想到这一层，这倒不好办，可我已经答应小梦了。"

"要我说，你还是好好跟小茉说，她是刀子嘴豆腐心。"

"我又何尝不知道？可你看她那样儿，眼里有谁？不过方姐心眼大，想是不会计较。"美兰在心里掂量着。

"准备车间的人都在背地里说方姐没能力，我看还不是眼红了？方姐也是凭着十几年的先进劳模干出来的！"丹桂对着镜子端详着红唇。

"你哪里知道她们俩的事儿！以前刘娘子与方姐竞争车间主任落了下风，至今都不甘心呢，还有，听说孙大头当年也追过方姐，那女人还酿着一肚子的醋呢。你知道方姐年轻时长得漂亮，多少小伙子追她，可她偏就走了眼，让人给骗了，弄得里外不是人。"

"你知道底细了？"丹桂的嘴还张在那儿。

"那男人是方姐的初恋，在银行工作，人又好，条件又好，两人都快登记了，不知怎么后来竟与方姐最铁的一个姐妹勾上了，两人准备结婚了，方姐都还蒙在鼓里。"

"有这事？"

"千真万确！要不早上我说你哪壶不开提哪壶呢，方姐与那姐妹好得一个碗里吃饭，一张床上睡觉的火势，谁想那姐妹却背地里下了黑手，虽说没有方姐漂亮，可那男人还是变了心！"

"后来呢？"

"后来什么？人家结婚生子，方姐独身到现在。听说两人结婚的时候方姐大哭了一场，不过，还托人送了礼物，真是傻！"

"那女人呢？"

"早调到别的厂子里了，她还有脸待在这儿？"

"那两个人也太不仗义了！"丹桂愤愤然。

"人往高处走水往低处流，这有什么对错？"

丹桂对美兰的话不以为然却也不置可否。"啊呀，我知道了！"她突然大惊失色地叫道："那个男人，一准就是你说的方姐的初恋。"

"什么男人？"见美兰不解，丹桂便将有个男人找方卉的事情细细地描述一番，临了还赞不绝口，"又高又帅，戴个眼镜，文绉绉的，声音也好听，像三浦友和，不过，看着倒不像有那么大年纪。"

"喊，就你那眼神儿，青驴也成了白马。"美兰讽刺她，然后又幸灾乐祸道："怪不得外边人嚼舌头说方姐交了桃花运,这可有热闹看了!你师傅给她说的那个……"

两人正在嘀咕,小茉推门进来,手里提了一个鼓鼓囊囊的白布袋,胳肢窝里夹了本杂志,看上去脸色和霁,心情不错,美兰打住话头儿,笑问道:"小茉,你买书去了?"

"知道了还问!"小茉将书放在枕头上,拿过床边的红尼龙袋,从里边摸出一个纸盒,打开放在丹桂的床上,"我请你们吃好吃的。"

美兰和丹桂凑上前去,见是花花绿绿的玻璃纸包装的糖,每人拈了一块放在嘴里品着,心下都有些纳罕。

"这糖真好吃!"丹桂咂巴着嘴说。

"什么糖?这可是正宗的巧克力!"小茉看了她一眼,忽然发现了新大陆似的叫起来:"你的嘴唇怎么了?"

问得丹桂莫名其妙,美兰见丹桂依旧翘着血红的嘴唇,禁不住笑道:"你——你——你老张着嘴干吗?那是口红,又不是毒药,哈——"美兰笑得弯了腰,小茉笑得趴在床上揉肚子。

丹桂悻悻地道:"想着毒药肯定比这个味道好些。"她向小茉要了块卫生纸将口红擦了去,方把嘴唇合上。想起了什么,赶紧拿起那片纸让小茉认一认,小茉瞅了瞅问道:"谁写的?"

"小梦。"

"喊——这破字像屎壳郎爬的!"

"你也不认得?"美兰问。

小茉摇了摇头,"虽说不认得,可我能猜出来,紫罗兰就是个香粉牌子。"

"对对,就是,我听小梦说过的,是个外国名字。"美兰兴奋地道。

"喊——实在的国货,哪里成了外国的!"

小茉的话让美兰闪了舌头。

门咚地被推开,一个干瘦、蓬头垢面的小姑娘闯进来,挑着舌头尖儿对着王美兰道:"表姐,原来你在家里,早上俺大舅来找你哩!"

小姑娘叫卜喜儿,是美兰的姑家表妹,美兰走了门子给她找了个织布车间打杂的小工的活,进厂没多久,还穿着半新不旧的格子褂,拣了美兰一双磨歪了跟儿的浅口黑皮鞋,大些,走起路来卡啦卡啦乱响。

"俺舅说，俺大妗子又犯了偏头疼，急着用钱哩，俺大舅和俺爹这会儿去买化肥了，叫你拿点儿止疼药，下午走的时候过来捎回去。"卜喜儿说着话，眼却只顾睃着床上的盒子，小茉忙让她，小姑娘瞟了美兰一眼，上前去抓了一把，又放回去些，剥了一块放到口里。

美兰忙把她放回去的拿了，一手拉着卜喜儿往门外去，"有事不能叫我到外边说去？都这么大的人了还毛手毛脚的，也不知道问个人！"

卜喜儿噘嘴道："我还想借你的毛衣针哩，我刚学了个新样子……"没说完便让美兰拽出去了。

小茉和丹桂相视而笑。

美兰不一会儿回来，自觉脸上无光，闷闷不乐。

丹桂问道："你娘又病了？到底也到医院里瞧个明白，年年犯，白白挨着，也不是个办法。"

小茉说："就是。"

美兰憋不住发作道："哪里就病得要死了？不就是心里惦念我每月那几个钱吗？怕我滥花了，指望着攒起来给她儿说媳妇，打量着她闺女有屙金溺银的本事，想起来我就气得慌！"

"还有，你看都摊上些什么亲戚？多大的姑娘了也不知要好，领了两个月的工资多少添件鲜亮的衣服，那手上的黑皴刀都砍不透，织布厂的水难道是要钱的？我大姑什么人不好嫁，偏嫁个姓卜的，我姑父叫卜富贵，她哥叫卜团结，她叫卜喜儿，她妹叫卜乐儿，都是些什么名儿，这辈子还有个好？"

美兰数落着，小茉和丹桂笑得在床上打滚拔节儿。

"真有你们的，就那么好笑？"

两人怕美兰羞恼，好歹止住。

"丹桂，她要毛衣针，我的让小梦借去了，先用你的行不行？"美兰问丹桂。

"得了吧，你让她另借去，我那是一副新针，到了生手手里还不定怎么着了，又是弯了又是丢了。"

见丹桂不松口，美兰又堆起笑脸问小茉要，没想到小茉倒挺痛快，"在我床下的皮箱子里，自己拿去。"

美兰虾身拉出小茉的皮箱子打开，从里边翻出一件未织完的黑色毛衣，指了那上边的针问："是这个吗？怎么没织完呢？"

小茉的脸色大变，扔掉手里的杂志，一把夺过毛衣攒回皮箱内，用力将皮箱推回床底，恨恨地道："我不借了！"躺回床上，用书遮住脸。

美兰自知惹了祸，一时不知如何退身。

"小茉，你别哭了，美兰也不是成心的。"丹桂上前来劝解，"我借给她，你别哭了好不好？"

"是呀，小茉我错了。"

小茉坐起来，将箱子拉出来，拿出毛衣，把针撸下来交给美兰，哽咽着说："你拿去！妈妈没有了，我还织给谁穿去？"她再也憋不住，趴在床上号啕大哭起来。

第五章　旗袍

北方的秋天比春天更美。

没有大得恼人的风，没有扑面的沙尘，蓝莹莹的天穹下扑朔迷离着金色的阳光，虽然难觅鲜花的踪迹，但树叶吸吮了秋霜的精华而呈现的赤橙黄绿的斑斓多彩却更胜出几分，徜徉其间的人们脸上挂着愉悦的笑容。街边小店里传来节奏明快的《年轻的朋友来相会》的歌声，四处张望，却见一群鸽子在空中翱翔。

吕小茉、王美兰和刘丹桂三个人也在人流里，踏着步子走得特别的自由自在。织布厂的女工最感兴趣的便是逛街，那出色的程度绝不亚于她们能织出巧夺天工的布匹。约上三四个相知的，再穿上漂亮可体的衣服，一排横着出了厂门，保卫科长大老袁一见便调侃道："七仙女又下凡了！"之所以横起来是因为比列队扫过的面积要大，因而，逛街也被称作扫街。高跟鞋与柏油路摩擦发出的咯咯声是单节奏曲子，加以嬉笑、怒骂、戏闹，肆无忌惮，惹得路人张目，许多种诧异、惊艳、羡慕、嫉妒的情绪交织的目光包围住她们，宛如电影明星在万众瞩目的舞台上一样风光无限，而姑娘们却旁若无人，轻如飞燕，个中妙处难以言说。

吕小茉本不愿来的，但经不住美兰和丹桂的央告，也为近日心情沉闷，况且她本就是个文静不足活泼有余的十九岁少女，等逛过两个商店，品评过不计其数的上次光顾后新上的衣服、头饰之类商品，她的情绪渐渐好转，走到人民公园时就听到她爽朗的笑声。三个人轮流拿出话题来扯，扯得最多的便是找男朋友，这总归是她们最要紧的事情。

三个人中，吕小茉的地位是毋庸置疑的。虽说她还没谈过恋爱，但她读过许多中外名著，不仅知道宝黛、梁祝、罗密欧与朱丽叶、安娜·卡列尼娜等人悲欢离奇的爱情故事，还能轻易背出"关关雎鸠，在河之洲，窈窕淑女，君子好逑"的名句，而王美兰和刘丹桂只是在织毛衣、绣枕套上占些风头，况且小茉又说得极精彩。

这会子谈到爱情的步骤，女秀才便开始夸夸其谈，"爱情是世上最美妙的感情，所以一定要按部就班！纵观古今，横看中外，这爱情的第一阶段，是言传意会的，言传么就是写情书啦，甜言蜜语啦，意会么，便是眼睛和肢体做主角，包括暗送秋波，眼睛是心灵的窗户，看他的眼神，第六感就会告诉你，他喜不喜欢你！"

"还有呢？"

"如果喜欢，那就可以送花，或是拉一拉手。"

"包括接吻吗？"丹桂急切地问。

"噢，上帝啊——"小茉耸起肩膀来，脸上带着从某部外国电影中舶来的女士表情，"那可不行，什么事情都不可以操之过急，特别是爱情。接吻应该在第二阶段，言传意会打好基础之后，在必要的、有空子可钻的时机，就可以来一个……"她小巧的嘴巴撮了一下。

三人爆声大笑。

"接吻还得有讲究呢，顺序是这样的，男的用手轻轻捧起姑娘的脸，然后问'我可以吻你吗？'女的要显出特别温柔的表情，不要动，只用她美丽的、纯情的目光注视着对方，算是默许；那男的便轻轻地俯下身去，先吻额头，再吻眼睛，最后是嘴唇，力度要恰当。"

王美兰忍不住捶小茉的肩膀，"哎呀，说得矽磘死人了，也不怕闪了你的舌头。"

"你说得这么真，感情你试过？"丹桂故意问。

小茉洋洋自得道："秀才不出门，便知天下事！"

"那就让你男朋友这么吻你去。"

"还是你们先去实践吧。"

"哈——哈——"

三个人打闹着，说笑着，见读报栏前站了一圈人，急忙上前凑热闹，原来是在看一张干部招考通告，与她们没啥瓜葛，便又继续前行。

"我希望结婚的时候能穿婚纱，那会是多么浪漫呀！"丹桂双手抱在胸前憧憬着。

"就你？"王美兰撇了撇嘴。

"我怎么了？"丹桂捣了美兰一下，"到时候我就减肥成功，那腰肯定比林黛玉的还细呢。"

"只是那婚纱是我们买得起的？"美兰的手不自觉地捏了一下上衣口袋，里边仅剩下二十块钱，那是她这个月的生活费。

"小茉，你呢？"丹桂问。

小茉故作神秘，"你们猜！"

王美兰猜的是凤冠霞帔，丹桂执意让她穿婚纱。

"我要穿旗袍！"

"哎呀，那也太土了。"丹桂失口道。

"穿旗袍得有身材。"美兰扭了扭腰肢。

"那是我妈妈结婚时穿的。"小茉脸上闪过一丝阴郁，"她说过留给我。那旗袍可漂亮了，酒红色的天鹅绒，料子比现在的都好，衫襟上绣着花。"小茉的眼里闪着晶莹的光点儿。

"哎，你们看，婚纱！"丹桂大叫。

两人顺着丹桂指的方向看去，见路边照相馆的玻璃橱窗里两个偶人穿着新式婚纱正目不转睛地望着她们。女孩子们一阵惊呼，顾不得矜持，争先恐后地冲到橱窗前，观而赏，赏而评，不禁为薄如蝉翼的纱笼和刺绣精美的流苏折服。

"我喜欢这件白的，大方。"

"这件松花色更含蓄，贵气。"

"两件我都爱！"

三人啧啧赞叹，等看清了标价又咬牙顿足地慨叹，"一千多块，一年的工资都不够！""这个价钱能买进口彩电了，估计冰箱也够了。"

"啊呀，你们看！"丹桂又咋呼起来，"可以租的，只要一百块！"

三人瞪大眼看着模特脚底下那块牌子，上面用钢笔写了一行歪歪扭扭的字。

"我们进去看看吧！"

"我们又不结婚，人家要问起来，怎么说？"

"就说同厂的姐妹委托来看的。"小茉人小鬼大。

三人商议停当，决定进去滑溜一下眼珠子。

照相馆已经由国营转为个人承包，比前些时候多了时新的玩意儿，墙壁上贴着各类艺术照片，间隔着装有多面明晃晃的镜子，天棚上拉着五颜六色的锡纸吊挂，往楼上去的地方立着用粉红细纱堆花装饰的拱门，几个穿着制服的工作人员正与几对男女商议着什么，兴是金秋结婚旺季的缘故，看上去生意不错。

三人东张西望，并没有人上前招呼她们。丹桂挨摸到收银台前，小心翼翼地问："哪里有婚纱？"柜里那女孩爱答不理地抬了抬眼皮，竟然没吱声。

小茉忍不住提高了声调，"租婚纱！没听到吗？"

惊得满屋子的人投来诧异的目光。

女孩显然被小茉的气势给镇住，乌眼鸡似的咽了口唾沫，用手指了指里边，"楼上。"

三人便穿过拱门，爬上窄窄的木楼梯，到了二楼，一个长头发大烟鬼似的男孩正坐在长条凳上打瞌睡，见有人上来便站起身，打了个哈欠，等问明来意，领她们进厅里去，"你们小点儿声，里边正在拍婚纱照。"

大厅里十分宽敞，散乱地立着几个灯架，三面皆让绘了各色景物的布幔给遮住，光线暗淡，北边的大灯亮着，一对男女正在摄影师的指挥下摆姿势，"女士，笑一笑，男士再往里靠一靠，好，互相对视，想一想幸福就在眼前，多么甜蜜，多么激动……"

丹桂见小茉立住不动，便拉了一把，小声招呼道："快跟上。"但她立刻感到不对劲，发现小茉双拳紧攥，双眼圆瞪，似燃起熊熊烈火，直射向那拍照的女士。

酒红色的天鹅绒，衫襟上绣着花——丹桂失声叫起来："天啊，这不是小茉妈妈的旗袍吗！"

话音未落，就见小茉大踏步地冲上去，美兰和丹桂想拦阻已来不及。那女士手中捧着的塑料花束被抓落，愤怒的女孩如西班牙斗牛场上情绪失控的斗牛，双手死死抓住旗袍的前襟，用力拽拉，受了惊吓的女人尖叫着，身子来回晃动，蓬乱的头发垂到脸上。小茉跳着脚，歇斯底里地吼道："你个坏女人！你凭什么穿我妈妈的衣服！你给我脱下来！"

"小茉，你别这样，听我说……"女人挣扎着，口里恳求着。

"我不会放的！你逼走了我妈妈！你个不要脸的女人！"

旁边惊呆了的男人回过神来，他用身体护住狼狈不堪的女人，双手攥住小茉的手腕，用力撕开，小茉力怯松手，身子踉跄着向后退了几步，多亏美兰和丹桂上前扶住。

"小茉，你这是干吗？你怎么胡搅蛮缠？你妈妈是车祸死的，与你阿姨无关！我们没有做对不起你的事！"男人气急败坏，遮在秃头顶上的一缕头发因为错位不自然地翘在一边，看上去有些滑稽。

小茉仰起泪湿的脸质问道："是吗？爸爸，你敢对天发誓你没有做对不起妈妈的事？"见父亲无言以对，小茉伤心欲绝，她指着那个女人继续道："你为了这个女人，不但背叛了妈妈，还欺骗我！早上你还派郝阿姨跟我说如果我不愿意你就不结婚，可你都干了什么？说一套做一套，你是个骗子！你下流！你无耻！"

小茉的爸爸大口地喘着粗气，过度的愤怒让他的面目扭曲，他扬起手，冲向小茉，女人死死拦住，"老吕，你疯了吗？她只是个孩子！"

扬起的手僵在半空中，片刻又无力地垂下，小茉的爸爸双目紧闭，老泪迸流，他摇了摇头，猛然咆哮："你走！我不想再看到你！我没有你这样的女儿！"

震惊得小茉睁大泪眼，她不相信一向对她疼爱有加的父亲会为了一个女人抛弃她，她的情绪彻底崩溃，"我恨你！你不配做我的爸爸！我永远都不会原谅你！永远！"她叫着，像从围网里逃出来的小鹿，跌跌撞撞地冲下楼去。

等美兰和丹桂追下楼来，却不见了小茉的影子。

小茉的爸爸和那女人跟出来。

"对不起，让你们受惊了！"小茉爸爸不好意思地向美兰和丹桂道歉，"小茉的脾气都是我和她妈妈惯的。不知为什么，她就是不能理解我再婚，希望你们好好劝劝她，告诉她我和她妈——她阿姨都很爱她，让她回家去吧。"态度诚恳而卑微。

美兰点点头，"好，好，我们会的。"

丹桂看着那女人忍不住道："你穿了她妈妈的旗袍照相，她一定很伤心。"

女人紫绛了面皮，弱弱地辩道："我只是太喜欢了，想穿着照张相，就没想那么多……我真的是……"

"那是她妈妈送给她的结婚礼物！"

美兰暗暗戳了戳丹桂，怕她再说出更难堪的话。

"叔叔阿姨，你们回去吧，我们会劝小茉的。"

两人望着小茉的爸爸与那女人回到照相馆，扫街的心情已荡然无存，只得无精打采地往回走。

第六章　宋姐的新男友

美兰和丹桂往回走，一路议论着小茉。

"你说这男人怎么会那么心硬！小茉的爸爸也太那个了，老婆才走了几天呀就忙着结婚，你看他护着那女人的样子，心里根本就没有小茉！怪不得古话说，宁跟要饭娘不跟当官的爹。"丹桂余愤未平。

"得，男人就是喜新厌旧的。我倒也不明白，小茉为什么反应得那么厉害？给她找后妈是迟早的事儿，再说她妈已经没了，什么背叛不背叛的，关键是要把财产抓到手，今天还只是一件旗袍，等结了婚，家里什么不是那女人的？那时小茉就更惨了。"美兰有些幸灾乐祸。

丹桂惊讶地看着美兰，"可真有你的！想得那么深，怪不得人家都说你心眼多！不过小茉她爸只有小茉一个闺女，那财产不早晚是她的？"

美兰冷冷地道："那不一定！你看那女人，比小茉她爸小多了，谁也保不准再生一个。"

"倒也是。"丹桂开始为小茉担心起来，"小茉两个多月不回家，不就是为了不让她爸结婚？可你看，根本没用！你说小茉该怎么办？"

"让她爸把家里的钱打一个存折，再立一个财产转移协议，就算是那女人过了门，也不过守着个老头！再说，由那女人伺候着她爸下半辈子，小茉更省心。"

"你也太能算计了！总归是她爸！"丹桂叫道。

美兰瞅了她一眼："你到底站在哪一边？"

丹桂张了张嘴，没有话说。

"你觉得没？有些不对调儿，小茉她爸怎么那么老？她妈妈我们见过的，人不但长得漂亮，还很有气质……"美兰皱着眉头想了半天总算找出一个恰当的词来，"那叫高贵，对，就像电影明星似的。"

"倒也是，小茉的爸爸肯定比她妈大。"丹桂点头。

"她妈妈怎么就看上了呢？"美兰转着眼珠，"里边一定有缘故。"

两人大眼瞪小眼，想不出个所以然。

冷不防有人喊她俩，四下里看，却见织布一车间的郑好友从侧路上走来，提了两大兜子菜，她粗声粗气地问道："你们两个上哪里来？"

美兰说："我们逛街了。"

丹桂问："华侨，你干什么了？"

郑好友说："我去赶集了，买了些菜，很便宜。"

美兰取笑道："华侨，你一个月挣那么多钱，净吃些烂菜。"

郑好友说："哪有钱？我们家吃不上饭了。"

美兰和丹桂便说："就你哭穷。"

郑好友是从朝鲜回国的，面色黝黑，五短身材，扎了两条辫子，穿的衣服总是不合身，说话做事有些慢半拍，因是归国华侨身份，大家平时只称她"华侨"，真名竟少有人叫。美兰和丹桂帮着华侨抬了一包菜，华侨自是感激，"今天中午到我家吃菜吧。"两人知道她虚客气，只是笑。

华侨冷不丁地说："牟桂金在你们二车间吧？"

美兰说："是二车间，咋的了？"

华侨说："我跟你们说个话儿，你们别往外传，搁心里头就是，她想当头承包哩。"

美兰和丹桂互相望了一眼，美兰笑着说："你咋知道？"

华侨不无得意地说："俞厂长跟我谈了话了，要我支持他的工作。"

美兰问道："说了啥？"

华侨说："这不能说，你们到时候要投她的票。"

听着华侨夸大其词地卖关子，两人忍不住地乐。

美兰暗讽道："俞厂长可是看重你了。"

华侨没听出话内音儿，继续说："他说我身份特殊，能发挥特别作用。"

美兰笑着说："牟姐是个好人，到时候我们都投她。"

丹桂不明就里地说："我才不投她哩，她跟我师傅不对付。"看见美兰朝她挤眼，便不说了。

三个人回到厂子时已近中午，因为停电，有家没家的都没有做饭的意思，许多人或站或蹲地在厂部的院子里扯闲话儿。华侨自坐下歇息，与刘娘子靠近了说话，美兰和丹桂也站住与几个娘们儿掺和了几句，因为惦记着小茉，便要离开，不想刘娘子忽然操着她那口饶舌尖儿的潍坊调儿高声问道："那个老闺女在不在屋里？"

"你找方姐干吗？"丹桂问道。

"我找她做拌饭！上个月不明不白地扣了小梦的奖金，小丫头问了句倒说她技术没学牢，呲得擦眼抹泪的，我还没得上空问明白，这个月又寻趁起我来，说我验错了等级，你们评评，我干了这么多年，就是闭着眼用手摸也比她强十个码儿！"

美兰见话音不谐，忙讪笑道："刘姐，你也见我们刚回来，并不知道在不在哩。"说完拉起丹桂匆匆走了。好远还听得见那娘们破口赖舌滔滔不绝地数落："那样的水平凭什么当官，不就是一张脸么，横竖就那块肉，见了男人馋鬼饿痨笑得跟花似的！天下的男人都相上了也白搭，好歹连自己的男人都让人从床上摸走了，还管得了一个车间？装着那副善良柔弱样子，什么劳模？也就是愚弄小孩儿的手段，为亲弟弟当牵头，教人家搭上青春赔上钱，竹篮打水一场空，却调弄着她弟脚底抹油另拣高枝去了！别人都让她的良善表面迷了心志，独我看透了她，那女人就是蛇蝎心肠。"

有人调嘴道："想必老孙也让她迷了心志。"

"哈——哈——"

美兰忽然想起华侨的话，对丹桂说："华侨说的那些话，你没觉得奇怪？"

丹桂摇头，"啥奇怪？"

美兰皱了皱眉头，"承包的事还没开始呢，俞厂长怎么就找她谈话了？再者牟姐是二车间的，她操的什么心？"

丹桂不以为然地说："她那人，道三不着两，听她胡说，不过是自己往脸上抹金罢了。"

美兰说："她虽然脑子少根弦，但万不会信口胡说。"

丹桂说："那又怎么样？"

美兰说："就是有些奇怪。"

两人说着话，一路回到丽香斋，没见到小茉，却见多日不露面的宋红梅回来了。一个中等个、平头净脸的青年正帮着她收拾床铺，见到两人点头微笑，毫不拘束地道："你们好！我叫田文彬，就叫我小田，我在公安局刑警队上班。"

宋红梅斜了他一眼，甚是不快，"得，还装小，人家两个二十刚出头儿，什么眼神！"

田文彬忙点头哈腰地谢罪，"那就叫我老田好了。"他朝着美兰和丹桂挤眼吐舌。

"都收拾好了，你走吧！我还得睡一觉，下午四点的班。"宋红梅面无表情，眼皮也没抬。

田文彬仍是一副笑模样，声音温和地说："真收拾好了？好，再想起什么活儿，打个电话，我立刻出警！"说完只站着不动。

两个女孩儿忍俊不禁，宋红梅无奈起身将田文彬推出门去。隐隐地听得她吩咐道："回去告诉你妈，用不着给我送饭的。"

美兰和丹桂听得脚步声远去，方笑出声来。

王美兰说："看样子是宋姐的新男友。"

"想不到宋姐找了个半残废，比她矮半头呢。"丹桂对身高最敏感，她囫囵个儿地歪在床上，双脚搓掉高跟鞋，将疼痛难忍的胖脚举到空中"哎哟哎哟"地直叫唤。

"我倒看着比方姐的大弟强，又不是做电线杆子，长得高有什么用？虽说矮点儿，可看上去活络，心眼儿多着呢，就那双眼滴溜溜转，不愧是干刑警的。"美兰大有巨眼英雄的气概。她拉了拉电灯开关，还没来电。

丹桂还想回一句，却听到宋红梅的声音由远及近，"什么玩意儿……天天闲鸟淡嘴地嘀咕别人，也不撒泡尿照照自己那张猪八戒脸！"甚是不平，两人赶紧敛声。

宋红梅气呼呼地进来，嘴里兀自愤恨地骂道："满世界就她是个冰清玉洁的，真不知孙大头怎么受得了这母老虎的淫威！"

两人方明白是刘娘子惹了她。原来宋红梅送男友出来，远远见双手叉腰的刘娘子正对着一堆人扬声高腔地说评书，隐隐约约听得"三十好几……没人要……不要脸"的话儿，到了跟前就停住不说，宋红梅从大家不尴不尬的表情上便猜出个大概，表面上不动声色，肚子里早腾起一股火气，送走田文彬急转回来时，刘娘子回家去了。火燎毛性子的宋红梅按捺不住怒气，没由头地发作起来，一路骂骂咧咧，意在敲山震虎。

丹桂忙从床上爬起来，"哎呀，宋姐，你还不知道她刚才都说了些啥吧？"美兰忙向她闪眼，她哪里领会？一五一十地将刘娘子骂方卉的话说了一遍。

宋红梅不听则罢，听完已是银牙紧咬，柳眉倒竖，发狠道："她自以为厂里没人敢惹，早晚让她知道老娘的厉害！"

美兰开解，让她莫生气，"你也知道她就那样，老脸老皮的，再说她说的是方姐，你没事去招惹她，吃不到羊肉倒弄一身膻。"

宋红梅冷冷地道："方姐是我的师傅，说她就是说我，在我心里我们丽香斋的姐妹都一样，就是别人说了你们，我也照样恼！"

美兰本是好意，谁知却碰了一鼻子灰，酸溜溜地笑道："想来也是，那老货还真的天不怕地不怕了？"

正说着，电灯亮了。

丹桂着忙起身从小茉的床头柜里找出早上的馒头和咸菜来吃，"顾不得跟你们说了，我下午上四点的班，怎么也得睡上一觉，要不晚上熬不住。"

宋红梅让她别急，"我这儿有菜。"说着变戏法似的从包里取出个三层的饭盒来，有白菜炖肉、酸辣土豆丝和油煎豆腐，两个人凑上去，边吃边夸，丹桂笑嘻嘻地对宋红梅说："宋姐，你可真有福气，婆婆对你这么好，没过门就给你做饭吃。"

"那也是咱宋姐的条件好，哪家娶了宋姐做儿媳自是哪家的福气。"美兰道。

宋红梅笑骂道："两个花毛油嘴的东西，为着吃这点子饭也犯不着卖力地给我贴膘。赶着明儿你们有了婆家，还不定送什么来，这点儿菜就蒙着眼了？"

三人说笑着吃完，留下给方卉和小茉的部分依旧装在饭盒里。宋红梅和丹桂各自睡觉，美兰换明天的白班，想起卜喜儿传的话，便从床下的纸箱子里翻出一个塑料袋，里边装着些零散的止疼片和各类的中成药，都是平日她央求丹桂、大杨等人分多次从厂卫生室里开出来的，积少成多，总够她娘应付一阵子。找出给她娘织的毛衣，又把两件存旧的衣服包上，准备给她妹穿。从兜里摸出那二十块钱，忖度着留下十块，她看上了百货楼的一件呢子短上衣，要五十多块钱，指望着一个月攒出十多块，到过年的时候买了，想了又想，叹了口气，还是全都放在里头。收拾好便拿了东西轻轻出门去找卜喜儿，她不愿见她爹，不光是嫌老头穷酸不体面，她还恨她爹啰唆不长进，嗜酒如命还打老婆。

刚拐过楼过道，正碰上刘娘子往上走，觍面笑道："刘姐吃过饭了？怎么有空上来？"

那婆娘昂首挺胸，一脸疙疙瘩瘩的横肉着了黑风一般，似笑非笑，只从鼻孔里哼哧哧地出气，自顾自地上台阶。

美兰见来者不善，正寻思是谁要倒霉，就听到刘娘子扯开嗓子嚷骂起来："宋红梅，给我滚出来，老娘今天豁出这个病身子，舍上这张老脸，跟你拼了……"接着传来踹门声，整个楼都在抖动，像要塌了一般。

美兰明白刘娘子不好惹，犹豫片刻，一溜烟地下楼去了。

第七章　小茉满腹心事

在县城的东北边有一座荒岭，从前是附近村子的坟地，后来被政府征用，辟建为静安陵园，修出一排排方正狭小的墓地对外租卖。因为疏于管理，甬道多被雨水冲得凹凸不平，四周杂草丛生，甚为荒凉。那些曾经活生生的躯体消亡后化作一个个符号铭志于此，寂寥得近乎虚无。

吕小茉提着白布袋，踏着枯黄的野草磕磕绊绊地来到妈妈的坟前。她双膝跪地，用手摩挲着碑石，那冰冷的感觉顺着她的手臂传向她的身体，透进她的灵魂，一时心痛难忍，泪水滚落，她小声道："妈妈，我来看您了，明天是您逝世百日，本来我跟人调了班，想明天与爸爸一起来的，可是……"她的喉头哽咽，"我想爸爸不会来了，也许他太忙，妈妈，您别难过，有女儿就足够了，小茉永远不会忘了妈妈的……您放心……"小茉满腹心事，她闭上眼睛，用心去感受妈妈的存在，希望达到与另一个世界的相通。

仿佛又看到了妈妈那张美丽慈祥的面庞，温暖的笑容浮现在唇边，清如秋水的双眸浮漾着淡淡忧郁，多少次，无忧无虑的少女依偎在妈妈怀里，任凭妈妈那带着来苏水消毒液味的纤细的手指轻抚在她的秀发间，享受着曾经以为理所当然应该享有的母爱。

有一刻，她感觉到了妈妈的呼吸，"妈妈——"她做了个拥抱的动作，孱弱的身子终于支撑不住地扑倒在黄土垅上，"妈妈，您要是还活着该有多好呀！"她放声大哭起来。

许久，她哭得没有力气了，眼泪流干方起身，将几个苹果和橘子摆在墓前，把黄纸用一块石头压好，点燃。

火舌很快将黄纸舔成一堆灰烬。

吕小茉呆呆地望着坟头那簇野荞麦，心有所动，"如果我是这棵野荞麦该多好！"她幻想着能像聊斋里花草树木成精通灵，"抑或是这野荞麦就是妈妈的幻化？"

　　一阵风刮过，野草和低矮的灌木发出奇怪的声响，如人的脚步，小茉茫然四顾，"妈妈——"不远处的草窠子里一只山鸡忽然惊起，扑棱着低飞过山梁去了。

　　"妈妈，您走了以后，我就没有人说心里话，闷得好难受，我是不愿跟爸爸说的。自从那个女人到了咱家，我就再也没有回去过，爸爸那么快就把您忘了，我不能原谅他！"

　　滚烫的泪水模糊了小茉的双眼，"妈妈，您的命好苦，老天对您太不公平了！我想为您做点什么，可是妈妈，我无能为力，我没有考上大学，虽说您并没有责怪我，可我知道您非常失望，不过我发誓，我会努力的……爸爸要结婚了，我跟他怄过气，他还是要结婚了，您难过吗妈妈？我很难过，爸爸不再爱您了，也不再爱我了。"

　　"妈妈，爱情是什么？您对爸爸那么好，可为什么爸爸会爱上别人？那个女人根本不如您漂亮，可她却占了您的位置！我恨她！我更恨爸爸！女儿并不是无理取闹，妈妈，您知道吗，有一件事情我一直没有告诉您，其实爸爸他早就背叛了您。"

　　小茉哽咽着，再次回想那曾经发生的亲情破碎的瞬间，她感到痛彻心扉。她痛恨卑鄙的欺骗，彷徨于人性的复杂，而又不得不面对现实的残忍。

　　"您还记得前年爸爸过生日的那天吗？爸爸跟我说好放学后一起回家吃饭，我跟班主任请了假，却没有等到爸爸，天都黑了，我就去办公室找他。我上了四楼，见办公室里没开灯，以为爸爸走了，要离开的时候就听到有人低语，我就走过去向屋里看，借着外边的灯光我看到爸爸和那个管图书的女人搂在一起，妈妈，如果当时我没有上去该多好？不久，他们就出来了，我躲到旁边的门洞里，浑身发抖，妈妈，我从来没见过如此丑陋的事情，我真想从楼上跳下去，您知道那是我最亲爱的爸爸呀！"

　　"那天晚上我没有回家，我躲在操场的角落里哭，觉得世界末日到了。后来，同学找到了我，见到您和爸爸，我想当场揭穿爸爸丑恶的嘴脸，可我刚开口，您就扑上来打了我一巴掌。"

　　"妈妈，您为什么不让我说？后来，我决定隐瞒，为了您，为了我们的家。可是，命运真的太不公平了！"

　　泪光中，小茉想起了与母亲的最后离别。妈妈要去青岛出差，头天晚上妈妈跟她睡一张床，不知为什么，小茉觉得妈妈有些心神不宁，有一搭没一搭地说着家常话，时而欲言又止，后来妈妈说："小茉，你要记住，生活并不总是平坦的，以后无论遇到什么难事都要坚强，要往好的方面想，妈妈别无所求，只希望你过得幸福。"她答应着，将头埋在妈妈的怀里，享受着被爱包围的美好。但小茉感觉出了异样，她问："妈妈，你是不是要去找表舅？"妈妈怔住，掩饰道："是。这次去青岛，顺便找你表舅，兴许能找到他，现在还不确定。"小茉是敏感的，不久前，她无意中听到爸妈谈论起早年失联的表舅，自此后妈妈总是闷闷不乐，小茉知道，姥爷姥姥早逝，表舅是妈妈在青岛唯一的牵挂。小茉对妈妈说："我也很想见到表舅，告诉我他是个什么样的人呢？"妈妈避开小茉的眼神说："他是我姨家的孩子，比我小一岁，放心，你总会见到他的。"妈妈不再说，小茉也不再问。

第二天早上，妈妈早起做好了饭，三人吃了饭，爸爸上班去了，小茉送妈妈去了汽车站，临上车妈妈拍了拍小茉的肩头说："小茉，记住，妈妈永远爱你。"她记得妈妈的眼神，无限的爱意，无限的眷恋，现在想来，那是妈妈的一种预感，她在做着最后的告别。

正午的太阳强烈地照耀着大地，墓碑和山岭的乱石折射的光芒明晃晃的，小茉的双脚麻木，她挣扎着站起来，却一阵头晕目眩，重重地摔倒在地上，恍惚中有个人影在日光里晃动，"妈妈——"

"小茉——"有个声音在呼唤着，纤细的手指轻抚着她的头发和脸庞，小茉感到了那久违的幸福，"妈妈——"她喃喃道，努力张开眼，吃惊地发现自己正躺在方卉的怀里，她想挣扎起来，身子却软绵绵的。

方卉用手按揉着小茉的太阳穴和额头，"小茉，你感觉好些了吗？"

"我怎么了？"

"你刚刚昏倒了。"

小茉清醒过来，早上她在厂子对面电影院的报刊亭买杂志时，老远望见方姐同一个男人出了大门，现在却在这儿遇见，便感觉奇怪，"方姐，你怎么在这儿？"

方卉叹了口气，"小茉，天下不幸的人岂止你自己，我也是来看我父母的。"她指了指东边那片即将被整平的荒坡。

小茉疑惑地看了看方卉。

"那里要建新墓地，民政局通知让迁坟。"方卉无力地垂下胳膊，表情怪怪的。

"迁了吗？"

"没有，要花钱买墓穴。"

"没钱吗？"

小茉的问话让方卉心如刀绞，她口袋里装着三千块钱，那是她省吃俭用攒下来准备给大弟结婚用的，可现在已经不需要了。她本可以用来给母亲迁坟，但她不能用，她要用这笔钱还债。

"人死如灯灭。我妈死了十八年，如果她在天有灵，也会原谅我的吧。"方卉的语气似问似叹，透着悲凉和疲惫。

小茉心头纵有千言万语，却不能表达，只是默然。

方卉拉过她的手紧紧攥住。小茉感到那手心里凉凉的汗和轻微的抖动，她注视着方卉，许多问号爬到嗓子眼儿，堵在那儿出不来。方卉在丽香斋里年龄最大，又是车间主任，行事沉稳有度，大家对她尊敬有加。"她一定是出了什么难以决断的大事。"小茉忖度，她知道方卉近况。车间里的事，她大弟的事，还有现在要移坟的事，可谓千头万绪。她将身体倚靠在方卉的怀里，体会着那散发出淡淡幽香和温暖气息的拥抱带来的安然恬淡，她似乎要睡过去，却感到那胸膛激烈地起伏，耳畔传来长长的叹息声，更像是一声绝望的呻吟。

"方姐，早上的那个人……你怎么了？"小茉笃定方姐的异样与早上那个男人有关，本想问，闹不清自己为何突然改口。

但方卉好像没听见，口里喃喃道："我是该去看看红梅了，她妈妈让我劝她，我能劝什么呢？"

小茉知道方姐的大弟与宋红梅本定了亲的，只等着进修回来就结婚，谁知她的大弟却悄悄与另一个女人领了证，实在瞒不下去才跟姐姐摊牌，事情弄得满城风雨，红梅大病一场，方姐颜面扫地。

小茉低头想了想，冷不丁地问道："方姐，你说红梅姐会不会自杀？"见方卉惊疑不定，忙解释："她有一次跟我说，最想去龙泉湖坐船划到湖心，要是一不小心掉进湖里会怎么样？她说话时的表情怪兮兮的。"

　　方卉笑着摆摆头，"不会的，红梅虽说是浪漫，未必鬼迷心窍，兴许是她哄自己。"

　　"哄自己？"小茉瞪大眼睛，"为什么？"

　　"以后你会明白的。"方卉站起身说："我们回去吧。"

　　"为什么要哄自己呢？"小茉继续追问。

　　方卉并没有回答她，边走边叹了口气，"都是我的错，是我害了他们。"

　　小茉暗自思量，"又怎么会是方姐的错呢，是她大弟变心了。"她忽然想起那个男人，"听话音不像是说红梅姐的事儿，那个他们又是谁呢？"许多问号纠结在小茉的心里，越发没有头绪。

第八章　宋红梅与刘娘子打仗

　　方卉和吕小茉回到厂里时已过了饭时。刚进大门便隐约听到吵骂声。她们并不惊讶，因为织布厂里女人多，俗话说三个女人一台戏，那戏也就天天不断场。工作上的、生活上的，磕磕绊绊的大事小事，叉了腰撸了袖，喷着唾沫星子，大呼小叫，插科打诨，更有一等的老婆子，铁齿铜牙，一个是骂人的先锋，一个是吵架的奇才，扯开能压过隆隆织布机声的大嗓门，狭路相逢，势均力敌，不吵个天昏地暗、日月无光绝不罢休。

　　"是刘娘子那老货！"小茉耳朵尖，即刻做出了判断，方卉听她一说，心底不禁翻出一股寒气，直冲头顶。

　　小茉只为看热闹，一溜小跑上了楼。战场就在丽香斋的门外走廊上，当事人刘娘子，对手是小茉意料外的宋红梅。

　　刘娘子面向西，挺胸昂头，左手叉腰，右手在头顶上乱比画，污言秽语不堪入耳。宋红梅立在对面，右手扶着栏杆，左手支着胯，双眉紧锁，绷着脸，长发散乱，凛然不可侵犯。

　　"你个倒贴钱没人要的！你少在老娘面前逞威风，有本事找那个陈世美，省得在这儿撒野！"

　　"你个老泼妇！想在你姑奶奶这儿找便宜，瞎了你的狗眼！"

　　"你吵吵个啥，白生生送人家人还不要呢！有工夫在这儿骂，不如去街上拉个男人，省得到时候喂狗都嫌臭！"

　　宋红梅那双愤怒得发红的眼要突出来了，"我没人要也强过自己送到男人的被窝里去！"

　　……

　　看到骂功不济，刘娘子伺机动起手来，饿狼扑食冲上去扯住宋红梅的衣服，又撕又掐；宋红梅眼疾手快，飞脚一个裆下踹，仗着身高，双手抓住刘娘子的一头卷毛，连咬带撞。两人扭到一处，难分难解。宋红梅终究病后体虚，渐渐露怯，刘娘子却仗着身宽体胖，步步紧逼。眼看着宋红梅脸上胳膊上被抓出一道道血印子，上衣扣子被撕脱，那双胖手不怀好意地伸向内衣。

宋红梅又气又急，脸涨得通红，忽然目露凶光，奋力抓住对方的领子，扭身靠后，刘娘子便身体背着铁栏杆，说时迟那时快，宋红梅拼尽全力将老婆子顶到铁栏杆上，怒吼道："我豁出去了，反正我也不想活了，索性带你去跳楼！"刘娘子的胖大身躯加上宋红梅的用力，那铁栏杆颤颤地摇起来，发出咯吱吱的响声。

"你推，谅你也不敢！"刘娘子起初还嘴硬，但见宋红梅动真格的，回眼一看自己半个身子探在楼外，便吓得尖叫起来，一把拨开宋红梅的手，竟不顾体面，倒头就往楼下逃奔。宋红梅哪里肯放，照直追去，两人旋风似的，擦过小茉和方卉身边下了楼，一路追到刘娘子的老窝，仓皇的老婆子跳进院子，回身将大门关上，站在天井当中叉腰怒骂，恼得宋红梅抄起墙边的一根棍子，对着大门就是一通乱砸，那门是用薄杨木板子拼的，不太结实，咔嚓一声断成了两半，宋红梅伸进手去拨开门栓，刘娘子一看不好，赶紧往屋里跑，不想钥匙对不准锁眼儿，等到打开进去，宋红梅的棍子恰好砸在门上。

吵闹声早就惊动了整个厂区，楼上楼下挤满了看热闹的人。方卉只感到手脚发软不听使唤，她推了小茉一把，"小茉，快，快去把红梅拉回来！"小茉回过神来，急忙下楼。

此时已有几个有头面会说话的老成女人上前劝住宋红梅，帮着小茉半推半搂地拉着余恨未消的宋红梅离开刘娘子家。

见外边停当，刘娘子出了屋，站在院里扬声争理，"她是吃了哑巴亏没地方遮羞了。你们大家评评，我又没骂她，我骂那老闺女，她倒心惊，那老闺女是她娘呢还是她祖宗……"

方卉还站在楼道里，每句话都钻进耳朵，一时犹如万箭穿心，顿觉眼前发黑，双膝无力地跪在地上，冤屈像团软棉硬塞在喉头，胸闷气短。她猛然站起来，踉跄着奔进丽香斋，一头扑在床上，大放悲声。

丽香斋里的气氛甚是压抑。

方卉的痛哭声已变为低低的抽泣，吕小茉偎在方卉的床边，不时地唤一声方姐，并不知说什么话来安慰她，紧而又叹一口气。宋红梅斜坐在床沿上，仍是一脸的怒气，她冷眼看着方卉，一言不发。王美兰不知什么时候悄悄回来，表面上若无其事，心里却在忖度是劝还是旁观。一阵呼噜声，大家循声望去，见刘丹桂仍在酣睡，刚才发生的一切竟没有吵醒她，美兰不禁失笑："真是睡鬼托生的，天塌地陷也惊不了她的梦头！"她上前去推了一把，丹桂翻了一下身，依旧没醒。美兰不得不拧了她的耳朵，嘴巴贴上去喊道："到点了！"刘丹桂忽地坐起来，用手揉着惺忪的双眼，看着方卉在哭，其他人都绷着脸不说话，一时莫名其妙，怯怯地问道："你们——咋了？"却无人回应。

宋红梅不耐烦地开口道："少来！用不着猫哭耗子假慈悲，本姑奶奶还要睡觉！"

方卉抬头对着宋红梅叫道："你何苦呢？跟她这样的人计较，你是个姑娘家！她骂由她，再说她骂的是我。"

宋红梅跳起身子，气势汹汹道："姑娘怎么了？姑娘就让人作践？路不平有人铲，事不平有人管！你软骨头，任别人骂了这么多年不敢还口，我不怕！我盼不得有这个机会，她骂一句我还十句，这样才痛快呢！"

大家愣了，这还是那个矜持的黑牡丹吗？

"痛快！痛快！你知道当时有多危险！"方卉怒了。

"危险？我死都不怕还怕危险？像我这种缺心眼儿，被人算计着还巴巴儿摇尾巴的蠢人死了，叫好的多着呢！倒不如拉上一个垫背的，为翠春织布厂除了一害，也算死得其所！"

"你……"方卉瞠目结舌，面色煞白，她知道宋红梅话里有话。

"我？我还是从前的我，只是有些人早就变了心肠。现在看着我俗气了是吧？觉得我可恶了是不是？"宋红梅的眼里喷着挑衅的火。

方卉呆呆地看着她，纵有千言万语却张不开口。

小茉气得胸膛要爆炸，对着宋红梅叫道："你是个魔鬼！你变成魔鬼了！"

"魔鬼？"宋红梅笑了，那笑声是硬的，"魔鬼不好吗？大家憎恶魔鬼，那是因为怕他，怕了！不好吗？"硬硬的笑声中夹带着莫名的放浪。

方卉颓然地仰面躺着，双目紧闭。小茉哀求宋红梅不要再说了。

"好吧，我不说了，你也别生气。"宋红梅说完拉开被子盖着半个身子，半眯着眼。

王美兰这会子插话，笑着问道："我才刚出去了一会儿，到底出了什么事？"

宋红梅冷冷地呛道："鹦鹉嘴，家雀腿，好个伶俐人儿，满厂子都知道我与刘娘子打仗，你还蒙在鼓里？"

王美兰脸上红一阵白一阵，半天没回过脖来。

丹桂这时方醒明白，听说宋红梅与刘娘子打仗，她倒显得很高兴，"宋姐，你怎么忽然变了，平日里见你不屑理人，也不多说琐碎话儿，以为你拉不下脸来，今天倒敢跟那老货干上，真是了不起。"她本是笨嘴拙舌的，不知怎么嘴皮子忽然变得这么溜。

宋红梅听了丹桂不尴不尬的话，也不搭腔。她忽然坐起来，顺手拿过床头柜上的香水瓶，尖声叫道："谁动了我的香水？"

"谁还敢动你的香水？"小茉气呼呼地道。

"瓶儿都拧开了还没动？"宋红梅气急败坏。

丹桂胆怯地道："是我，我想知道这种香水是不是与梦娜的一样，我就——不过我只喷了两下。"

宋红梅冰着脸，也不看丹桂，举起香水瓶，手一松，瓶子眨眼坠向水泥地面，啪的一声破碎了。丹桂被眼前的阵势吓傻，抹起眼泪来。

方卉挣扎着爬起来，她怒斥道："宋红梅，你逞什么威风？有本事冲我来！是我对不起你，我弟对不起你，我们全家对不起你，可你也用不着这样糟践自己！你冲我来，你骂吧，你摔吧，只要你心里好受，我愿死一百次。"

方卉的愤怒让宋红梅原形毕露，她垂下手，咬住嘴唇，面色凄然，泪水无声地滚落脸颊，忽然疯了似的伸手将柜子上的化妆品扫到地上，最后拿起那个象征她的，他送她的，她心爱的生肖瓷猪摔下去，啪的一声，那样刺耳。

碎了，一切都碎了。望着那些碎片，宋红梅有些恍惚，猝然转身拿起围裙，鬼影似的游荡出丽香斋。她的梦破了，反倒希望什么都破碎。

方卉推了小茉一把，"去追她回来！"

小茉稍作迟疑，便快步跟了出去。

方卉见宋红梅形单影只地走了，心内翻出一股苦水，猛感到天旋地转，喉咙像被一只可怕的巨手钳住，竟喊不出声来。美兰忙上前扶住她的身子，拉过被卷儿靠住，却见方卉面色赤红，不停地扭动着身体，发出痛苦的呻吟。

第九章　该来的总会来

小茉跟着宋红梅下楼来，因为跑得急，有些气喘："有本事，你别跑！"

宋红梅在楼梯口停下，待小茉上来，一把搂住，走到楼外一个僻处站定。宋红梅劈头问小茉："告诉我，她今天是不是去公墓了？"

小茉一愣，反问道："那又怎么样？"

宋红梅说："今天是她母亲的忌日，以往都是我陪她去。"

小茉心里一震："怪不得。"

宋红梅从裤兜里摸出什么，塞到小茉手里。小茉见是个信封，捏着里边厚厚的一摞。

"这是 3000 块钱，是那人寄给我的。"宋红梅冷笑道，"我当初供他上学，不是为了放债，所以，我不会要的！"

"你自己给方姐好了。"小茉将信封还给宋红梅。

宋红梅不接："我不想再跟她们家有任何瓜葛！"忽又缓下口气道："我知道她要给母亲挪坟，就算是那人的一点孝心吧。"

小茉明白"那人"是方姐的大弟，到此时宋红梅还在为他着想，让小茉又痛又叹："你不恨他了？"

宋红梅说："恨！我不恨他骗我，只恨我爱上他！"宋红梅扭转头，用手揩了下眼泪，"他从小没有娘，跟着他姐，我知道他心里很苦，也不容易。"

小茉说："我怎么跟方姐说？她不会要的。"

宋红梅说："你会有办法的。"

小茉沉吟，又听到宋红梅说："一年前，那人偷偷找到了父亲，只是没有告诉他姐，她要是知道了，肯定不能原谅他！"

小茉被宋红梅绕得有些糊涂："找父亲？方姐父亲不是死了吗？"

宋红梅说："在她心里，她父亲早就死了。其实，她父母离婚了，她父亲去了外地，杳无音信——这么多年她独自带着弟弟们过，很难。秀才，这些事你只放在心里，你把这事办好了，我就叫你一声亲妹。"说完，径直去了。

小茉呆站在那儿，她第一次知道方姐的父亲还活着。上午在公墓，她记得方姐明明说是去看父母的，方姐怎么会咒她父亲？为什么一直是方姐独自抚养弟弟呢？她的父母为什么离婚？许多的问号跳动在小茉脑子里，却没有答案。

小茉回到丽香斋，见美兰正在给方卉掐人中，丹桂呆站在旁边。方卉口里乱叫，两手抓空，像是着了魔道，唬得小茉腿都软了，"这是咋了？"

丹桂颤声道："你和红梅姐一走，她就这样了。"

小茉急得直跺脚："该死的！"

美兰回过头说："你们别呆站着，大约是生疮了，去拿些清水来。"

小茉忙拿茶缸盛了水，双手捧过去。美兰麻利地解开方卉胸前的衣服，右手的食指和中指沾湿，两指屈曲，夹住方卉脖颈的皮肤，用力捏挤，没几下挤过的地方便出现一块铜钱大小的紫疮，依次下去。

"是生疮，这病是上了焦火又发不出来，挤挤就会好的。"

不一会儿，方卉的脖子像戴了一串紫晶项链，果然安静下来了。她吃力地睁开眼，小茉另外倒了半杯水，递到嘴边喝了两口，方卉疲惫地对三人点了点头便又合上眼，大家方松了口气。

美兰给方卉盖好被子，示意另外两人别出声，三个人蹑手蹑脚地出了宿舍。

"要不要去找厂医？"小茉不放心地问道。

"没事儿，躺些时候就好了。"美兰胸有成竹，"不过得多喝些水，缺不得人眼前照看着，万不能再受什么刺激了，实在不行再找厂医也不迟，事闹大了又惹得风言风语的。"

"我是四点的班，这就到点了。"丹桂见两人看她，忙说。

"不巧的是，我晚上也有些事。"美兰为难地说。

"我来照看！"小茉脱口道。

"你不是也有班吗？"丹桂担心地问。

"无所谓，反正我是学徒，也不顶班，就是罚也没奖金。"

"还有，方姐正好来了例假，着了这些气恼，身子很弱，总得吃些有营养的才好，像鸡汤啥的。"

"这也交给我好了。"小茉自告奋勇。

三个人商议妥当，便又回房里。丹桂收拾完去交接班，美兰临时照看着，小茉自去淘换鸡汤。

丽香斋里静悄悄的。方卉仍在昏昏沉沉地睡着。王美兰小心地从床下拉出装衣服的纸箱子，拿出一件白色蕾丝胸罩，因为太出位，自打买来就只穿了一次，又翻了好久方找出一件湖色的低领紧身毛衫，还有上月做的一个扣儿的白西装。她裸了身体，将行头一件件穿妥，对着立在门后边的长镜子照了又照，细细欣赏着，高耸的胸部曲线越发显出她纤细婀娜的腰肢，一头波浪卷发如乌云翻卷，衬托得那张精致的瓜子脸粉妆玉琢，只可惜细长的脖颈有些空荡，要是挂一条金项链该多好！王美兰轻轻叹了口气，忽然想起大杨送的那条白丝巾，找出系上，方心满意足地对镜妩媚一笑。

天黑下来，仍不见小茉的影子。王美兰到走廊上看了几次，心里有些焦躁，与梦娜约好的时间就快到了。她找出眉笔口红，端起小圆镜子，转念一想，又放下，从床头的挂钩上拿下她用粉红开司米线钩的小包，将镜子、口红、眼影之类的用品一股脑儿地装进去，然后坐在床上出神。正像一个等待出征的士兵，她对今晚即将发生的一切期盼而又忐忑。

楼梯上传来脚步声，吕小茉回来了。她右手提着个网兜，左手拿着一个纸袋，因为走得急，上气不接下气的，"快，接把手，累死我了！"王美兰忙起身接过她右手的网兜，里边装着一个加盖的黄底描花搪瓷盆，掂着分量不轻。

王美兰打开盖儿，竟是半盆鲜香四溢的鸡汤，她回头诧异地望着小茉，"真有你的，哪里弄的？"

"我买了只鸡，去我同学家里煮的。"小茉累得有气无力，只坐在床上喘粗气，端详着收拾得焕然一新的王美兰问："你要出去吗？去干吗？"

"有点小事儿。"王美兰边说边用筷子捞出一个鸡翅膀啃着，发出啧啧的赞叹，"是只老母鸡！"

"你怎么知道？"小茉甚是奇怪。

"只有老母鸡才会这么鲜。"王美兰撕了块卫生纸擦手，拿了开司米小包就往外走。

"哎，你不喝碗汤吗？"小茉叫道。

"你给方姐喝吧，我先走了。"王美兰头也不回地消失在暗夜里。

"真是！这么晚了还出去，神神秘秘的。"小茉嘟囔道。

猛听到方卉哎哟一声，小茉忙上前去照应。见方卉张开眼，挣了几挣，方半靠在床头上问："什么时候了？"小茉望了一眼床头的小闹钟，回道："快七点了，外边全黑了呢。你饿了吧？我弄了好吃的。"边说边回头拿碗盛鸡汤。

方卉没答话，双腿挪下床沿，探索着穿鞋，强撑着站起，却不想身体绵软无力，如风中的草棵来回摇晃，只听咚的一声，等小茉回过神来，方卉整个人早已栽倒在地上。

小茉放下手中的家什，手忙脚乱地拼尽全身力气将方卉搀扶到床上，拉了枕头半靠着，只见额上碰了一个大包。

"方姐，你觉得怎么样？要不要叫厂医？"小茉关心地问道。

方卉紧闭着双眼，只是摇头，用手示意想吐，小茉忙从床底摸出脸盆，她便探在床沿上，直着脖子翻肠倒肚地呕吐起来，看看吐出了黄乎乎的胆汁方缓了点。小茉扶方卉重倚在枕头上，就见豆大的汗珠子顺着脸颊淌，面色却如一张灰白的纸，听她嘴里喃喃道："能顿时死了，却是我方卉的造化！"

小茉听了这话一时灰心丧气，搂了方卉便哭起来，悲伤、委屈、恐惧和无望交织在一起，反比上午的那场痛哭来得更强烈。方卉便也忍不住哽咽起来，四行伤心泪，一对可怜人。

哭泣声渐渐止住。方卉出了一身汗，身子不似前边的软弱，她抚摸着小茉的头，轻声安慰道："哪里就那么容易死了？"

"可你说得那么真！你知道，我现在是没有人爱了，只有你对我好，你要是也……"小茉的喉头哽住，说不下去。

方卉紧紧搂住她，心里难过，却说："我那也是一时的气话，有你这么好的妹妹，我哪里舍得？"

小茉破涕为笑，"你刚才吓死我了！你想干什么去？"

"我答应过红梅的妈妈，要跟红梅谈一谈，有些事，人拗不过命，我弟辜负了她，可这世上总有好人。"

"你也不用替红梅姐操那份心，你不知道，她已经……"小茉忽然停顿，半晌方接着说："依红梅姐那么好的条件，一定能找到爱她的人。"

方卉点了点头，嗅着鼻子问道："什么东西这么香？"

小茉方想起鸡汤来，"哎呀，这么长时间，汤怕也凉透了。"

"不打紧，你盛碗来我吃，从小到大我也没吃过几顿热饭，哪里就变娇贵了？"

好在那鸡汤还温，两人各盛了一碗，就着早上的馒头吃了起来。忽听得外边咕咚一声闷响，紧接着是一阵对骂，"我知道你心里还想着那个千人嫌万人骂的，有种你就把我休了！""你再敢放屁，我就撕破你的嘴！"原来是楼下刘娘子与孙大头吵骂。

小茉忙起身把门关上。她忐忑地望着方卉，生怕再出意外，却见方卉似笑非笑地道："是福不是祸，是祸躲不过，该来的总会来！"

小茉不明白方卉的意思，心里想着宋红梅的话，按了按裤袋里的信封不知如何是好。

第十章　十六号机子拆掉换新的

深秋的夜晚已有些寒气。午夜时分，白日里鲜明的一切都隐蔽到黑暗中去。大老袁披着军大衣在厂区巡逻，正走到织布二车间的外边，隐约从暗处传来窃窃私语声，他惊觉地用手电照了照，高声喝道："谁——干什么——"没动静，又是一嗓子，就见从厂房山墙的夹道里走出个小子，不紧不慢地回道："我，尿尿！"大老袁辨出是维修工马鸣，便骂了一句，转身离开，就在那一刹，马鸣的身后蹿出个人影子，待大老袁察觉的时候，那影子早掀开棉布帘进了车间，大老袁心内疑惑，看背影倒像个女的，"这小子！不知尿的什么尿！"大老袁暗自嘀咕，但他懒得管闲事。这几年厂里招进一些合同工，小伙子大姑娘，天天打情骂俏，五马六混，不成体统，大老袁虽心里看不惯，可他是个明白人，爹娘都管不了的事，他没必要去得罪人，只要不偷布，其他的事睁一只眼闭一只眼就过去了。

织布二车间内灯火通明，人们正干得热火朝天，上百台织布机发出震耳欲聋的轰鸣声，如万马奔腾，又似狂涛拍岸，地板和墙壁以及人的身体都被震得微微颤动。为了保证织线的韧度，暖气早就开通了，角落里几台蒸汽机呼呼地吐着雾气，细微的线绒在潮湿闷热的空气中沸沸扬扬，落在人们的脸上、身上，或钻入人们的鼻子、嘴里，抑或落于地上，形成毛绒团，跟随着匆忙的脚步游荡其间。几十个白帽、白裙、白口罩着短袖的女工来回巡视着各自的地盘，全神贯注地检查着织机里慢慢吐出的布匹，鹰般的敏锐，一旦有织线用完及夹梭、断线等织机异常情况出现，女人们就一路小跑上前处理。打线结、换梭、上机是一个挡车工必备的技能，一个女工看十台机子算是平常，麻利的女人大多能照看十五台，而计件工资后竟出现了疯狂的女人看到了二十台，挣别人双倍的钱，惹得红眼病四起，但那是没法子的事，白墙上红漆描的"时间就是金钱，效率就是生命"的口号可不单是为了好看。

"卜喜儿——"邱淑月高声喊着，盖过了织机的隆隆声，她的两台机子因为梭线用完停住了，装线梭的铁盒子里却空空如也，这让她十分恼火，一手摘了口罩，一手叉着水桶腰，一迭声地叫着"卜喜儿——"泰山压顶的气势。

邱淑月是织布二车间一班的班长，年轻时也是个人物，模样端庄，四肢匀称，是翠春织布厂仅次于方卉的织布能手，她的名字总排在劳动光荣榜的前头，加之能说会道，争强好胜，深得领导青睐，可惜她时乖运蹇，结婚没几年丈夫就查出了精神病，长休在家，天天疑忌老婆有外心，见到邱淑月与厂里男人讲话，不论老少，回家关上门就是一顿毒打，打完再跪着向老婆赔礼道歉。头几年邱淑月还闹着要离婚，可单位领导苦口婆心地做工作，法院也不准，再说又有了两个女儿，那出头的心也就灰了。

第一轮承包时，她本要竞争二车间的主任，当时报名的有三人，她、丁水秀和牟桂金。丁水秀织布产量与她不分伯仲，会说话，又会表现，可牟桂金干活粗，产量倒数，不知怎么有胆量报名，有人传着她是俞钱的叔伯姨子，邱淑月以为自己手拿把拍，想不到民工投票时她落到第三，列在丁水秀、牟桂金之后，气得好几晚上睡不安稳。这让她明白了一个道理，光能干没人缘也白搭。好在承包头儿是她一起进厂子的丁水秀，当晚她买了两瓶好酒送上，多少看面子，还让她干了班长。也亏她能干，总挣得头等的奖金，厂里也安排男人在后勤挂着名，现在初中刚毕业的大女儿小莲也进了厂，开始在学习班里学接线头。家里的日子稍有起色，总算能直起腰来喘口气了，她却感到自己老了，四十出头的人，头发半白，体力也大不如前，劳动光荣榜上的排名一落再落，一班的优胜奖也是江河日下，班里早有人放出风要在下次优化组合时让宋红梅顶她的窝儿，但她依然咬牙顶着，为的是班长能吃扣点儿，每月奖金多出三十多块钱。但事不遂愿，上月的产量统计表贴出来，一班又垫底，班里人甩脸子说怪话，她只能厚着老脸忍耐，可连装梭送线的小工也这么看人下菜碟儿，她可真是忍无可忍了，"卜喜儿，你窝在那儿下蛋呢，不想干就走人！"邱淑月的叫骂声淹没在织机巨大的噪声中。

见师傅大呼小叫地骂起来，刘丹桂急忙跑去邻近的取线点上抱来五个线梭，帮着换梭。

邱淑月贴近丹桂的耳边大声说："上次看的那个，人家回话了。"却没了下文。

丹桂心里明白，又黄了。

"还是姻缘不到，下次再给你介绍个好的。"邱淑月拍拍丹桂的肩，还想说什么，却见卜喜儿推着梭车慢悠悠地过来往铁盒子里添，邱淑月气不打一处来，冲上前恶狠狠地咒骂道："进厂子才几天就敢耍滑，一晚上才送来一次线，闹得全班产量上不去，干不了就滚！"

卜喜儿被骂得直翻白眼，怏怏地回道："你这边送线本就不是我管，小茉姐今晚请假，给你送也是我爱动弹！再说我也没耍滑，不信你问问红梅姐，我都送了三四趟了，一晚上跑得脚痛！"她把右脚翘起来，晃动着那只磨歪了根的黑皮鞋让邱淑月看。

婆娘听得卜喜儿一通狡辩，又提到宋红梅三个字，不由得心里开炸眼里冒火，举手照着卜喜儿就是一个嘴巴，"狗仗人势，什么时候轮到你教训老娘！也不照镜子看看自己是什么货色，我还说不得了，你当自己是千金万金的小姐呢！"

卜喜儿吃了亏，立时撒起泼来，将手里捧的几个线梭一股脑儿地扔到地上，蹦得四散，有一支碰到了邱淑月的脚，婆娘便恼羞成怒，"说你一句你倒打起人来了，我今天索性不要这张老脸，跟你拼了！"说着从地上摸起那支梭，赶着卜喜儿要打，大家都站在原地伸长了脖子往这边瞧。

小姑娘眼尖，早踮起脚跑出老远，回头来不知轻重地骂道："敢打你姑奶奶，叫你全家都得神经病！"看着邱淑月赶上来，再跑出一程，停下调过头来再骂："就是不给你装线，气死你！反正你也是兔子尾巴长不了！"

卜喜儿说的虽是孩子话，却能顶到人，邱淑月一愣怔，停住不再追，她心里明白，一个车间几十口子人站着看她的热闹，没人上前助她一臂之力，是墙倒众人推的光景。她骂骂咧咧地回来，却见又有好几台机子停住，赶紧处理，十六号机子却是无论如何也开不起来了，只得扯开嗓子喊"大杨——"

大杨正半靠在烂线堆上打盹儿，刚才的吵闹惊动了他，只当是免费观看的西洋景儿，这会子听到邱淑月又寻趁起他来，心里虽不乐意，但叫到第三遍时还是应声起来，他清楚邱淑月在领导面前打小报告摆布人的本事。

大杨围着那台机子摆弄了半天竟没有眉目，不得不将机壳子卸下来看究竟，邱淑月不时过来絮叨，不是催促他抓紧，就是抱怨她分的机子老旧，言中带粗，话里有话，倒把对卜喜儿的一腔怒气化为对大杨的不满，"我的祖宗，你倒是快点，我是人熊货也埋汰，产量上不去都怪这劳什子机器，眼看着这月的奖金又泡汤了！""你倒是能不能修？也不知你们进厂子三四年都学了些什么！""孙大头倒是怎么教的你们！"

磋磨得大杨肠子里起火，汗在脸上画了道儿。他噌地站起身，对着车间角落里高声喊道："马二炮——邱金刚——"没多会儿，就见马鸣掀开门帘匆匆进来，他长得粗壮结实，小平头，黝黑，举止剽悍，因家中行二，人送外号马二炮。大杨扯开嗓子骂道："你投胎下生去了！一泡尿尿一个时辰！"马二炮忙跑过来，看着拆开的机子，松了松裤腰蹲下，拿起扳手卸挡板，耳朵边上响着大杨粗鲁的叫骂，他也不言语。大杨又对着角落喊："邱金刚——"然后又骂道："发奖金的时候是金刚钻儿，干活了就成了缩头乌龟！"看到邱淑月往这边张望，便压低了声。

邱金刚讨了好久才从布滚子堆上下来，伸抹着眼，打着哈欠，一副吊儿郎当的模样。虽出身农家，却梳着大背头，一口烟熏乌黄的板牙，丝瓜脸上带着趾高气扬的神气。他是邱淑月的娘家侄儿，依着姑姑的关系进了厂子，却不正经干，上次优化组合时没人要，还是邱淑月找了维修车间主任孙大头说合才留下。这小子技术不济，倒是个女人迷，天天吧嗒着蛤蟆嘴眯着那双黄鼠狼眼瞅女人。他姑姑早就四处放风，说他侄是家中独子，黄烟万元户，盖着一溜五间堂屋三间南屋，吹得天花乱坠。托人说了好几个头儿，却都不了了之，反得了个金刚钻儿的诨名。邱金刚自不死心，目光锁定二车间那个白白胖胖一笑俩酒窝风情万种的叫白玫的姑娘，挖空心思地请客吃饭、买东西，小丫头表面对他不错，背地里却与马二炮眉来眼去。他才刚瞧着白玫与马二炮前后掀帘子出去，捉摸着两人肯定到山墙那边厮混去了，心里便如钻进了白蚁，叮咬得痛苦难挨。

邱金刚见杨马两人忙得满头大汗，并不急着搭手，只站着丁字步，阴阳怪气地问道："怎么回事？电机出了问题？"两人没理他。大杨两手抵住挡板，让马二炮将扳手伸进缝隙将螺丝破开，马二炮却笨手笨脚怎么都搞不定，气得大杨吼道："快点！我都撑不住了。"

邱金刚幸灾乐祸道："马二炮，你会不会？看你要娘们儿一包本事，卸个螺丝都不利落，你娘的一顿吃四个馒头都沤了粪了！"

马二炮没等他说完，一扔扳手，腾起身子，老鹰抓小鸡似的一把拽住他的左胳膊，只一拧一推，邱金刚身子一扑棱，就被反钳住动弹不得。

"想借弹打雀落井下石，小心我剥了你的皮！"马二炮压低声音威胁道。

邱淑月瞅着两人动了手，忙扯着嗓子叫起来，"马二炮——你干什么——光天化日下还想打人不成！"边喊边跑。

马二炮见邱淑月手里拤只线梭子过来，忙松了手，朝着婆娘咧了咧嘴，"我们闹着玩哩，谁敢欺负万元户。"

大杨也直起身子帮腔："你老何必认真，打打闹闹也是惯了的，是不是金刚？"

邱金刚哼了声，对他姑不耐烦地道："你别管！"

邱淑月却不依不饶，"我说大杨，这修机器没本事，倒有本事打架？要是耽误了我的活儿，休怪我去找你们主任！你要是能修就快些，不能修就给我换新机子。"

大杨捺了捺性子回道："邱班，你消消气，你也看到了我们不是正在修吗？要说换机子，也不是我说了算，你找孙主任去。"

话音刚落，就见孙大头摇晃着进了车间。邱淑月忙迎上去，对着他就是一通诉说。孙大头气冲冲地过来，对着三个人大光其火，"你们吃了豹子胆了！不好好干活净惹事，一晚上修不出一台机子？那边好几个滚子得换，你们倒在这儿磨，这月奖金还要不要！"

邱金刚一下来了精神，边揉着左胳膊边添油加醋道："我说是机轮坏了，他们还不信，主任你瞅瞅，是不是？"

大杨忙笑道："主任，金刚说得有道理，要不这里让他修着，我们先去卸滚子。"

没等孙大头应允，两人便扔了扳手溜了。

孙大头知道两小子对金刚钻儿不服气，虽说心里头碍着邱淑月的面子，但众目睽睽下也不好硬拧，只得自己动起手来。邱金刚吃了算计，心里没主意，却装得煞有介事，又摸又敲，指指点点，孙大头气不打一处来，结结实实地数落了他几句，小子便借着找工具闪了。

邱淑月过来，见孙大头一个人在修，便酸溜溜地醋他，"好个大主任，倒自己干上了！我当你有多大本事呢！"顺势抬脚轻轻踢了他屁股一下。

孙大头抬脸看了看她，也不言语，伸手抓住那脚踝不放。邱淑月也不躲闪，向前凑了凑，半颠半疯地道："你要是个男人就来真的，别这么偷偷摸摸的！"她忽然又抬高了声调道："孙主任，你可得用心修，我的产量就在你身上了！"

午夜 12 点交接班时孙大头跟大杨交代，十六号机子拆掉换新的。

第十一章　生日礼物

接丹桂班的牛槐花晚到了一刻钟，等丹桂出了二门口，过数的大老袁有些不耐烦，"你这小妮子，怎么这样拖沓！"边说边落了锁。丹桂便回说牛师傅有事来晚了，大老袁晒笑道："你听她的，深更半夜能有什么事？她也就笃定了你心眼儿好！"丹桂没言语，默默地跟在大老袁身后往宿舍区走。"我跟你爸是老战友，说这些也是为你好，现在人心难测，你总得多几个心眼儿，省得以后吃亏。"临到分手，大老袁嘴里还絮叨着，丹桂却半句都没听进去，她心里正想着相亲被拒的事，虽说不是一次两次了，但还是有些伤心，继而愤愤："有什么了不起，脸长得跟个闹钟似的，他不愿意，我还不愿意呢！"如此一想，心里便释然了。她与大老袁分了手，便加快了步伐，待要上楼的时候，冷不防从身后蹿出个人来，一把抓了丹桂的马尾辫，顺势将她拉到暗影里去。丹桂刚想叫唤就听得一个声音低低地道："是我！"丹桂辨出是大杨，便禁了声。那抓马尾辫的手也松开了，丹桂转了身子，面前一个高大的身影，"大杨，你干什么？"丹桂嚷道，大杨拍了拍她的肩膀，放低声音说："我找你有要紧事哩。"

丹桂一下子睡意全消，兴奋地道："快说，什么事？看电影吗？""半夜里哪还有电影看？美兰今晚咋没上班？""她与人换了班你不知道？""干吗？""谁知道，她又不说，我猜与梦特娇有关系，两人神神秘秘的。""怎么与梦特娇扯上了？""你到底找她干吗？明天说不行？"大杨没回答，反问道："你们仨今儿去照相馆了？""你怎么知道？""我路过那儿，碰到小茉从里边出来，我带她回厂子的。""怪不得我们出来就找不到她了。""她怎么了，擦眼抹泪的？""也没怎么。"丹桂不好明说，她对小茉颇有忌惮，"你到底有什么事儿，我可要回去睡觉了。"她打了个哈欠。大杨从怀里摸出件东西，捏在手里在丹桂的眼前晃了晃，郑重其事地道："今儿是美兰的生日，这是生日礼物，你交给她，要是办成了，我就请你看电影，还到雅客居吃包子，一定！"

丹桂拿在手里感知那是个方方正正的小盒子，云里雾里地问："是啥？"大杨并不回答，只再三嘱咐道："你一定要今晚给她！还有，别告诉别人！""我怎么知道她收不收？""你想办法，你可是我的好伙计。"大杨用手在丹桂的头上按了按，便抽身溜了。"她过生日？我怎么不知道！"丹桂满心疑问，她打了个长长的哈欠，便拖着疲惫的身体上楼去了。

丽香斋里寂静无声。王美兰还没回来，宋红梅的床上也空着。方卉早睡了，小茉开着床头灯看书，见了丹桂，不耐烦地问："你怎么才回来？"丹桂支支吾吾，没说出个所以然，幸亏小茉困得不行没心思计较，她关了床头灯，拽了拽被子，嘱咐道："红梅姐今晚回家，美兰也带了钥匙，你只管睡好了。这个美兰，真不知忙什么，敢情大门上有她的关节。"小茉口齿打黏，没多会儿就传出细微的鼾声。

丹桂去洗手间盥洗了回来，蹑手蹑脚地脱了衣服，把床头灯压低，从褥子底摸出那个小盒子仔细地端详着，粉底压花的玻璃纸包得严严实实，淡蓝的丝带十字捆扎，末处结一个花式，十分精巧，"什么礼物费这些工夫！"丹桂并没有被盒子的精美吸引，却对盒子里深藏的秘密产生了强烈的好奇心，"里边可是什么呢？是手表？镯子？是戒指也未可知——大杨真的要娶美兰了？"她将盒子放在胸口上，抑制不住地胡思乱想，思绪就像漫了堤的河水四溢，如果这礼物是大杨送给自己的该有多好。她希望美兰快些回来，又希望她不要回来。丹桂在家里排行老二，上有姐下有弟，并不受待见，期望总被轻易剥夺的感觉充斥在记忆里，从小到大她唯一能做的就是将到嘴的食物快速吃掉，现在她的肚子里只感到空荡，她努力压制心里不可告人的念头。她摸出手表看了看，差十分一点，"美兰到底干什么去了？"她翻翻身子，打了个呵欠，沉沉地睡去。

丹桂朦胧中感到有只手在按她的头，是大杨，不用抬头她就辨识了大杨身上特有的气息，那黑红的脸和白白的牙齿，丹桂忙说："美兰她……"大杨也不言语，将一个盒子交给她，仿佛就是给美兰的那个盒子。没等丹桂明白是怎么回事儿，那盒子里突然蹦出一颗糖豆儿，直蹦到丹桂的嘴里，她咯咯地笑了起来。

"不知笑的什么！敢情做梦拾到钱了！"有个声音叫道。

丹桂一骨碌爬起来，晨光透过门玻璃刺得她睁不开眼，"美兰，你可回来了，等了你一晚上。"

屋里的几个人都笑。

美兰早收拾好行头，准备接班的光景，"得，我回来的时候你还在做梦呢。"

"我真的，我有重要的事情！"看着美兰往外走，丹桂有些着急。

美兰头也不回地出了门，"有什么事以后再说，我快到点了！"

丹桂手里握着那个盒子，心情有些沮丧，如果大杨知道美兰没收到生日礼物他会多失望。她忽然想起那梦境，禁不住心慌脸热起来，正坐在床上发怔，美兰忽地探头进来对她说："中午饭先借我一顿，过后我还你！"

方卉已经好多了，能下地走动，坐在那儿梳头，小茉也已起床，她忙着将鸡汤倒进小铝锅里，从床底下拖出个钨丝的电炉子来插上电加热，嘴里说着："方姐，你还是再休息一天吧。"方卉起身来，拿了一个花布兜儿，微笑着道："别担心，我全好了。""那，总得吃些东西。""我心里头空，不想吃，你们吃吧。"

方卉走到门口忽又停下，她看到了门后铁托子里香水瓶子的玻璃碎渣，便回身从床下找出一张报纸，小心地包好。

"别扔，有了那玩意儿，我们丽香斋才名副其实呢。"小茉打趣道。

方卉没言语，急匆匆地走了。小茉心里嘀咕，"到底有什么事这样急？"

"是世界改变了人，还是人改变了世界。"丹桂发完感慨便倒头躺下。

小茉很为丹桂的高见吃惊，"你又受了什么刺激？"

丹桂并不答话。

"你不吃吗？是老母鸡汤。"小茉提高声音叫道，仍没有回音，只好自己收拾着吃起来。

丹桂从被里探出脑袋来，嗅着鼻子说："什么这么香？"

"货真价实的老母鸡汤！"小茉炫耀地将汤碗端起来，丹桂的脑袋便伸到床前，哀告乞怜："小茉——"

"真有你的！刚才叫你没搭理，我以为你不馋呢。""你叫了吗？我怎么没听到？"小茉只好将碗端到床边，丹桂低头如老龙吸水般一口气喝干，还心有不足，"你再喂我块肉吧。"

小茉撕着肉往丹桂嘴里投，笑着问道："你刚才跟美兰说有重要事情，到底是什么重要事情？"

丹桂急急地把肉吞下，坐起身来，煞有介事地道："我告诉你，你可不许告诉别人。"她小心翼翼地将盒子从被里摸出来，还没说话，就听到外边高喊道："是谁那么不要脸用电炉子！保险丝又打了！"

小茉慌忙将插头拔了，把铝锅及电炉子一股脑儿地推到床底下，回头向丹桂伸了伸舌头。

丹桂将小盒子递给小茉，兴奋地说："你猜，这是什么？"

小茉接过盒子，端详半天说："看样子是首饰之类的，你哪来的？"

丹桂向前探了探头说："是大杨给美兰的，昨天晚上他说是美兰的生日，让我捎给美兰，可美兰回来得晚。"

小茉一下子高兴起来，"这么说，大杨真的看上美兰了？定情之物，会是什么呢？"

丹桂说："你猜。"

小茉思量道；"看这大小，应该是镯子，要按大杨的收入，金的是不可能，充其量是个银的，应该是个银镯子。"后又问道："他干吗不亲手给她？"

丹桂说："他怕美兰拒绝了没面子。"

小茉想了想说："这事怕不好办，你给了，万一美兰不收呢？"

丹桂没明白其中意味，问道："她为什么不收？"

"以美兰的眼界心思，怕看不上大杨呢。"小茉推断道。

"我就不明白，大杨哪里不好了？"

"你听她平日里说的那些话，她怎么甘心找个工人？"

"她不也是个工人，再者说，她还是个合同工呢，大杨不嫌她就是好事了。"

"反正这事儿没有那么容易，不信咱两人打赌，输了请吃烤地瓜。"

两人拉了拉小手指，丹桂收回盒子，擎在眼前看了半天，心里想着如何送给美兰。

第十二章 马二炮的哥哥来了

两个窗洞，排着两条长龙的队伍。

正是吃饭的时候，食堂里挤满了人，熙熙攘攘，人声鼎沸。有人加塞，后边的人便说闲话，夹塞的人不仅泰然，且回敬白眼，"有本事也来。""啊呀，这世道！"不平的人叹息，却也无可奈何。

丹桂和小茉挤在队伍里，慢慢地往前挪。"这得到几时才能打上？"小茉伸长了脖子往前瞅，见到邱金刚和白玫挨着，便喊道："白玫，都有什么菜？""土豆——白菜——""该死的土豆，该死的白菜！"小茉恶狠狠地道，丹桂不明白她为什么会诅咒那些美味，"还有红烧排骨——""这还差不多。""那太贵了，怎么也得一块钱。"丹桂叹息。

这时候，马二炮的身影闪进队伍里，"哎——这里——"白玫扭着身子喊，意思是要他插过去，但马二炮似无所动，面无表情地排在后边，弄得小妮子浑身不自在。

"两个油饼，两份红烧排骨——"邱金刚故意大声道，他数了一叠饭票，把碗递上，回身来给白玫使了个眼色，小妮子明白，忙将碗递上去，打饭的郑师傅撇了撇嘴。

"金刚，有钱也给咱打上份呗。"后边的老婆子看出了端倪，酸酸地说。

"您老想好事，怎么也得再年轻上三十岁。"旁边的青年打趣。

"我为了块骨头再托生去！"老婆子嘴尖皮厚，说得大家一哄而笑。

有人回头看马二炮，那小子面色铁青，耳后的青筋暴突，双眸如擦拭过的枪口寒光闪闪，深不可测。他眼瞅着白玫跟金刚钻儿一前一后地走出食堂，嘴角露出一丝蔑笑。

谭哲拿了两个碗进来，径直走到窗口往里一递，"老齐的"。

郑师傅麻利地打上一份菜，一份红烧排骨，上边盖两张油饼。

谭哲数上饭票，他端菜的当儿望见伙房饭厅里间有人，是副厂长俞钱。

郑师傅丢了个眼色，小声道："你送上去，就下来。"

谭哲没吱声，端着菜走了。

大杨站在门口高声叫喊："马二炮——你大哥来了。"他身后站着一个矮而黑瘦的男人，乡下人寒酸的装扮，肩上搭着半截棍子绾了个鼓囊囊的布袋子，在众人的目光里显得猥琐。

马二炮忙跑上前去，一手接了那男人肩上的东西，一边低声问道："哥，你咋来了？""我给你送棉衣。"

外边到处散落着吃饭的人，或站或蹲或坐，三三两两，边吃边聊，一些人投过来好奇的目光，马二炮忙拉着他大哥往食堂后边走，嘴里还说着，"说好了过几天回去拿，你又送来了。""怕你冷，再说要种麦子了，得买化肥。"

嘴快的人窃窃私语，"看着没，他家三个光棍，这是他大哥，他弟聋哑……""嘻嘻——"几个人交头接耳，有些嘲弄的意味。

白玫嘴里啃着红烧排骨，眼睛盯着马二炮和他哥拐过山墙去。坐在旁边的邱金刚不无得意地接话儿，"你们听说过一个笑话吗？有个人到县城里见了汽车，回去就跟村里人吹，说那铁家伙趴着跑得快，那要是站起来不知得跑多快。说的就是他们那地儿。"他的话并没有让白玫笑起来。

丹桂和小茉打了饭出来，早见王美兰站在二门口招手。

三个人找了个水泥台将菜碗放上去，各人拿着馒头吃起来。大杨坐在不远处的台阶上，不时地往这边瞅，这让丹桂有些紧张，生怕他知道她没有完成任务，心里揣摩着如何把那件棘手的礼物送出去。小茉看出了端倪，便故意侧转了身子东张西望打掩护，丹桂趁机将盒子从裤兜里摸出来，快速塞到王美兰的围裙口袋里，"是大杨……"她还没说完就让王美兰给瞪回去了，小茉转回头来，俩人装作没事人似的吃饭。

一阵铃声被风送过来。吕小茉意识到什么，扔下筷子，拔腿便往传达室跑去。丹桂对着她的背影喊，"看看有没有我的信——"

王美兰努了一下嘴，"她整天惦念那命根子，做那不着边际的作家梦，你却是为着啥？"

"就不兴我也有信？"

"哪儿的？"

"就是不告诉你!"

王美兰的心思并不在丹桂的信上,她小声问道:"作怪,他什么时候给你的?"

丹桂知道是问大杨的礼物,忙把昨晚的事情说一遍,临了还发誓:"我可没告诉别人,哄人是小狗!"

王美兰神情淡漠,"你还是把东西还给他。"

丹桂有些着急,"你到底怎么想的?"

王美兰笑而不答。

丹桂回头望大杨,见小伙子直盯着这边,并朝她咧嘴笑了笑,露出白白的牙齿。

马二炮同着他大哥从伙房后门出来,提了一包馒头,路过大杨身旁便让他哥先走着,他凑上去向大杨说了些什么,就见大杨上下地掏口袋,总算掏出点钱。

"人往高处走,水往低处流。在翠春厂这一亩三分地里天能有多大?外边的世界好着呢!看看马二炮那穷样子。"王美兰边吃边说。

丹桂不明白大杨的礼物与马二炮有什么瓜葛,"大杨人好,比马二炮强一百个码。"

"人好能当饭吃?"

丹桂被噎住。

"哎,我问你,昨晚你师傅打卜喜儿了吗?"

丹桂想了想,"没有打起来,只是骂了几句。为着缺了梭线的事儿,很快就好了,她也不是成心的。"

美兰冷冷地哼了声,"你倒还给她打马虎眼,那臭娘们儿,她以为自己是谁呢?臭了肉不跌行市,明眼里看着现在车间里有几个跟她一心的?"

丹桂心里想要为师傅辩解几句又怕美兰着恼,只好撇清,"师傅也怪我不向着她,你说我倒向谁去?"

"你知道吧?她明着是打卜喜儿,暗里还不是冲着我来的!"美兰愤愤地道,她见丹桂张大了嘴,又压低了声音,"有件事我没告诉你,你知道她前些日子疯疯癫癫地找我说什么?"

"你不是说跟你打听个人吗?"

美兰撇了撇嘴，下巴向着对过人堆里扬了扬，"她给我说合她娘家侄哩，哪有这么不要脸的。"

丹桂笑得喷了饭，"金刚钻儿——不能吧？"

"怎么不能？合翠春厂掐尖儿的女孩子她都说了个遍，真是个疯婆子。她以为她侄子是个金元宝，到处显摆，我便是瞎了眼也不会看上那只癞蛤蟆！"

"你怎么说的？"

"我就说，要说金刚也是个好青年，可俺娘给我算过，不能找属鼠的，使不着。"

丹桂只管笑，"怪不得她背地里问我你是属什么的，就是为了这个。"

"她还跟刘娘子说我不识抬举，小梦全跟我说了。就是为着这个她就看卜喜儿不顺眼。"

"坏了，大杨可也是属鼠的。"丹桂惊慌失措，"你要是到时候……"她还没说完，一个老太太不知从哪里冒出来，笑吟吟地凑上前来打听宋红梅。

两人一愣，老太太小声说："她是我儿的对象，我给她送饭来的。"她转身指了指对过那堆人，"他们说你们两个与宋是一个宿舍的？"

王美兰立刻明白过来，忙把老太太送过二门口，给她指了车间的方向。

"红梅姐不是上四点的班吗，怎么又紧着上起连班来了？"

"攒班呗，我听说订了阳历年的日子，你掐指算算，还有不到两个月。"

丹桂点了点头，"红梅姐还真是好福气。不知那桶里装着什么好吃的。"边望着老太太的背影边吧嗒嘴。

"我看不见得。"美兰似有远见。

丹桂问："什么意思？"

美兰撇撇嘴："没什么意思，做过的事留过的痕。"

丹桂没听明白。

小茉两手空空地回来了。

"有我的信吗？"丹桂问道。

小茉没搭腔，只问那老太太是不是找宋红梅的。

"怎么着，你认识？"美兰问。

"她是我同学的妈，给我煮鸡汤的那个。"小茉悻悻地道，"刚才差点让她看到！"

"你躲她干吗？"丹桂不明白。

小茉也不回答，只问："你们说什么了？"

"能说什么？"丹桂还一头雾水。

小茉看了美兰一眼，黑着脸嘟囔道："该死的白菜！"端起饭碗就往泔水桶那边去，被丹桂叫住了，"你要是不吃就给我，糟蹋东西天打五雷轰。"

小茉把菜分到两人碗里，便头也不回地走了。

"她倒是怎么了？无缘无故的，我没说错话吧？"丹桂有些惶恐。

"难不成我说错了？"美兰淡然地说，"想必是为了退稿的事情，多少次了。"

"真不明白，天天熬油点灯的，写什么诗，费那些脑细胞干吗，又不能吃。"

"你不明白的事多着呢！谁不想出人头地？她吕小茉读了那么些书，却混得与我们一样下车间干活，哪能甘心？不过，她那要风是风想雨得雨的脾气也该收敛些，我们也不是天生的出气筒！"王美兰收拾好饭碗交给丹桂，"等我有了就把饭钱还给你。"说完便扭腰摆胯地进了二门口，她插在围裙口袋里的手指触到了那个盒子，嘴角上浮出一抹笑纹。

第十三章　一张五十的钱

吕小茉驾了风似的，一口气奔上楼。

进了丽香斋，见方卉已经回来，正坐在床边，捧着一个相框发呆，小茉闯进来惊扰了她的思绪。方卉将相框反放在床上，吃惊地问道："小茉，你怎么了？"

吕小茉方才意识到自己哭了。

"没什么，风眯了眼。"她支吾一句，背过身去，放下碗筷，她的手伸进裤兜里，使劲捏着那封信，那是她爸爸写的信。亲情的又一次背叛，昨日之前也许她还能感觉有妈妈的爱，但此刻她孤独了，委屈和愤怒飘荡心间。她努力忍住不让眼泪讲出来，"吕小茉，你要坚强，坚强！"

方卉问："小茉，你没事吧？"

小茉揩了眼角的泪，转身来，勉强笑笑，"你怎么没去吃饭？"

方卉说："我在外边吃过了。"

小茉看到方卉床上摊放着些布品，便顺手抄起来，一色浅粉的床罩、被单、枕套，上边彩绣的花草、禽鸟，十分精美。小茉惊叹道："这么漂亮！你哪里买的？"她并没有注意方卉惨淡的脸色。

"是我绣的。"许久，方听到方卉说。

"结婚用的？"小茉猛地意识到什么，忙止住，转了话头道："我妈那些年也绣过一套，现在还用着呢。"她又吞吐了，说到妈妈，喉头有些发紧。

"是呀，那些年时兴这个。"方卉拿起枕套，摩挲着上边一对蝴蝶，喃喃道："我绣了送给一个好姐妹，她说她很喜欢，可这么多年了，她却没用，还是新的呢。"

小茉顺手翻过那个相框，是方卉与一个女人的合影，"她是谁？你的好姐妹？"

方卉没有说话，只是把相框接过去，端详着。

"是好姐妹还说谎？"小茉直直地道。

方卉怔住，她望着吕小茉，"怎么会？她说她不舍得用，要留给我。"

小茉冷笑一声，把被罩拿给方卉看，"这被罩根本就是另外做的，原来的是的确良，这是涤棉的，才产了几年？而且这花草也是机绣的，一目了然！"

方卉仔细分辨着，默默无言。

"她根本就是在骗你！"吕小茉的声音大得吓人，眼圈子红着。

方卉诧异地看着小茉，问道："小茉，你怎么了？你脸色不好，发生什么事了？"

吕小茉潸然泪下，突然情绪失控地扑到方卉的肩膀上，泣不成声，"方姐，他们都在骗我！为什么？"

方卉抚着小茉的背，竭力安慰她，"你别急，慢慢说。"

"你告诉我，为什么最亲的人也会欺骗你？"

"也许，都有苦衷吧。"方卉叹息道。

"可是……"

"到底是什么事？"

门呼的一声开了，刘丹桂兴冲冲地进来，嘴里嚷嚷着，"小茉，猜猜我给你带来了什么？"她被眼前的情景惊呆，结结巴巴地问道："你们——怎么了？"转而又问："小茉，你的稿子又被退回来了？"

吕小茉歘地起身来，扭头回到自己床边，揩去泪水，掩饰道："你瞎说啥？"

方卉忙指着丹桂手里的塑料袋问是什么，丹桂碰到了外星人似的瞪着眼睛说："小茉，是昨天那个女人送来的，你妈妈的旗袍！"

吕小茉紫绛了脸，一把夺过来，抖擞到床上，紧咬嘴唇，对着那件酒红色的天鹅绒旗袍发呆，猛然发疯地用力撕扯起来。

"小茉，你疯了！这可是你妈妈留给你结婚的！就是那女人穿过了，你也犯不着祸害一件衣裳。"丹桂叫道。小茉哭喊道："从今往后，我再也不相信任何——"她力气小，并没有撕动，扭头从床头柜上摸起一把纱剪，狠命地铰下去。

方卉和丹桂忙上前阻止，好歹夺下来，只是那旗袍前襟上早剪开一道口子……

吕小茉病倒了。头昏脑涨，咽喉肿痛，渐次发起烧来，想挣扎着上班，竟不能。方卉给她请了假，从卫生室里拿了感冒药吃上，捂上被子昏昏沉沉地睡着了。

丹桂给小茉浸了毛巾敷在额头，却听到她叽里咕噜说胡话，"妈妈——别丢下我——"丹桂摇她也不应，心里就有些害怕，听得外边有动静，忙出到过廊上张望，竟没有一个人影，静悄悄的。

快到接班时间了，方卉还没回来，丹桂不禁有些着急，她向远处厂房区瞟了一眼，却隐约望见西墙根儿靠近茅厕的地方一个人拿起什么东西往墙外扔，正在那儿发呆，听到小茉喊"水——"便忙忙地进到屋里。

小茉喝了半杯水，闭着眼跟丹桂说："我没事，你上班去吧。"

丹桂见小茉满面赤红，用手试了试，好像比刚才轻了些，才放下心来，重新浸了毛巾，把杯子的水倒满。

"我到点了。好歹美兰就下班了，方姐有急事出去了，说是办好就回来，你要是觉得不好就大声喊，东边屋里的小李在……"她颠三倒四，絮絮叨叨一大堆，小茉早睡过去了。

一排排的房子，穿过一个个过道，这是哪里？怎么像迷宫，对了，小时候住的平房，似乎又不是。"小茉——"是妈妈，小茉看见妈妈站在门口，她忙跑过去，妈妈却不见了，穿过一道道门，什么也没有，怎么会这样？是了，这是在做梦，小茉松了口气。"小茉——"她看到妈妈穿着旗袍，胸前有一个口子，面色沉郁，"对不起妈妈，我不是故意的——"小茉突然发现妈妈竟是站在悬崖上，"妈妈，小心——"妈妈跳下去了，下面是无边黑暗的深渊……

小茉惊醒，冷汗淋漓，她瞪大眼睛望着天花板，心里渐渐明白，回想刚才的梦境，脑子嗡嗡乱响。

门半掩着，秋风穿堂过户，打得外边挂在铁栏杆上的衣服撑子啪啪乱响。小茉心里忽生悲凉，想到《红楼梦》中独坐秋窗下悲伤的林黛玉，可叹"境遇不同，伤心则一"，不觉簌簌泪下。

忽听有人在门外窃窃私语。

"下次你还去不去？"

"我有些打怵，别人还好，只那老贾不老实，动手动脚的。"

"你放心，那老贾怕婆子，给他一百个胆也不敢。孔总对你可是很赏识。"

"我再想想。"

……

脚步声远去。王美兰进屋，坐在床沿上，她迫不及待地察看手里的东西，对着光照一照，那是一张五十元钱。

小茉眯着眼，看得一清二楚。好久，她咳了声，动了动身子。

王美兰跳起来，"啊呀，吓死我了！"看她惊慌失措的样子，小茉暗自好笑，

"你啥时候醒的？听到什么了？"

"听到什么？"

"没什么。刚才小梦来找我的，我怕惊着你，就在外边站了会儿。"

"想我睡得太沉，竟没听到。我口渴，把杯子递给我吧。"

美兰端起杯子给小茉，"她找我也没什么事，就是问个毛衣样子。"

"唔。"小茉喝完水又躺下，心里忖度着两人会有什么勾当。

这时，方卉进屋来。她买了奶粉、炒糖还有橘子，全摆到小茉的床头柜上，招呼着两人吃。她询问小茉"好些了没有？"一边剥了橘子，尝了一瓣，"稍有些酸，不过还行。"送一瓣到小茉嘴里，小茉说太酸，不吃了。

"这倒是对我的嘴。我顶爱吃酸，刚结的那杏孩儿，又涩又酸的，我一口气能吃一把。"王美兰洋洋得意。

"你们先吃着，工会马主席找我有点事儿。"方卉说完，急匆匆地出门去了。

王美兰坐在小茉床沿上，鬼鬼祟祟地说："又来事了！外边都传着有人向厂里写信，说方姐的坏话，想在下次竞争上岗的时候把她拉下来呢，说不上就是为了这事找她，你说现在的事儿怎么……"

小茉腾地坐起身子，失声喊道："什么？是谁那么黑心烂肺的！真是……"话没说完便手捂着脑袋直叫唤，只好又躺下，缓了缓又问："确切吗？你听谁说的？"

王美兰看着小茉反应强烈倒有些得意，她不紧不慢地回道："风言风语的，谁知道。还有更邪乎的，说方姐和齐厂长……"

吕小茉瞪大了眼嚷起来："说什么？"

王美兰把话咽回去了，顿了顿方说："也没什么，瞎猜呗。"

吕小茉咬牙道："我就知道这些烂心烂肺的东西，一时不嚼舌头根子会死掉！"

"现在翠春厂里是庙小妖风大，池浅王八多，为了一个车间主任就争得头破血流，还不是为了钱？现在就这样儿，你何必……"王美兰本想说"何必闲吃萝卜淡操心"，转而又改了口，"何必跟那些人生气，就是生气又能怎么样？也改变不了，生着病，好好养着才是真的。"

小茉让王美兰一通话说得泄了气，方卉被告状也不是一次两次了，当面骂的，背后指的，又能怎么样？爸爸在骗她，妈妈也在骗她，眼看着从前拥有的一切都塌成了灰，她还能怎么样？

"方姐那么善良的人，辛辛苦苦干了这么多年也太委屈了。"小茉的眼泪又要流出来。

王美兰刚要接话，见宋红梅进来了，便收住，起身来打了个招呼又回到自己床边。

宋红梅放下手中的东西，觑了小茉一眼，便开始换衣服，"秀才，真病了？"

小茉也不理她，闭着眼。

"嘿！你还挺记仇的，有本事这辈子都别跟我说话。"

"魔鬼。"小茉嘟囔着。

宋红梅呛声道："感谢赐号！只可惜了，我要是魔鬼，早就把翠春厂那帮魑魅魍魉的小人打进十八层地狱了！"

"重复，魑魅魍魉就是小人。"小茉纠正。

宋红梅不由得笑起来，"我倒是班门弄斧了？"她换好了衣服，凑到小茉床前手伸进被子里抓挠起来，"我给你按摩，手到病除。"

小茉受不了，只得笑着坐起来。退了汗，感觉好多了，还有些头晕。抓了把炒糖咯嘣咯嘣地吃起来，看着宋红梅对着镜子描眉。

"她去哪儿了？"宋红梅问。

"谁？"

"明知故问。"

"让马主席叫去了。"小茉盯着宋红梅的表情，她知道她是在意方卉的。

宋红梅停住手，鼻子里哼了声，把手镜扣到床上，想了想又端起来，冷不丁地问道："秀才，你跟文娜是同学？"

"不认识。"

宋红梅看着小茉，笑笑："人小鬼大。"

"你放一万个心，他们家我是不会再去了。"

王美兰在一边看着两个人打哑谜，便起身去打饭，问要不要给她们捎。

"不用打，今晚上的饭我包了。美兰，你去走廊看看，别让他进来，不方便。"

王美兰出去不多会儿就回来了，手里提着一个盖篮，"是包子。"她向小茉努嘴，"宋姐，人家大哥在外边等着呢。"

"自家包的，你们放心吃，就算我给丽香斋的姐妹们赔礼道歉了。"宋红梅说完头也不回地走了。

第十四章　金币

县医院里看病的人熙熙攘攘。吕小茉穿过门诊大厅，绕到楼梯边的角门出去，沿着水泥台阶的过廊向病房楼走去。这些路她是走熟了的，以前她就是从这里去找妈妈，从来没有感到异样，但现在她觉得这像是地狱之路，充满着诡异和恐怖的气息。

她穿了件收腰的黑夹克，竖起领子，微低着头，双手插在口袋里，上到三楼的时候摸出一个白口罩戴上，这里到处是熟人，她不想多说话。她径直走到内一科医生办公室，探头进去，见里边一个秃顶男医生正在为患者诊病，便撤回身子，四处张望，碰巧一个小护士匆匆过来，吕小茉忙问道："请问郝大夫在吗？"

"噢，她在透析室。"

吕小茉说了声谢谢，沿着走廊往尽头的透析室走去，路过 11 号病房，猛然瞥见一个熟悉的身影，不由得吃了一惊，"方姐，她怎么在这儿？"

小茉闪到一边，透过门玻璃，她看到方卉正在给一个半躺在床上的女人边做按摩边说着话。

"那是谁？好像在哪里见过。"小茉努力回想，竟没有答案。方卉帮女人翻了下身，那张瘦削得有些变形的脸正对着门口。

"是了，那张照片，方姐的好姐妹。"此时吕小茉才明白，这一个星期方卉下班后便不见影子的原因，她一定是来陪床了，"可她是铁打的吗？上完班也不休息。"

关于方卉与好姐妹的爱恨情仇，小茉也从车间里那些贫嘴饶舌的女人的闲谈中听到些，她本来就厌恶，更不会去打听。但今天的无意发现还是让她怔忡不安，她略有犹疑，便快步离开。

小茉在透析室找到了郝阿姨，她跟护士交代几句便拉着小茉出来，进了医生办公室。

"小茉，进来吧。"郝阿姨打开里间的门让小茉进去。

"今天有空过来，上夜班吗？"郝阿姨刚洗过手，挤了点护手油，边擦边问。她示意小茉坐下。

小茉没坐，她从口袋里摸出那封信递过去，"我爸爸，他说让我问你。"

郝阿姨粗略地看完，面露不悦，喃喃道："这个老吕，怎么这样性急！"她沉吟了半天，抬头望着小茉的脸，起身拉过一个方凳让小茉坐下，字斟句酌地说："小茉，你长大了，有些事情你应该知道。你爸说得没错，他和你妈三年前就离婚了。"

小茉的心沉下去，嚷道："为什么？他们一直都很好的，我妈很爱我爸，虽然我爸他背着我妈……"

"有些事情你只看到了表象。他们的婚姻一开始就是个错误，不能说是谁的不是，都是那个时代的无奈，也许以后你会理解他们。"

"我想知道他们为什么离婚？为什么要瞒着我？"

"没有为什么。鞋子合不合适只有脚知道，他们过得幸不幸福只有他们明白，他们是大人，有权做出选择。他们不告诉你是怕影响你考大学，他们不想毁了你的前途，你要理解他们的苦心。当时你妈很痛苦，她想等一切妥当了再跟你说，没想到……"

"什么妥当了？"

"等你考完试。"

"我明白，可是我……"疑问爬满了小茉的嗓子眼儿，但她忍住了，因为她知道不会有答案，整个都是爸爸背后操纵的阴谋，而她身在其中，不明就里。

郝阿姨打开抽屉，从里边拿出一个牛皮纸袋子，递给小茉，"都过去了，你要往前看，我想你妈也是这样希望的，一切都会好的。这是你妈的，她当时已经写了辞职报告，没有办公桌子，她就把这个托付给我保管，还说在适当的时候交给你，不知为什么，那些话现在感觉有些不祥，谁想第二天她就出事了。"

"可是，妈妈告诉我去青岛是因公出差，她为什么要骗我？"小茉急促地问。

郝阿姨有些哑然，顿了顿说："可能你妈有苦衷吧！不过，你要相信你妈妈，她的出发点是好的，一切都是为了保护你。我和你妈都是青岛人，你妈一直想回青岛，可父母早没了，还有你在上学。她跟你爸爸离婚后准备回青岛找工作，她有个表哥，给她介绍了份药房的活儿，她就是去谈那个的。"

"郝阿姨，我妈的那个表哥，您见过吗？"小茉盯着郝阿姨的脸。

郝阿姨眼神闪烁，摇头道："没有，只听你妈说起过。"

小茉心里明白，郝阿姨在撒谎，即便这个牛皮纸袋子她也是见过的，就在爸爸的书桌抽屉里。"也许是爸爸给她的？他们串通好了这样说？"

"不想打开看看吗？"郝阿姨问。

小茉将纸袋里的东西倒在桌子上，一些证书之类的，老照片，那张妈妈最喜欢的黑白半身照，梳着两条辫子，年轻美丽，清新脱俗，比家中相册里的要别致，应该是原照。小茉拿起一张合影，上边三男两女五个人。

"这些人是？"小茉亮给郝阿姨看。

"当年知识青年上山下乡，这是当时从青岛分配到这里的五个人，后来返城，三个男的都回去了，只有我和你妈留在了这里。女人呀，一旦有了家庭，便成了不会飞的鸟儿。"郝阿姨叹息道。

小茉把东西装回袋子里，有东西从夹着的证书里掉出来，从桌子上滚落在地上，发出悦耳的咣啷声。她俯下身子捡起来，是个一元硬币大小的黄铜板，边缘处钻了一个孔，用褐色线绳子穿着，她翻看着，上边花纹独特，并不认识。

"那个，据说是外国的金币，戴在身上能避邪。"

"是我妈妈的？"

"应该是吧，你姥爷门上从前是做买卖的，还跟外国人做，所以成分不好，你妈就是因为这个才憋屈了一辈子。"

"你知道我姥爷的事？我妈只说过我姥姥，从来不谈我姥爷。"

"听你妈妈说，你姥爷新中国成立前就死了，你妈与你姥姥相依为命，后来你姥姥也没了。"郝阿姨的声音有些伤感。

一阵沉默。

小茉把东西收拾好，脸上挤出点笑容，"郝阿姨，谢谢您。"

"不用谢，以后有什么事只管来找我，你跟我们家慧慧一般大，我可是一直把你当女儿待。"郝阿姨送小茉出来。

"对了，11房的那个女人得了什么病？"小茉装作无心地问。

"哪个？"

"靠窗的那个。"

"你认识？"

"她曾在我们厂里干过。"

"尿毒症，在透析，等着换肾呢。"

小茉哦了一声便与郝阿姨告别了。出了医生办公室，走过11号病房，发现方卉和她的姐妹不见了，走到过道的楼梯口，却发现那个女人正站在窗边向外张望，脸上浮现着阴森可怖的表情，嘴里低声诅咒道："该死的，不得好死！"小茉快步下到二楼同一个位置，透过窗口，看到方姐正与一个男人站在楼下甬道上说话。小茉认得，就是上次去找方姐的那个男人。

"他就是那个陈世美了。看样子他们已冰释前嫌，方姐也太善良了吧？"小茉心里膈应。

方卉和男人告别，男人望着方卉远去，然后调头进楼，小茉往楼下走，正与男人碰面，她盯着那张周正的脸，看上去并不可憎。男人看了一眼小茉，继续往楼上走。

"她走了？"一个冰冷的声音说。

"走了。"

小茉侧耳细听。

"真是有说不完的话，是不是旧情复燃了？"女人挖苦的语气。

"你又瞎说什么，不是你让我找她的？"男人懦弱地辩解。

"我让你找她是为的什么？你问了吗？"

"我说不出口，我们已经伤害过她一次了，怎么还好意思再让她牺牲……"

没等男人说完，女人便恶声恶气地道："你个没良心的！你是不是盼着我早死呀？我死了你好再续前缘。我知道你早就后悔娶了我，可当初为什么上了我的床？偷腥的猫，男人没有一个好东西！"女人有些歇斯底里，"夏立明，你给我听着，我受罪，你们也别想好过！"

"你这火暴脾气，人都病成这样子了，不为别的，为了孩子你也该往好处想才是。"男人投降了。

女人软了下来，"我要是有个亲姐热弟，有半条出路，我何必去求她呢，你以为我想见她吗？"

"她对你那么好，也许会答应的。"

"你哪里知道，她的好就是一把杀人的软刀子。不过，她欠了我一条命，要不是我，她也活不到今天，这样说我们也没有对不起她。"

"我下次见她说就是了，回去吧，楼口风大。"男人说。

声音渐远。

小茉飞快地奔上楼，过廊里空荡荡的，尽头的透析室传来令人毛骨悚然的嗡嗡声。

小茉回想着两人的谈话，不禁心生疑窦，他们想要告诉方姐什么？虽然猜不出个所以然，但小茉觉得绝不是什么好事。她朝窗外看去，见落日半浸在铁灰色的暮云里，放出惨淡而冷漠的光。

第十五章　世界上最远的距离

"小茉——我快要死了——"刘丹桂拉着长音叫道。小茉将枕头靠在床邦上半躺着，手里拿着妈妈的半身照，默念着照片背面的四行字："如果记住就是忘却，我将不再回忆；如果忘却就是记住，我多么接近于忘却。"赠……后边的那个字模糊不清，像是被刀子刮过。

"小茉，求你了，快给我想想办法，小茉——"丹桂的声音可怜巴巴，她躺在床上，双手搭着肚子，正捧着那个玻璃纸包装的小盒子。

"明明是一首爱情诗，妈妈怎么会写在这张照片上？是送给谁的？妈妈的初恋吗？后边的字为什么刮掉呢？"小茉困顿不解，她记得妈妈说这张照片是 19 岁时照的，而诗的落款却是"25 岁生日纪念"，那时妈妈刚来莲城，并不认识爸爸，到底发生了什么？

"小茉——"丹桂翻身趴在床上，眼巴巴地望着小茉，"都三个来回了，你说我该怎么办？"

"也许——那东西，会不会是美兰没看上眼？"终于，小茉漫不经心地说。

"不可能，盒子好好的，根本没打开，她怎么知道里边是啥？"

"那么，你再重复一遍他俩的话。"

"美兰说：'她不想随随便便地要别人的东西，你收的你得还回去。'"

"岂有此理！"

"大杨说：'送出去的东西我不会收回，美兰收不收都在你身上。'"

"强盗逻辑！"

小茉侧身对丹桂说："以我的分析，美兰拒收有三种可能。"

"三种？"丹桂张大了嘴巴。

"一种是她根本就没看上大杨，这样子倒好办，你直接还给大杨，就说美兰不愿意。"

"那大杨会多伤心呀。"

"不过这种可能性不大，如果她对大杨确实没意思，当时就不会收，可既然收下了，就说明她对大杨还有那么点意思，这就是第二种可能，叫故作姿态。"

"什么叫故作姿态？"

"欲擒故纵！"

"什么是欲擒故纵？"

"装模作样，明白吧？"

"噢。"丹桂翻了下白眼，"喜欢就喜欢，干吗还装模作样？"

"这叫女人的矜持。刘备请诸葛亮还得三顾茅庐呢，哪有一求婚就答应的？那不是掉价吗。如果是这种，必须让大杨拿出态度来，痛哭流涕、下跪什么的，我想美兰早晚会收下的。"

"那大杨多没面子呀！"

"第三种可能就是，美兰虽说对大杨有那么点意思，可不是她最中意的，所以以掩待变，暗里再找更好的，就是说大杨只是个备胎。"

"什么是备胎？"

"就是车后腚上挂着的那个车轱辘。"小茉有些不耐烦。

"这也太糟践大杨了！"

"如果是这种情况，你就对大杨说，别癞蛤蟆想吃天鹅肉了。"

"那不行！大杨会难过死的。"

"你怎么处处只为大杨想？到底是他们两个人的事情，你跟着掺和啥？喊——"小茉躺回去，拿起照片继续捉摸那首诗。

丹桂愁眉苦脸地坐在床上发呆，想了半天也没有头绪，"小茉——"她又开始叫起来，"你说我该怎么办？"

小茉忍无可忍："亲爱的刘丹桂同志，你知道狗熊是怎么死的吗？"

"怎么死的？"

"是笨死的！"

丹桂被小茉恶狠狠的样子吓住了，不敢再问，手里摆弄着那个盒子，猜测着里边到底是什么。

"你说的也有道理，"丹桂忽然说，"美兰以前对大杨是有好感的，可不知为什么就变了，心里总想找个'三大件'的。"她低声道："小茉，你知道吧，美兰最近发大财了，那天她竟然拿着五十块钱去买饭票呢，昨天中午她还打了油炸里脊和五香鱼，眼都不眨一下。"

"你没问她？"

"我问过，她说就是去给人家看账。"

"她？能看账？"小茉冷笑一声，"这个谎也太不靠谱了。"

"她还说这翠春厂的活儿不是人干的，人不能让尿憋死，总有一天……"

"总有一天怎么样？"

"她没说，不过肯定与梦特娇有关。她好像认识了大人物，挺得意的，就不把大杨放在眼里了。真是，大杨哪点不好？"

小茉心里一动。

丹桂看了看手表，"方姐和美兰快下班了，你起来收拾一下吧，要不到了红梅姐家也就晚了。"

"哎，丹桂——"小茉忽然嘿嘿一乐，招呼丹桂近前来，"我倒有个主意，你就对美兰说，大杨把东西要回去了，好像送给别的女孩了。"

"那不是骗人吗？"

"没关系，要是美兰真对大杨好，她一准会急，要不是真心，你也可以交差了，这就叫瞒天过海之计。"

"成吗？"丹桂惴惴不安起来，"我可是打从娘胎里出来就没说过瞎话的，要是他们知道了咋办？"

"那有什么！你也是被他们逼急了不是？你就说得模棱两可，好像是……再说，还有我呢。"小茉攥起拳头晃了晃。

丹桂半信半疑地点点头。

方卉和三个女孩子转了几条胡同，终于找到了宋红梅家。

敲过几遍门，没有半点回应。方卉手伸进小门，从里边打开插销，四个人蹑手蹑脚地到院子里，里边静悄悄的，蜂窝煤炉子上熬着一锅绿豆稀饭，正沸腾着。忽听见哐啷一声，紧接着传来喊叫声："我的祖宗，我前辈子欠了你的还是咋的？你这么折腾！"

宋红梅的妈妈从屋里出来，擦着眼睛，看到院子里的人，一时尴尬，表情惨淡。她做了个手势指了指屋里，便拉着方卉的手招呼着大家到南屋坐下，老太太寒暄几句，抄起茶壶张罗着泡水，怎禁得那眼泪哗哗直流，方卉忙接过来，低声问道："不是说想开了吗？""哪里就好了？找了多少人说，你也劝过的，可她竟油盐不进，背后只跟我闹，不知那世我造了什么孽，今生碰上这么个冤家！"老太太呜咽了。

"婶子，都是我的错，是方博对不起她。"方卉感到无地自容，她拉着老人的手不知如何安慰。

"快别说这话，不能说谁的错，这姻缘不到，别人能有什么办法？红梅她也是痴心，方博他人才好，学问又高，又在北京上班，怎么可能？再说，两人不对脾气，结了婚又能怎样？"

"刚才又为着什么发火？"

"这门亲事是我押着她愿意的。我也不是那糊涂人，小田那孩子不错，两人是同学，我跟他家父母也熟，知根知底儿，再说人家也不在乎她年龄大，我千哀万告，她总算点头了，我这心里一块石头落了地，谁想她临了又这么不省心……瞪眼扬鼻子、砸盘摔碗地赌气，我都忍了，可她又生出个法子……"老太太气塞喉头，说不下去。

"人家谁结婚不穿红的，这是自古传下来的规矩，她偏穿黑，去做了一身黑西服。这不是成心让人笑话吗？"

几个人面面相觑。方卉给小茉使了个眼色。

"我们去看看红梅姐的嫁妆吧。"小茉提议，丹桂响应，美兰却不动窝，"你们先过去，我喝会儿水再去。"

小茉拉开堂屋门，烟雾扑面，呛得两人猛烈咳起来，定了定神，见披头散发的宋红梅坐在一个矮凳上，穿着家常的衣服，面前放着一个脸盆，被撕裂的信件和照片在燃烧。

宋红梅抬头见两个人吃惊地看着自己，一愣神，即刻又高兴起来，夸张地张开双臂做了个欢迎的动作，"欢迎来参加我的葬礼！"

"你在干吗？"小茉问。

"我在埋葬过去！"宋红梅满不在乎，"谎言，背叛！"

"红梅姐，你疯了？"丹桂惊恐万分。

宋红梅咯咯地笑起来，"丹桂，你真逗。"她把一封信用力撕碎，投进火焰里，笑容渐渐退去，继之以冷漠，"我要是能疯就好了。"

"你为什么烧了？多可惜。"丹桂急得直跺脚，"留着以后做个纪念不好吗？"

"要我说，烧了倒好，一了百了！"小茉蹲下去，拿起一封信，拆开来，问宋红梅"要不要？"听得一声"烧！"便嗤嗤地撕起来，嘴里还叫着痛快。

"你们都疯了不成，这不是糟践东西吗？"丹桂忙上前去抢，两人哪里肯放手，边撕边笑。

"想不到撕东西这么好玩！怪不得晴雯撕扇子作千金一笑呢。"

宋红梅拿起一封信，打开看了看，踌躇起来，对着跳跃的火苗发呆，忽然长出一口气，光亮在她的瞳孔里闪烁。

"怎么不撕了？"小茉问。

"我累了。"

"烧掉了过去，未来必定光明。"

"那又能怎么样？我还有未来吗？"宋红梅转过头来看着小茉和丹桂，面无表情，可那眼泪却如断线的珍珠滚落。

小茉将她手中的信夺过来，待撕未撕间听得宋红梅说："你别——那是第一封——"那声音已是哽咽了。

"既然没有希望，你何不痛痛快快地放手呢？"小茉赌气道。

"你懂什么？小丫头片子！你们知道爱情是什么？那是说忘就能忘的？"宋红梅未及说完便扑在身后的床头上。

丹桂见红梅失声痛哭，那腿早软了，上前去搂住，口里说："红梅姐，你别哭了——"自己也忍不住张嘴嚎起来。

小茉低头看那封信，上边工整地抄了泰戈尔的那首《世界上最远的距离》："世界上最远的距离，不是生与死的距离，而是我站在你面前，你却不知道我爱你……世界上最远的距离，不是我不能说我爱你，而是彼此相爱，却不能在一起……"小茉明白，宋红梅是真的爱了，不然也不会这般痛苦，想起妈妈照片后的那四句诗，不禁刺目酸心，悲伤难持。

方卉她们听得哭声，一时不知发生了什么，三个人慌忙起身往外走，红梅妈战战兢兢，过门槛不慎绊了脚，哎哟一声倒在地上，却无论如何也爬不起来了。

第十六章　匿名信

正是早上交接班的时间，二门口的公告栏前聚了一群人，推推搡搡，吵吵嚷嚷，全都伸长了脖子，从刚张贴出来的月度产量表上找寻自己的名字，有人高兴，有人懊丧，辛苦了一个月的劳动成果就标在上边。

小茉和白玫站在边上看热闹。王美兰和刘丹桂从人堆里挤出来，看样子成绩不错。

"红梅姐这个月最高。"丹桂看着手里的抄纸，"我师傅这月又倒数。"

"小梦，这边——"王美兰招呼道。

梦特娇气哼哼地过来，嘴里发着牢骚，"这真是吃柿子专挑软的捏！"

"怎么着？又扣了。"

"左右都是那妖精的理，我就洗净了眼看着，她还能猖狂几天！"

"你说谁呢？"小茉问。

梦特娇由嗔变喜，拍拍小茉的肩膀，浪声嗲气地讨饶，"哎呀，我的茉姐姐，我说错话了不成？我就有十个胆也不敢得罪你。"

小茉厌恶地闪开，冷笑道："你说我我还不恼，你说别人我倒心惊！"

王美兰忙搭话岔开，"今天开会为了什么？"

梦特娇张了张嘴，看着小茉，停顿一会儿说："谁知道呢。"

"喊——"小茉心里窝火，可也不便小题大做，只得忍了。

梦特娇用手戳了王美兰一下，两人离开人堆，低声嘀咕着。梦特娇说："那事说好了，你可得准时。"王美兰回道："我今天白班，4点下班。"梦特娇说："还是老地方。"

小茉张着耳朵听，像是暗语，听不出个所以然，忍不住瞟了两人一眼。

王美兰见小茉回头看，忙向梦特娇使眼色，梦特娇闭嘴，扭身望向别处，正看到大杨一帮子人往这边走，便咋呼起来，"大杨，快过来。"

王美兰的脸色突变，丹桂局促不安地看看大杨，瞄瞄美兰，再盯着小茉。

大杨不顾男人们的嘲笑凑过来，手里拿着个青头萝卜，乐滋滋地问她们："你们吃萝卜吗？"引得周围的女孩子一阵欢呼。

"哎，大杨，怎么能拿着哥们儿的东西讨女人情？"碎嘴的嚷道。

大杨并不在乎，他瞅了一眼美兰，拿钥匙上的水果刀将萝卜切作竖条，还没停当，十几只手便伸过来，大杨将萝卜举起来，像擎了支火炬，"慢来，慢，你们懂不懂规矩，女士优先。"

梦娜占得先机，嘴里吃着，手搭在大杨肩上，指头敲鼓似的点着，"还是大杨好，到哪里找这样的男人，美兰，快点呀，有好东西不吃，过了这个村可就没这个店了，哈哈——"

旁边有娘们儿发出啧啧声，还有人低声嘀咕："不要脸。"

梦娜摇头摆尾满不在乎，"现在这世道，吃不到葡萄就说葡萄酸，空嘴念佛，就是念破了嘴唇也白搭。"

大杨拿萝卜的手停在美兰面前，冰美人却双手抱膀不为所动。丹桂暗暗用手戳她，她便侧了脸去，"谁稀罕！"

大杨只得先让丹桂和小茉，再回到美兰面前，笑着道："美兰，这点面子都不给？"

美兰盯着大杨冷讥道："怎么敢？我怕吃了你的，过后你再要回去给别人！"

大杨的脸通红，点了点头，将萝卜往身后边虎视眈眈的人群一扔，扭身就走。

副厂长俞钱和工会韩主席站在高处的台阶上，韩主席与俞钱耳语了几句，回头对着大家吆喝道："安静了，除了班上的都到齐了。下边开个短会，关于二轮竞争承包的方案，公布出来，让大家心中有数，各车间主任要把会议内容传达到每个人，下边请俞厂长讲话，大家欢迎！"

俞钱习惯性地用手捋一下打了蜡，光亮可鉴的头发，清了清嗓子，煞有介事地讲起来："同志们，这个二轮承包关系到每个人的切身利益，但改革就是要有魄力，能者上，平者让，庸者下，希望大家积极报名……"

小茉心里说："装腔作势！"不知为什么，她对俞钱有一种说不出的厌恶，从见他的第一眼开始。

丹桂急得直跺脚，私底下用手扯小茉的后衣角，小声嘟囔："小茉，你快想想办法，怎么办？"见小茉无动于衷，便又抠她的裤腰，"小茉，你不是说一切包在你身上吗？到头来你却见死不救！"看着丹桂要哭的样子，小茉只好拉着她出了人群，到伙房后墙角站定。

"丹桂，你怕什么？狐狸的尾巴很快就露出来了。美兰那酸溜溜的话再明白不过了，她是欲擒故纵。"

"什么欲擒故纵？"

"就是装腔作势。"

丹桂半明半白，她仍不放心："要是大杨问我怎么办？"

"你就直说呗。"

"他要是知道我说谎，会打死我的！"

"有我呢！"小茉拍了拍胸脯，然而她心里也没有底，她问丹桂："那东西在哪儿？"

丹桂从裤兜里摸出来："我一直带在身上呢。"

小茉让丹桂收好，"不然，我们就直接还给大杨。"

丹桂道·"那成吗？"

小茉咬牙道："怎么不成？让他自己看着办吧。"

两人回去的时候，会已经散了，早不见了大杨和王美兰的影子。一些人围着公告栏看方案，议论纷纷，"这不成农村的大包干了。""又有好戏看了。""凭什么有人吃肉有人喝汤？""全承包了，个人说了算，这还算国营厂子吗？""这是大形势，你个小工人能挡住？"

小茉和丹桂无精打采地往回走，刚走到三楼拐角，便听到楼下有人高声喊"刘丹桂！"小茉和丹桂忙跑到阳台往下看，只见大杨站在楼下气势汹汹地咋呼："刘丹桂，你给我下来！"

丹桂吓得原地打旋儿，"小茉，怎么办？大杨一定知道我说谎了，你快想想办法！"她像只受惊的小鸟，惶恐不安。

小茉说："你把东西给我，我们就还给他，看他能怎么样！"

丹桂从口袋里摸出那盒子交给小茉，颤着嗓子问道："成吗？"

小茉也不答话，拉起丹桂匆匆下楼去。

就听到大杨在楼下喊："刘丹桂——你再不下来我就上去了。"

大杨一见两人下来，不由分说，拉着丹桂的衣角到墙旮旯站定，用手点着丹桂，咬牙切齿地道："你说，到底怎么回事？"

"大杨，对不起，我不是故意的。"丹桂可怜巴巴地说。

"这不怪丹桂，是我的主意。"小茉挡在丹桂前边，"美兰不要，你不收，你们把丹桂当靶子也太不仗义了，现在把东西还给你就两清了。"她将盒子交给大杨。

大杨生硬地说："我送出去的东西就不会收回来！"

小茉二话不说，扬手扔在大杨脸上，大杨一侧身，本能地双手接了。小茉鼻子哼了声，拉起丹桂就走。

"慢着！"大杨一把抓住丹桂的另一只手，"哪有这么便宜的事，你们都把我看扁了。想把我当猴耍，没门！"

"大杨，你是个强盗！你是个坏蛋！"小茉跳着脚骂。

"秀才，你少管闲事。"大杨毫不退让。

丹桂成了锯，被小茉和大杨拉来扯去，胖丫头杀猪似的叫起来。到底小茉力小心怯，不得已放了手。

"小茉，快救我呀。"

"大杨，你要是敢胡来，我就跟你拼了！"小茉吼道，可也无可奈何，眼睁睁地看着大杨拉着丹桂上了自行车，飞奔而去。小茉跟在后边跑，一直追出大门，早没了影。

小茉站在路边发呆，一时想不出办法，又放心不下丹桂，想了想，也不回厂子，穿过人车川流的马路，直奔对面街角的报刊亭。卖书的孙大妈和蔼可亲，见了小茉热情地拿出个马扎，闲话了几句，小茉选了本《大众电影》坐在旁边树荫下看，时不时抬头瞄一眼厂门口。

日近中午，依然不见丹桂的影子。

小茉合上书，抬头向厂子方向望去，却看到一个人站在大门墩柱后边，透过铁栅栏伸长了脖子往厂里张望，她心里一紧，"爸爸？"看那背驼得厉害，她不确定是不是自己的父亲。忽然想起上幼儿园时站在门口的铁栅栏后边等爸爸的情景，眼睛一热，泪要流下来，她强忍住，再抬眼看时那人却消失了。

她按了按胀痛的脖子，长长地吐一口气，丹桂杳无踪迹，守株待兔失败，只好买了当期的《读者》和《故事会》，打道回府。心里想，大杨能把胖丫头吃了不成？

走进大门，她下意识地看了一眼墩柱后边。忽听见有人喊她，见厂部的谭哲站在办公室门口向她招手，"过来，帮忙捎个信儿。"

"宋红梅的结婚证明开出来了，她上夜班，老也见不着，你给她捎过去。"谭哲拿出一个信封，将证明材料装好，待要交给小茉，忽又想起什么，"还有，你跟她说，厂里的规定，结婚就必须先腾床位……"没说完，外边有人叫，只好让小茉先等一下，出去了。

小茉闲极无聊，顺手抄起桌子上一本书，见下边压着两张信纸，无意看了一眼，大吃一惊，竟然是告方卉的匿名信，略了几眼，待要细看，谭哲回来了。

"那铺位，结婚就得腾出来，韩主席说了，门钥匙交给他，厂里统一分配，免得出乱子。"

"我让红梅姐自己过来拿，那些啰唆话你自跟她说吧。"小茉说完头也不回地走了，谭哲只好摆了摆手，"吕小茉，你以后别想再求我办事。"

小茉不理会谭哲的话，她明白，腾铺位的话哪能跟红梅姐传？若好办谭哲也不会让她来拆这咸鱼头。她想着饭票不多了，打算去伙房买，刚拐出办公室院子，就望见东西路上走来一个老太太，手里提个饭盒东张西望。小茉欻地缩回身子，也不买饭票了，照直往宿舍走。那个老太太正是她同学田文娜的妈，上次的鸡汤就是求老太太给做的，也就是那次小茉知道了宋红梅的秘密。想起宋红梅语带威胁的话，小茉明白，打死也不能再见那老太太了。

小茉的烦恼不只是丹桂被大杨掳走，还有红梅那铺位，她早听闻梦娜想搬进来，上下找门子，工会主席插手这种鸡毛蒜皮的小事还真是少见，恐怕凶多吉少，还有那封信，果然有人对方卉下了黑手，颠倒黑白，恶意诋毁，她不知道怎么办，即便知道她又能怎样？她想着方卉的痛苦，想着爸爸妈妈的谎言，愤怒得像充了气的皮球，蹦跶着向楼上走去。

第十七章　方卉要辞职

伙房前开会的时候，方卉正趴在床头柜上写东西，那是一封辞职信。

那天下午韩主席找方卉谈话，说厂里接到举报信，反映她工作中搞一言堂，打击报复不听话的工人等，要她注意团结，现在厂里效益不好，又面临着二次承包改革，人心浮动，不能再出现上告、走访的事儿。抹黑污蔑、栽赃陷害，方卉经得多了，厂子几百号人，人多嘴杂，行事千奇百怪，众口难调，想不让人说闲话难于上青天。她明白是谁告的，也知道为啥告，她本不想争辩，但韩主席的一席话让她愤然，"你是先进，又是劳模，觉悟总要比普通工人高，你大弟的事闹得风言风语，虽说有人给你撑腰，你也得考虑影响……"她气愤地打断韩主席，"我当劳模是十几年辛勤工作挣的，车间主任也是大伙儿选的，我工作有没有能力大家都看在眼里，不是一个两个人说了算。说我打击报复，就该明着告，面对面讲，写黑信就表明她们心虚。再者，我大弟的事与我工作扯不上半毛钱关系！""你这是什么态度？我好歹也是代表厂子的！""你代表厂子，那也得先把事情调查清楚，凭啥上来就给我扣帽子。要是不想让我干就明说，这车间主任我不稀罕！""你要对自己说的话负责！"方卉气得手脚发麻，赌气道："就这态度，看我碍眼，我辞职！"她站起来就走，把韩主席晾在那儿不知所措。

谭哲在旁边抽着烟，眯着眼，一声不吭。

韩主席纳闷，"她向来不这样，这是吃错药了？"

谭哲不紧不慢地说："兔子急了也咬人。"

韩主席有些晦气，"这是俞厂长的意思，怎么说恼就恼了？我何必做这歹人，反正谈过了。"

"我看……"谭哲弹了弹烟灰，"还是缓一缓，再过两天，等齐厂长回来再说。"

韩主席戾了戾头，"我知道齐厂长看重她，可这是俞厂长让我谈的，我也不能不谈呀，到底听谁的？反正我快退休了，管不了那么多。"

方卉决定辞职不光是因为韩主席的那番话，她只是灰了心，脑子里成天装着上百号人的工时、产量、奖金……全都纠缠在一起，别有用心者的明枪暗箭让她没有片刻清静，而大弟的事——想到这儿，眼眶又湿润，她感觉撑不住了，临近崩溃的边缘。

去年老马厂长退休的时候，方卉萌生过退意，老厂长觉得惋惜，"再忍耐些时候，老韩有一年就退休了，我向局里推荐了你，好歹能长个级别，也不枉你辛勤干了这么多年。"这话不知怎么透了风，让韩主席知道了，以为方卉想挤掉他，心里结了疙瘩，今天借题发挥也是顺茬。当时老厂长退休时传言副厂长俞钱接，那俞钱也处处事事要发话的样子，不想工业局却派来个齐国胜。

第一次见齐国胜，方卉心内一怔，回家从日记本里找出一张书签，上边用钢笔写了几行字：

假如生活欺骗了你／不要悲伤，不要心急／忧郁的日子里需要镇静／相信吧，快乐的日子将会来临。（齐国胜摘自《雪莱诗集》）

方卉的心里涌起层层涟漪，那是高二的时候，父亲离家出走，母亲病了，学习压力又大，无助的方卉常到操场边的一片竹林里偷偷地哭，有一次到了晚饭时候，方卉还站在那儿，不想从竹林深处走出一个男孩来，方卉吓了一跳，转身要跑，却被那人叫住，"你别害怕，我是复习班的。"方卉壮着胆子停住，见男孩没有什么恶意，便不再害怕。那男孩告诉方卉，自己常在竹林后边的小河边看书，每次都是等到她走后再走，谁知今天她走得晚，到了吃饭时间，只好出来，很为吓到她不好意思。临别那男孩给了方卉一张书签。十几年过去了，方卉还保存着。虽然匆匆一面，但方卉却清晰记得那张脸，只是不敢相信会有这种巧合。

想来齐国胜也认出了方卉，不久齐国胜找到方卉，说自己对纺织行业不熟，请老同学多多指教，一半出于面子，一半出于义气，方卉便把厂子里的事交了底。很快就有嚼舌头的传着她为了向上爬跟厂长打小报告，昨天韩主席分明话里有话，说齐国胜给她撑腰。方卉并不在乎流言蜚语，但她怕给齐国胜添乱。第二轮承包在即，而他又立足未稳。她在准备车间干了七年，是车间主任里任职最长的，按规定五年轮岗，但厂领导考虑没有合适的职位给她，便一直拖着，这反倒成了别人攻击她的把柄。方卉知道瞅着她位置的不在少数，刘娘子视她为眼中钉肉中刺。她考虑推荐副主任盛大燕顶替自己，盛大燕熟悉准备车间生产业务，心眼好，做事正，完全能够胜任，不承想他们暗中早下了手。

有人敲门，没等方卉答应门就开了，她忙把信纸反扣过来，抬头看，却是孙大头。

孙大头哈腰进来，侧着脸扫了一眼房间，咂嘴吐舌道："就你自己？"

方卉冷淡地问道："没长眼吗？你来干吗？"

孙大头嘿嘿笑两声："闲着，上来看看你。"

方卉道："没句实话。"

孙大头手里提了一网袋橘子，见方卉不理睬，转了一圈儿，顺手放在吕小茉的床上，想挨着方卉坐下，被方卉瞪了一眼，只得退了一步。

方卉不耐烦地说："一边去！"

孙大头不肯动，抬头看到方卉床头柜上的信纸，问道："你在写什么？"伸手要拿，方卉眼疾手快，一把抓了，孙大头的手便顺势握住方卉的手腕，方卉涨红了脸，厉声呵斥："你放尊重点。"孙大头涎着脸皮道："又不是没摸过！"被方卉扬手甩开，忽地站起来，拉着脸道："孙夫刚，你要再使坏心，就滚蛋！"孙大头见方卉恼了，只好堆起笑脸，"好——好——我不使坏心——"方卉摆了摆下巴，"坐远点！"孙大头只得移了移身子，见方卉还不满意，索性坐在宋红梅床上，"这总行了吧？真是，就碰不得，脾气越来越古怪。我又不是老虎，还能吃了你？"

方卉坐下，顺手拿过枕边的绷框，那上边绷着的是小茉剪了的旗袍，已经起了一枝花形，她慢慢绣起来，闷头不言语。

孙大头自嘲道："这么多年你还不知道我对你的好？怎么就成了坏心了。"

方卉道："你再混说就滚！"

孙大头忙讨饶："好——好，不说了。你不让我看我也知道，你想辞职。"

方卉停下手，讥讽道："你还有耳报神？"

孙大头说："翠春厂巴掌大的地方，放个屁都能闻着味儿，说正话儿，你别犯傻，辞啥职呢？虽说到了轮岗年限，就凭你的劳模身份，你不退别人也奈何不得你，要是嫌累先找个替手帮着……"方卉明白孙大头想推自己的老婆，也不吱声。孙大头也明白自己说了废话，便又觍着脸说，"我知道，你是昨儿让老韩说恼了，想以退为进，那老韩快到点儿了，犯不着跟他一般见识。你没看明白吗？这厂子早晚得姓俞！"

方卉吃了一惊，面上不动声色地说："我没看明白，只知道现在的厂长姓齐。"

孙大头一脸得意地说："你知道俞钱啥背景？他姐夫是轻工局的一把手，他岳父是原来的县人大副主任，虽说退了，可能量还在，上上下下的人情关系咱都理不清楚，老马厂长退休时本定好了俞钱接，可一个副县长想安插自己人，两下一拧，倒便宜了齐国胜。你知道齐国胜是谁？他就是个无名小卒，在部队里好好地当营长，谁想家里老婆要与他离婚，他就转业回来，无专业、无后台，他能干啥？下台分分钟的事。"

方卉反问道："这关我啥事？"

孙大头说："没啥事，你是个聪明人，不用我说你也明白里边的针线。我还是劝你，别跟老齐走得太近，会倒霉的！说实话，要论老资格，咱们那批进厂的都数着了，就说你，辛辛苦苦这些年，说提拔也不为过，关键是要站好队。"孙大头察言观色，继续说，"现在的形势，全国纺织行业效益普遍不好，你不知道，上海纺织都破产了，那都是全国的龙头，别说我们这小小的翠春厂，破产重组是早晚的事，你无须给姓齐的抬轿，他一根筋，只知道改革搞承包，虽说效益比原来好，可得罪了多少人？你看人家老俞多活络，告诉你，老俞说，你要是愿意没必要还在一线，工会主席、副厂长尽着你选……"

方卉顿了顿，冷笑道："我只知道你花心，怎么今日又当起蒋干了？"

孙大头装憨说："我几时花心？当年你要是答应了我，也不至于被那小白脸骗了，后来也是，你单身了，可我又吃那女人算计，白白耽误了好姻缘。"

方卉说："你揣着明白装糊涂，谁跟你好姻缘？你跟小邱那西洋景打量谁看不出来？当心老虎鼻子底下偷食吃，早晚粉身碎骨！"

孙大头嘻嘻笑道："牡丹花下死，做鬼也风流，我倒是想跟你好……"

正说着，门砰地打开，两个人吓了一跳，只见吕小茉气冲冲地撞进来。

吕小茉看到孙大头与方卉对坐着，甚是意外，一时无着，转头看到床上的一袋橘子，猜度是孙大头拿来的，便发作道："什么乱七八糟的东西放我床上！"拎起来就要扔，孙大头忙起身接过橘子，嘴里道："姑奶奶，行行好，我这是特意买来孝敬丽香斋各位大小姐的，代夫人赔礼道歉。"说着把橘子放在方卉的床上。

吕小茉一听似笑非笑，"还夫人，动物园里走了猛兽——母老虎一只！那日差点把丽香斋拆了，吓死我们了，你就拿这破橘子来赎罪？"

孙大头笑道："还猛兽，这几日晚上睡觉用棍子顶着门，可不是让宋红梅那小蹄子吓破了胆？"

方卉和小茉忍俊不禁。

小茉说："你回去告诉你家夫人，下次来前洗洗脸，刷刷牙。"

孙大头没明白，"这是咋说？"

小茉一字一句地说："脸——皮——厚，嘴——巴——臭！"

孙大头回过味，讪笑道："女孩子读几本书，真就厉害上天了。"

小茉瞅了他一眼，"你还不走？"

孙大头晃头说："这天还早呢！"

小茉对着门外喊："孙大主任，你坐着吧！"

孙大头忙起身，"我这就走，秀才好手段。"回过头对方卉说，"我说的那事，你当个正事想想。"

望着仓皇而去的孙大头，小茉笑出声，回头问方卉："他跑来干啥？"

方卉说："还能有什么正事。"

小茉不再问，只是说："哼，什么赔礼？两口子黑脸红脸，一个鼻孔出气——我听人说孙大头给姓俞的暗里串通拉帮派，他老婆也是，在娘们儿堆里飞短流长，竟说老齐跟人相好，与他老婆闹离婚……"

方卉一愣，回想刚才孙大头的话，心往下沉。她问小茉，"今天的会讲的啥？"

小茉说："你不知道？我还想这种大事你怎么没去呢。公布第二轮承包方案，要求报名，明天上会研究。"

方卉怔住，"不是只征求意见吗？"又说："老齐开订货会还没回来，咋就上会研究呢？这么大的事情就背着他……"

小茉说："姓俞的说，是老齐走前交代他的，承包到期了，抓紧续合同。"

方卉自言自语道："看样子是要明修栈道，暗度陈仓，先斩后奏，请君入瓮。"她扔下手里的绷框，起身来松开头发对镜梳理。

小茉听着方卉说出一串典故，莫名其妙，正要说看到告状信的事，话到嘴边又咽下，那毕竟不是什么好事，说了让方卉伤心，正踌躇就听方卉问："你们几点的班？丹桂呢？"

小茉想了想答道："我和丹桂是下午4点，美兰和红梅姐现在在班上，丹桂她……"

方卉麻利地在脑后绾了个髻，鬓角戴上孔雀开屏的发卡，顺手把写字的几页信纸撕下来，折好装入裤袋，转身拿了件外套。

小茉问道："你要出去？"

方卉说："前天民政局通知我，可能是挪坟的事，今晚我还有事要办，不用等我了。"然后出门了。

小茉本想说起丹桂被大杨掳走的事，看着方卉神色匆匆，心生疑窦，进屋的时候听到孙大头的末一句，分明不是正经话，"方姐该不会真跟孙大头那个吧？"她脑海里闪现着谭哲桌子上的信，那字——她感觉有些眼熟，却也记不起在哪里看过。想了半天没头绪，看看11点半了，便拿上饭盒去打饭。

第十八章　大杨给我的

　　吕小茉睡得正香，听见有人叫，便一下坐起来，睡眼惺忪地问："到点了？"从枕头下摸出手表瞧了瞧，3点多，舒了口气，扭头见刘丹桂站在床前，不仅毫发无损，还喜气盈腮，知道有事发生了，她刚想问什么时候回来的，丹桂早雀跃着将左手腕伸到她面前，抑制不住兴奋地叫道："小茉，你看——"

　　小茉看到丹桂圆滚滚的手腕上戴只明晃晃的银手镯，心里吃了一惊，明知道与大杨有关，但还是问："你买的？"

　　丹桂摇了摇头，她面色绯红，激动地说："你猜猜！"

　　小茉心里明白，嘴上却说："我懒得猜。"自顾起床穿衣服。

　　丹桂双手拽着小茉的胳膊，哀求道："你猜猜嘛！"

　　小茉有心要逗丹桂，头摇得像拨浪鼓，"猜不到。"

　　丹桂兴高采烈地叫道："是大杨！大杨给我的！"

　　小茉面无表情，问道："他为什么给你？"

　　丹桂说："他说这镯子就是给配它的人戴的，我戴正合适。"

　　小茉说："他这是顺水推舟呢。"

　　丹桂说："你才是舟呢，大杨说，他就喜欢我这样的——善良的姑娘。"

　　小茉鼻子里哼了声，心里说："还善良呢，就是傻。"

　　小茉看丹桂没换衣服，问道："你才回来吗？"

　　丹桂点点头，目光只盯着手上的镯子。

　　小茉说："中午我给你打了饭，在锅里放着。"

　　丹桂说："我吃过了，大杨请我去雅客居吃的包子，可好吃了。"

　　小茉心里奇怪，便问："他还带你去哪儿了？"

　　丹桂的眼睛移开镯子看着小茉，神秘地说："大杨带我去看电影了——《庐山恋》，可好看了。"

小茉明白，胖丫头是让大杨的迷魂汤给灌昏了头，本想给她泼泼冷水，刚说了句"你呀……"转念一想，此时兴头上的丹桂未必领情，便又岔了话，"到点了，快换衣服吧。"

丹桂小心翼翼地将镯子退下手腕，放进盒子里，想了想又拿出来，放进随身带的包里，方开始换工作服，嘴里喋喋道："你一定要去看看那电影，太好看了，大杨说他以后还带我看，只要我高兴……"她忽然看到网兜里的橘子，"谁买的橘子？"伸手拿了一个，剥开吃了一瓣，酸得龇牙，扔下不吃了。

"放着给美兰吃吧，她爱酸。"小茉说。

丹桂背起包来，临出门又伸手摸了一把。

小茉很奇怪，一个人怎么会被一只镯子给收买了呢？大杨摆明是利用丹桂来刺激美兰，不定哪天这西洋镜就会被拆穿，如果陷得太深，胖丫头不知哭成啥样呢。

丹桂此时并不理会小茉的担心，往车间走的路上她依旧兴奋，咧着嘴笑个没完，遇到谁都打招呼，颠三倒四地跟小茉叙述着《庐山恋》的剧情，末了总是那句话，"你一定要去看看那电影，太好看了，大杨说……"如果不是到了二门口，小茉感觉自己会大喝一声，吐血倒地而死。

下班和接班的人都会聚二门口，大老袁高声叫道："上班的先走，抓紧！"小茉和丹桂进了二门，交了班的女工三三两两地与她们擦身而过，个个满脸疲惫，走到近前给大老袁看一眼手里的包或别的衣服之类，一步跨出铁门，舒一口气，劳累的身体便解放了一般，说说笑笑地散开。

"美兰——美兰——"丹桂眼尖，望见美兰出了车间门口便高声叫起来，"你下班了。"

美兰站住，将着头发上粘着的棉绒，又俯身拍打着裤子上的细毛，丹桂几步抢上前，嘴里兀自说："美兰，我告诉你个事，你再也想不到的……"小茉一把拽住丹桂，狠狠捏了她的胳膊一把，然后对美兰说："丹桂中午给你打了饭，在锅里，你回去热了吃。"边说边跟丹桂眨眼睛。

美兰看一眼丹桂，扬一扬眉毛说："我一会儿有事，饭留着你下班吃吧。"

丹桂着急地道："不是，我是那个……"她说着伸手去包里摸，小茉忙拉她走，"快走吧，到点了。"可丹桂不动弹，仍说着，"美兰，有个事我得跟你说清楚……"

"啥事？"

"就是大杨的事，还有那个礼物……不怪我……"

小茉心想要坏事，但也无可奈何，好在美兰并没在意，淡淡地说："那是你和大杨的事，关我什么事。"

丹桂脸憋得通红，"不是你想的那样，今天大杨跟我……"

美兰面色不悦，"怎么样？"

小茉暗里给丹桂使眼色，让她不要说，可丹桂无动于衷。正要往下说，美兰望见梦特娇在二门口向她招手，便丢下一句"那些事——你跟大杨的事，与我无关。"便头也不回地走了。

丹桂急得直跺脚。小茉说她："你干吗要跟她说？她准会生你气的。"

丹桂气急败坏地对小茉说："都怪你，不然我就跟她说清楚了。"

小茉嘲讽道："你跟她说清楚？她不把你生吃了才怪。"

丹桂软下口气，沮丧地说："那怎么办？是大杨让我务必告诉美兰这件事的，完不成任务我怎么对得起大杨？"

小茉也不看她，只说："什么大杨二杨，他把你卖了你还给他数钱。"

丹桂赌气道："我就数，你管不着！"

小茉瞪大了眼，看着丹桂扔下自己大步向前走，发狠道："刘丹桂，你以后休想我再理你。"

丹桂在车间门口停住脚，她的本意是不要惹小茉生气，只是小茉的口气有瞧不起她的意思，心里有不忿罢了。可小茉是真生气了，她擦着丹桂肩膀而过，气哼哼地掀帘子进了车间。丹桂心里如喷了胡椒粉，火烧火燎。

织布机隆隆地响成一片，女工们忙碌地穿梭其间，用心盯着丝丝缕缕的布匹。丹桂的一台机子夹了梭，正在手忙脚乱地停机，却怎么也停不住，挡板发出奇异的声响。大杨走过去帮她停好机，弯下身子取了梭子，丹桂抬眼看着大杨，脸唰地红了，心乱跳，似乎要蹦出嗓子眼儿了。"我——大杨，我还没跟美兰说呢——"她结结巴巴地说。

大杨也不抬头，摆弄着织机，重新装梭，挂上挡，织机便恢复了正常，"好了。"他打量着丹桂，"不急，啥时候都行。"他一把抓住了丹桂的手腕。丹桂触电似的跳开，低声叫道："你干吗？"想抽出手来，却被大杨紧紧地攥住，她又羞又急，不知如何是好。好在大杨高大的身体挡住了发生的一切，周围也没有人注意他们。

大杨咧嘴笑了笑："你怎么没戴镯子？"便松开手，意味深长地看了丹桂一眼说："你的手还挺软的。"然后转身离开。

丹桂的心跳得似脱缰的野马，她有些不知所措，不只是因为没有完成任务而沮丧，还为大杨笑容中掺杂的那丝失望而痛苦，更为自己刚才过度的表现而懊恼，恨不能立刻去找美兰说清楚，哪还有心思看布机？愣在那儿不知所措。邱淑月冲到丹桂跟前，大声叫喊："发什么呆呢？"吓得丹桂一趔趄，看到师傅指着对过，才发现停了两台机子，便像受了惊的野鸭扇着翅膀一路小跑过去。

邱淑月无奈地摇着头，自言自语道："真是笨！一个大杨有什么好的？弄得小姑娘神魂颠倒的，现今的小闺女真是不知好歹。"她四处观望着织机，一眼看到卜喜儿推着梭车慢悠悠地往这边来，心里那旧火又撩拨起来，伸手从旁边铁盒子里拿出只空梭，气冲冲地迎上前去，想寻隙发作。

卜喜儿看在眼里，知道要吃亏便站住，上次闹起来，女人到车间主任那儿告了一状，她虽是竭力辩白，但还是被扣了30块钱，表姐美兰说丢自己的脸面，结结实实呲了她一顿，让她知道自己的身份，一个小工讲什么尊严？想干就老实地干，不想受委屈就卷铺盖走人。她怎么能走人呢？家里全指望她这点工资买种子、化肥，还要给她哥盖屋说媳妇，可也不能吃了眼前亏，便伸手去摸梭子以备不测，突然听到后边的小茉大声说："卜喜儿，你送5号区吧，这里我来。"小姑娘倒机灵，将车拽了一把，向对面走去。小茉则没事儿人似的迎着邱淑月走去。

邱淑月见卜喜儿又到对面去了，心有不甘，却听到小茉说："邱班，你把梭放筐里吧，我住会儿就收，不劳你亲自送。"

邱淑月知道秀才不好惹，似笑非笑地哼了声，顺手将空梭子扔到梭筐里，转身回去。

小茉站在那儿换梭，将空线棒掏出换上新线，又听到有人喊她，扭身一看，见丹桂站在织机前示意她过去。小茉也不理，只低头换梭。丹桂急得跟什么似的，待要上前，又有机子停了，只好忙着处置。

邱淑月走过去帮着换线、开机，本想数落丹桂几句，一抬头见她侄子邱金刚打了帘子进了车间，气不打一处来，"上班都半个小时了才来，分明是偷懒去了，真是不省心。"邱淑月为着侄子的不上进操碎了心，优化组合没人要，她好说歹说，白白送出去一条云烟，孙大头才勉强留下。家里哥嫂皆以为她在厂子里混成班长，好大的面子，事事处处仰仗她，这些苦处又说不得。看在一个爷娘的份上，也记着哥哥一年四季不时地送粮、送菜的情，只好打肿了脸充胖子，不然这一家四口也活不得。上次回家嫂子千叮万嘱，要她抓紧给金刚说个媳妇，本是打了包票的，几次碰壁，她才知道现在的闺女眼眶子有多高。美兰不成，她又把目光移到丹桂身上，虽说傻乎乎的，可好歹是个正式工。

邱金刚眼望着不远处的白玫，斜瞅着像狼一样蹲坐在线滚子上打盹的马二炮，心里盘算着什么。有人扯他的衣角，回头一看是自己的姑，脸上现出些不耐烦。他觉得自己的姑不但命苦，还懦弱无趣，被人瞧不起还死要面子，最不能忍受的是给他四处张罗对象，让他成了大家的笑柄。

"你咋才来呢？你总得好好表现才是，又要优化组合了，你也不想想，要不是你姑我磨破了嘴唇……"

没等邱淑月说完，邱金刚便打断道："知道，是您费了好大的力气求爷爷告奶奶得的，可我也没求您去求不是？"

邱淑月噎住，转而叹口气："罢！罢！我何苦呢？谁让我是你姑？你爱听不爱听我还得说，好好学技术，将来才能立住脚，不要只盯着那个小妖精，织布厂里缺女人？什么好的没有？就是那个美兰不成也没什么，不就是高点、白点，一个合同工还能飞上高枝了？"

邱金刚只管瞭着白玫，邱淑月只管说："你看丹桂咋样？虽说粗夯些，可到底是正式工人，你要是愿意，包在姑身上！"

邱金刚斜眼瞅着狼坐在线滚子上的马二炮，那眼神让邱淑月心里一惊，扯住他的胳膊焦躁地道："我说的话你到底听到了没有？那个白……小妖精不是什么好东西，那个马二炮也不是好惹的，你趁早……"

邱金刚一甩胳膊，恼火地说："我的事不用你管！技术好未必能站得住脚，您拼死拼活地干能咋样？还不是一样受气？"邱淑月被驳得哑口无言。

邱金刚嘴角闪过一丝狞笑，咬牙切齿地发狠道："马二炮，你做的好事——以为神不知鬼不觉呢！早晚让你死在我手里！"说完拔腿就走，扔下邱淑月站在那儿发呆。

卜喜儿和小茉推着线车从旁边走过去，远处丹桂指手画脚地朝着小茉打暗号。

邱淑月看着卜喜儿，那找碴的心思早泄了劲。侄子的话虽说有些冲，却像锤子一样砸到她的心窝里。

忽然传来"师傅——"的叫喊声。只见五六台机子停了，丹桂挓挲着两只手，帽子也歪到一边，站在那儿打转，邱淑月叫一声"俺那亲爷"急慌慌跑回去，一边麻利地操作，一边埋怨丹桂："这是怎么回事，你今晚上是丢了魂了？连活都不会干了。"等织机都动起来，邱淑月方松了口气，眼前便又闪过侄子嘴角的那丝狞笑，让她想起丈夫犯病时对她大打出手的表情，而后边不着边际的话更让她心惊肉跳，"他不会真要跟马二炮决斗吧？"

"师傅——"丹桂小心翼翼地探过身子，对着邱淑月的耳朵说，"我想上趟茅房。"

尽管心里恼，邱淑月还是摆了摆手。

丹桂一溜小跑出了门口，见小茉正站在黑影里，禁不住高兴地说："哎呀，你总算理我了！不然我今晚就憋死了！"

小茉冷冷地道："要不是看你快哭的份上，我才懒得理你！"

丹桂一把搂住小茉，咯咯地笑起来。

"快说，到底啥事？是狼咬了屁股还是火上了房？"

"比狼咬了屁股火上了房还要严重！"

"什么？"

"我告诉你，你可不要告诉别人！"

"不告诉。"

"你发誓！"

"我发誓！"

"大杨——握我的——手了！"丹桂贴着小茉的耳朵梦呓般地说。

"啊？啊——哎呀！"小茉惊叫着跳起来，"怎么会？"被丹桂一手捂住嘴巴。

小茉用力掰开丹桂的手，"你要闷死我咋的？"她大口喘着气，"他这是耍流氓呢！"

丹桂有些恼，"你才耍流氓呢！大杨他喜欢我！"丹桂的口气不容置疑。

"你那么肯定？"

丹桂说："那当然，从他那眼神里我就知道，女人的第六感告诉我的——那可是你说的。"

小茉未料到丹桂会用她曾经的语录反驳她，一时无语，只是张大了嘴巴合不拢。心里想，那只镯子大约是阿拉丁神灯，戴一下就能让人瞬间变强大。

第十九章　他们在搞事情

夜深，织布二车间里依旧繁忙。几百台织布机不知疲倦地、发疯地隆隆转动，那声响早已打动不了女工们的心意，脚步渐渐懈怠下来，但还是强打精神巡视着，换梭、接线，偶尔打个呵欠，扭腰、捶背、抻一抻胳膊，脸上没有表情，这是上夜班人最痛苦的时候。

丹桂的精神却出奇的好，她的感觉里总有一双眼睛在某个角落注视着她，那目光让她飘浮，心里像撞进一只小鹿，人就着了魔似的兴奋起来，她轻盈地穿行在织布机间，简直比小河里的游鱼都自在。邱淑月刚要动手换梭线，丹桂便跑上前去说："师傅，我来吧。"麻利地接线头，麻利地换梭，有如神助。邱淑月懒得理会丹桂的不正常，乐得靠在暖气旁松散一下酸痛的腰。她望见大杨正带着马二炮和邱金刚换滚子，倒也看不出什么异样。吕小茉和卜喜儿推了线车挨个线筐装满。她很想上去甩卜喜儿一记耳光，却提不起精神来，连咒骂的力气都没有了，脑子里算计着明早的饭食和二姑娘的学费。

小茉看了一眼表，接近十一点半，便对卜喜儿说："差不多够用了，快到接班的时间了。"两人便靠在暖气片上休息。那卜喜儿远望着邱淑月便想起被罚的30块钱，咬牙切齿地低声嘟囔："坏娘们儿，不得好死！神经病——叫你全家神经病——"小茉听得明白，见她那愤恨的样子甚觉好笑，便说："不就是30块钱吗？你以后少惹她就是。"

卜喜儿听了，委屈地说："小茉姐，你给我评评理，我哪里惹她了？她就骂我、打我，我就不能还手了？我也是个活人。她还去车间主任那里告状，非要撵我走，亏我表姐求情，又扣了我30块钱，30块钱在你们眼里不算什么，可我一个月一共就50块钱，交给家里30块，就留20块钱吃饭。"

小茉说："你就跟家里说说，这月少交些。"

卜喜儿道："这个月家里要买化肥、种子，还要给我弟交学费，我爹腰疼病又犯了，处处用钱，我本想留 10 块，刚开口就被我娘骂了个八开，说我不好好干，丢他们的脸，丢我表姐的脸，没钱吃饭活该，一个子儿也不给我留。"她喋喋说着，眼眶里闪出泪光来。

小茉听着有些吃惊，开始同情起眼前这个黑瘦的小姑娘，母亲怎么能对女儿说出那样刻薄的话呢？原来世上的母亲并不一样，忽又想到慈母突然离去，自己竟连这样刻薄的话都听不到了，心有戚戚，忍不住眼角湿润，喉头哽咽。她伸手抚着卜喜儿的背说："那你怎么吃饭？"

卜喜儿伸出一只手来说："扔给我 5 块钱。"

"5 块钱怎么够？"

"我娘说，不够问你表姐先借着。"

"美兰给你吗？"

"她骂了我一顿饭工夫，只给了 5 块！她说她没钱，可我看着她这两个月花钱可大方了，她一定有了赚钱的门路——她跟着小梦，天天轮班出去，问她干什么，她不说，还骂我……她一定是有了好去处，怕人知道。"

"一个月 10 块钱也不当什么。"

"我这几日每顿只吃一个馒头，就着从家里带来的咸菜头，喝热水。"

"只吃馒头怎么成？"小茉想了想，撩起围裙，从裤兜里掏出两张钱来，那是她准备买书的，她留下一张，"我这儿有 10 块，你先用着吧，好歹打点菜吃。"她把钱塞到卜喜儿的手里。

小姑娘盯着手里的钱，本能地摇着头说："不行，我不能要你的。"那手却攥得紧，脸涨得绯红。

"你拿着吧，反正我这个月的饭票都买了。"

卜喜儿吭哧半天方说："这要让我表姐知道了，非骂死我不可——要不，小茉姐，就算我借你的吧，下个月有了就还给你。"

小茉说："放心，不告诉她就是。"

卜喜儿大为感动，她把钱掖进贴身上衣口袋里，伸手拉住小茉，"小茉姐，怪不得人都说你好，你真好！你不是喊肩膀疼吗？我给你揉揉。"

小茉闪开身，"你别给我揉，我怕痒。"卜喜儿拽着不放，一只手乱捶，小茉咯咯地笑起来。

"你呀——"她甩开卜喜儿的手，"你只要把知道的梦特娇的事儿跟我说就成。"

"你咋要知道她?"

"这个你别问。"

卜喜儿眼珠一转说:"我知道了,她背地里老说你坏话。"

小茉吃惊地问:"她说我什么坏话了?"

卜喜儿说:"就是说你清高,瞧不起人,虽说读了那么多书,也跟她一样下车间干活。"

小茉听着冷笑一声:"这还真是嗑瓜子嗑出个臭虫来,什么人都有。我就是看不惯她那轻浮样儿!"

卜喜儿点点头:"我也是,她算什么呢,不也是农村里出来的? 只是比我多几件好衣服,会打扮,会贴……"小姑娘突然压低声音,凑近小茉的耳朵说,"我还真听到她的事了。"

"什么?"

"她攀上高枝了,我表姐说,韩主席的儿子看上她了。"

小茉惊得睁大了眼,"啊,那个武大郎?"她赶紧捂着嘴,四下看了看,饶有兴趣地问卜喜儿,"你还知道啥?"

卜喜儿想了想说:"我还知道——他们在搞事情。"

小茉莫名其妙:"谁们? 搞啥事?"

卜喜儿说:"那天我上白班,去准备车间推线筒,隔着过道的玻璃看到孙大头进了动力车间的办公室——就是那个耳屋,等我装好了线筒回来,又看见梦特娇扭呀扭地进去了。"

小茉好奇,"她去动力车间干吗?"

卜喜儿说:"我也纳闷。"她继续说,"我再去推线筒,就看见俞厂长也进去了。"

小茉吃了一惊,"他们怎么到了一块儿?"

卜喜儿见问,面露得意之色,"我就去上茅房,正好走过动力车间办公室后边,就听见俞厂长说,要多拉人头,只要这事办成了,有你们的好处,又听到梦特娇说,俞厂长放心,保你一百个满意——哎哟,那酸声浪气的。小茉姐,你说他们在搞事情是不是?"

小茉心想,这事必定与第二轮承包有关,想是那俞钱要夺权呢。她看着卜喜儿，点点头说："你说得有道理。"她看了一眼手表，11点45分，"喜儿，这事不要告诉别人，省得惹麻烦。"卜喜儿点头，"还有，那钱，是我给你的，不用还了。"卜喜儿喜得抓耳挠腮，脸上笑成一朵花儿。

上零点的人们已陆陆续续到了，大家忙着交接班。

马二炮蹲在暗影里，忽地站起来，迅速掀开后门布帘出去了。不远处的邱金刚看在眼里，他嘴角抽搐一下，四下望了望，悄悄起身，掀开后门布帘跟出去。

小茉和丹桂回到宿舍，发现门开着却没人。小茉看着方卉的床铺原样未动，知道方卉一天没回来，"早上走得那么匆忙，会去哪里呢？"正琢磨，就听到丹桂嘟囔："这美兰怎么还没回来呢？"

小茉看了她一眼，"你念叨美兰干吗？"

丹桂心里有鬼，"不干什么。"

小茉厉声道："你要是想告诉她大杨抓你手的事，趁早消了这念头，你不怕死，我还想睡觉呢。"

丹桂分辩道："哪里是抓，是握！"

小茉见丹桂急赤白脸的样儿倒乐了，"抓和握有啥区别呢？"

丹桂有些恼，"就是有区别！"她将围裙扔到床尾，"就你嘴巴厉害，专门嘲讽人。"

小茉咋舌道："噢，我明白了，抓是强迫，握是自愿。"说完兀自笑了。

"我让你坏！"丹桂伸手去挠小茉的胳肢窝，还没近身，小茉早笑嘻嘻地告饶。

外边忽然传来咳嗓子的声音，两人停止打闹，相视，小茉发现美兰的粉红包在床上，忙嘘了声。

小茉对丹桂说："我给你出个主意，你把镯子拿出来。"

丹桂从口袋里摸出来，小茉接了，从盒子里拿出镯子，拉过丹桂的手给她戴上，然后小声说："你就这么戴着，什么也别说，懂了吗？"

丹桂点了点头，"那以后呢？"

小茉轻声说："静观其变。"

楼道传来脚步声。

丹桂问："什么是静观其变？"

小茉一边换衣服一边说："就是兵来将挡，水来土掩。"

丹桂还想问，就见美兰晃晃悠悠地进屋来，一张脸浓妆艳抹，刚从戏台上下来似的。丹桂堆起笑脸，殷勤地问道："美兰，你回来了？我还以为你没回来呢。"她有意把手腕晃了晃，"你今晚干什么去了？"

美兰没答话，脚一崴，差点儿摔倒，丹桂忙扶住她。

小茉见美兰两腮潮红，惊讶地问道："你喝酒了？"

美兰醉眼迷离，她推开丹桂的手，喃喃道："哪里。"

丹桂撮了撮鼻子，"好大的酒味，美兰，你真喝酒了？"

美兰竭力掩饰道："没有，就是点葡萄酒，想是他们弄洒了酒——反正——没有——不知道——"她有些语无伦次，用湿漉漉的手抚摸着脸，胡乱脱了衣服，一下躺在床上，扯了被子盖着，嘴里含糊地说着，"我没有——我是——"

丹桂很是失望，她看着手腕上的镯子，又看看小茉。小茉清楚，美兰不但喝了酒，还吐了酒，那妆都没卸，想是醉了，只是纳闷，"谁会请她喝酒呢？"她向丹桂摇手，丹桂撇了撇嘴，自拿着脸盆洗漱去了。

小茉正要换衣服，却看见宋红梅床上的铺盖收拾起来，用床单捆扎着，想是要回家住了。小茉心里不知怎么有些不自在，她天生有些痴心，总觉得聚比散好，况且她担心讨厌的梦特娇入住，那将是丽香斋的劫难。若真如卜喜儿所说的，韩主席的儿子看上了梦特娇，她的担心便十有八九会成为现实。小茉知道，这世上她无能为力的事情太多了。

"别——别动我——"沉睡着的美兰嚷道。

小茉忙凑过去唤道："美兰，你说啥呢？"

美兰喃喃道："水——呀——"

小茉便拿了美兰床头上的杯子倒了些水端过去，听到美兰说，"我没醉——我没有——"她伸手在空中摇了摇，倏地落下，小茉让她喝水，她侧转了身子，向里睡去了。

小茉没办法，只好将水杯放在床头柜上。她见美兰的西服褂子压在被子下，怕皱了，便伸手扯出来，不想从口袋里掉出样东西，灯光下亮闪闪的，拿起来一看，竟是个金镯子，吓得忙放回去，将褂子仍压在被子底下。

小茉看到方卉床头柜上那兜橘子，下边压着一沓信纸，便伸手抽出来，对着床头灯仔细瞄，隐约看出辞职两个字的痕迹。她又拿起方姐与好姊妹的相片，思忖半天，断定这里边有联系。等她洗漱回来，差5分钟到1点，还没见方卉的影儿，她上床钻进被窝，从铺下摸出妈妈的照片，看着，心里默念："妈妈，告诉我，到底发生了什么？"

第二十章　亏你们想得出来

　　早晨，病床上的女人睁开眼，吸氧、吊瓶，这是她两年来每次醒后所熟悉的，管子中的液体一滴滴沁入她的身体，冰凉的，像要窒息，死亡的恐惧摄住她的灵魂，让她在绝望中度日如年。她把目光从管子上移开，看到方卉趴在床边睡着了，干瘪的嘴翕张，却没有发出声音，只牵动着她那毫无血色的脸抽搐出褶皱，但她的腿还是努力动了一下。

　　方卉惊醒，她看着女人高兴地说："金娣，你醒了？"

　　金娣点了点头，声音微弱地叫道："水——"

　　方卉忙说："你醒过来就好，我去找医生。"

　　金娣执着地叫．"水！"

　　方卉只好说："你昨晚输了血，现在还不能喝水，忍一忍。"边说边跑去叫医生。

　　金娣无神的双眸游荡出一丝亮光，却倏然熄灭，闭上，长长地叹了口气。

　　值班医生过来，给金娣做了检查，吩咐道："情况稳定了，现在还不能喝水吃饭，好好看着，有事叫我。"

　　金娣忽然用尽全身力气叫道："大夫，求你给我打个针，让我死了吧！"接着便干嚎起来，用力晃动着头，吸氧的管子脱落了，方卉忙给她安好。

　　医生没理睬，摇了摇头，他对方卉说："你是家属？"

　　方卉说："我是——朋友，她家属待会就来了。"

　　医生说："你来一下吧。"

　　方卉低声对金娣说："金娣，你别胡思乱想，医生说情况稳定了就会好的。"

　　金娣喘息着说："夏立明呢？"

　　方卉说："他回家给你拿换洗衣服去，顺便带饭来。"她给金娣掖了一下被子，"没事，我去去就来。"

医生办公室里。

医生边写病历边对方卉说："病人情况不稳定，随时都会有危险，上次也跟家属说了，这病透析只能是缓解，最好是换肾。"

方卉问道："大夫，换肾难吗？"

医生说："现在手术技术没问题，就是配型——这可能不容易，总是个希望吧。"

方卉问："怎么个配型？"

医生说："抽血化验。直系亲属的成功概率大些，她的父母、兄弟姐妹……"

方卉没作声，医生抬头看了她一眼。

方卉喃喃道："这恐怕……她没有兄弟姐妹，也不知亲父母……"

医生停下笔，露出诧异的目光，"没有血缘关系也能配型成功，只是得等机会，时间要长一些，这样的话……"他摇了摇头，"你们商议一下吧。"他把单子交给方卉，"再做个检查，还有，病人情绪不好，你们要多开导一下，好心情对病人也很重要。"

方卉点了点头，拿着单子出来，腿像灌了铅，拉不动，走到过廊的窗子边站住，望着窗外的天空发呆，早上的阳光投射到她的脸上，衬出脸部美丽的轮廓。方卉知道，金娣换肾的机会很渺茫，她没有兄弟姐妹，连父母是谁都不知道。她们一同进的织布厂，分在一个组，天生亲近，情如姐妹。如果不是夏立明，如果没有发生那些事，也许她们的情谊会一直延续。

"你在这里呢？"忽然有人问，把方卉吓了一跳。原来是同病房靠门口那位病患的看护桃姐走过来了。

方卉问："咋了？"

桃姐说："快去看看你妹妹，她正在嚎哩。"

方卉忙往病房里去。

"快让我死吧，我不想遭罪了——"金娣干嚎着，沙哑着嗓子，她在枕头上晃着脑袋，头发弄得蓬乱起来，吸氧的管子又脱开。

方卉走近，看着金娣说："你这是何必呢？你死很容易，两个孩子怎么办？"

金娣停止了动作，睁眼看着方卉，一时无语，只喘着粗气。

方卉给她扶好氧气管，"这氧气也是要钱的。"

金娣的眼角沁出泪水，她舔了舔嘴唇，挤出一丝谄媚的笑意，"姐，你是好人，我知道，这次你能来看我，也是原谅了我是不是？从前是我错了，现在想回头也回不去了，你看我这样子，就是老天对我的惩罚……"她突然剧烈地咳起来。

方卉忙帮她把枕头垫高，用手捂着她的胸口，等稍微平缓了方对她说："都过去的事了，还提它干吗？我埋怨过你吗？这都是命。别想多了，你好好治病。"

金娣叹了口气说："我的亲姐，你看我这病还能治好吗？没有用了，只是挨时日，那钱花得如流水，孩子都小，以后怎么办？"她的声音哽咽了，泪水哗哗流着。

方卉眼圈红了，"哪有你说的那么严重？你只是病久了，心里焦躁，凡事总往坏处想，这样怎么行？现在医疗水平高，总会有法子的。我听小夏说，他打算带你去北京看看。"

金娣道："我是知道，这病去哪里也得做手术，可我去哪里寻肾去？"

方卉说："医生说没有血缘关系也可以配型成功的，说不上……"

金娣放声哭起来，"那得到多久？我哪里等得了啊，前天，有个病友跟我一样的病，突然就走了，扔下一个三岁的孩子，我就寻思，我要是哪天撒手去了，我那俩儿子咋办呢？"

方卉忙拿毛巾给她擦眼泪，"你别这样，天无绝人之路。"金娣忽然坐起身，一把抓住方卉的手，圆瞪着眼睛说："好姐姐，你就是我的亲姐，我有一件事要求你。"

方卉看着金娣诡异的样子，吃了一惊，"啥事？"

金娣说："你先答应我。"

方卉笑道："我不知是啥事，能不能做到，怎么答应你？"

金娣顿了顿说："当年的事，并不怪夏立明，他亲我，我怀孕都是我编的，他是爱你的，是我喜欢上了他，是我主动的。我们结了婚，这么多年了，他心里一直有你，我明白，他还是爱你的……"

方卉敛起笑容，打断金娣道："你乱说什么？跟你说过多少遍了，我并没有怨过你们，你咋又提起了？"

金娣咽了口唾沫说："你没怨，可我心里清楚，你们才是一对呀，郎才女貌，如果没有我，你们一定会很幸福的。如果我没有了，你能再跟他吗？你给俩孩子当妈，我死也放心，你要是不好意思，我跟夏立明说去，你只要保证……"

方卉拉下脸，闷声说："金娣，你再说我就生气了。"

金娣并没有停口，"你跟我说过你爱他，这些年你一直没找，不是心里还有他吗？"

方卉厉声呵道："金娣！"

金娣见方卉赪颜怒目，知道她真生气了，待了片刻，忙辩白道："我没别的意思，我也是想成全你们。"

"别说了！"方卉站起身，将毛巾掼到金娣怀里，她本要挣脱金娣的手，不料对方紧抓不放，只好平了平气息说："我可以照顾你，也可以给你钱，别的——我帮不了你！"

金娣爬起身，半跪在病床上，用乞怜的口气说："姐，我的好姐姐，你别生气，我也是胡思乱想的，体谅你妹吧，今天的话就算我没说行吗？"

方卉挣开金娣的手，淡淡地说："我只当你病糊涂了，以后从前的事休再提起，不然我就不来了。"

金娣满口说："好——好。"

方卉拿起旁边的暖瓶，对金娣说："你好好躺着吧，我去打些热水。"说完径直走出病房。

方卉边走边回想金娣的话，心里堵得慌，拿暖瓶的手开始发抖，她明白，金娣永远是自私的，对她予取予求，就如当年向她乞求爱情，"好姐姐，你就是我的亲姐，求你把夏立明让给我吧，你样样比我好，长得好，工作好，大家都对你好，可我什么都没有，我无依无靠，没有人疼爱，只有你，只有立明……"方卉心里升起一丝悲哀，为金娣，也为自己，想着，她的眼泪忍不住流下来，怕人看到，忙用手拭去。

开水间设在院子里靠西墙的两间平房处，有管子从房子里的茶水炉伸出来，一溜儿6个出水口，早上打开水的人多，排起了长队，方卉排到队尾，看到隔排的桃姐，正要打个招呼却听到桃姐跟身旁一个干瘦的女人小声说："真是烦人，大早上的就嚷着要死要活的，让别人也不得安生！"

干瘦女人翻了下白眼，撇嘴回道："她呀，老把戏，虽说在城里当工人，比庄户娘们儿还泼哩，她婆家跟我们是邻居，我还不知道她的底细？跟老公吵，跟婆婆公公也吵，破口赖舌的。"

方卉明白，两人说的是金娣。

"这我信，她骂老公像骂孙子。"

"那女人呀，我跟你说，精神不大好。"

"真个？"

"她结婚那天晚上就跟她老公吵，哭哭啼啼，还拿剪子把一床绣花被罩剪烂了，崭新的，绣着好看的鸳鸯戏水、蝶恋花，叫谁谁舍得？大喜的日子动凶器，不吉利！"

"哎呀呀，怪不得她得这种病，剪了鸳鸯，夫妻咋能到头？"

干瘦女人与桃姐一字一句地白话，方卉听着，胸口突突乱跳，她怕桃姐回头看到自己难为情，索性离开队伍，寻思等桃姐她们走了再打水。

方卉走到北边的楼头，那里是自行车停放处，正邻着路，来来往往的人手里提着饭盒或方便袋，脚步匆匆。太阳升起，阳光被病房楼挡着，形成一个巨大的阴影。方卉把暖瓶放在墙边，自立在那儿呆想。小茉曾咬定那被罩不是原品，她不是没看出来，只是不愿相信罢了，她一直不愿把金娣往坏处想，她认为金娣可怜，出生几天就被父母抛弃，在冷漠中长大，争夺成了她活着的手段。但方卉不明白，自己对她那么好，她还怀恨在心，那套床品本是绣给自己结婚用的，但金娣执意要："好姐姐，你就是我的亲姐，求你送给我吧，我太喜欢了，就算是你原谅我的证明吧……我一定会好好保存。"想起金娣信誓旦旦的样子，方卉的嘴角显出一丝苦笑。

"你怎么站在这里？"夏立明推着自行车过来，他寻了个空处将自行车停放好。

方卉掩饰道："你来了？我打水，人太多。"回头看，见打水的人少了便去拿暖瓶。

夏立明忙说："我去吧。"他去夺暖瓶，一把抓住了方卉的手。

方卉身子像遭了雷击，她想抽手，却又怕摔了暖瓶，一时无措面红耳赤，恼怒地低声道："放手！"

夏立明忙松手，看着方卉叹了口气："你还是那样子。"

方卉把暖瓶放在地上，夏立明伸手拿了，讪讪道："我去打水。"

方卉说："不急，你站会儿，我有话问你。"

夏立明站住不动，他见方卉沉吟的样子，便有些不安，讪讪地问："什么事？"

方卉没看他，四下张望着，想了想说："你上次说有话对我说，什么话？"

夏立明想了想问："是不是金娣她说什么了？"

方卉没作声。

夏立明嗫嚅，他低头看着手里的暖瓶，许久方说："其实——金娣说，你是她的好姐们，只相信你，将来想让你照顾孩子……"他抬头看着方卉，眼里满是期待。

方卉冷笑道："最好的姐妹？亏你们想得出来！"

夏立明慌忙道："我知道不妥，所以一直没说，金娣她也是病绝望了，她……"

方卉说："夏立明，你心里应该明白，我们的恩恩怨怨 11 年前就已经结束了，是你们对不起我，我原谅不是说我软弱，是我真的不爱你了。告诉金娣，我不欠她的！"

夏立明羞愧难当，许久才说："我知道，是我对不起你。无论你信不信，当年我对你是真心的——走到今天这种地步，想是上天给我的惩罚，我哪里还敢有非分之想？金娣病成这样，我又不能违拗她，就拖着。你就当她没说吧，还不知早上晚上——医生说她的病情发展很快，要是不换肾也就是一年半载的日子。"他眼睛湿润了。

方卉缓了口气说："事到如今我也没什么好计较的，倒是这手术的事你怎么想的？医生今早又说起来。"

夏立明悲戚地摇了摇头。

方卉说："我记得金娣参加工作的那一年曾有个女人去厂里找她，自说是她亲娘——当时金娣父母与那女人闹到了派出所，后来也没了下文，兴许——是真的也未可知。"

夏立明说："这事儿我们也起过念头，金娣回去求她娘，可老太太一口咬定是诈骗，好歹不松口，而那女人也没留下信息，去哪里找呢？"

方卉说："问金娣爸，老头儿还是通情达理的。"

夏立明回道："她爸去年就没了，她母亲那人你也知道，脾气不好，问急了只骂她忘恩负义，没办法。"

方卉见眼前的男人悲戚中透着怯懦便不再说什么，摆了摆手，夏立明自去打开水。

忽然听到有人叫"方姐。"

方卉抬头看，吃了一惊："小茉，你怎么来了？"

第二十一章　可我没欠她一辈子

　　小茉一晚上没睡实，一时推敲卜喜儿跟她说的"搞事"的事儿，一时又想着方卉临走说的那些话，信纸上"辞职"的印迹、网兜里的橘子、金镯子、银镯子……都像跳金豆似的在她脑子里闪烁，似睡非睡，辗转反侧。早上被丹桂吵醒，只觉脑袋昏沉，摸出枕下的手表看了一眼，不到六点半，打算再睡会儿，侧身向里，将被子蒙到耳朵，却明明白白地听到丹桂说："美兰，你看——"小茉心里一激灵，恨得牙痒痒，心里骂"笨蛋！"依旧扯着耳朵听，"你猜猜，是谁给我的？""是大杨！大杨给我的！"丹桂将沤了一晚上的话倒豆子一样倒出来，美兰没作声，丹桂紧着问："好看吗？"好久，美兰哼了声："好看！哟，还是喜鹊梅花的？从前我姨姥有一个。"小茉知道美兰暗里骂丹桂，但丹桂听不出来，还觍着脸继续说："大杨说，这镯子就是给……"

　　小茉知道丹桂下边说什么，她忙咳了一声，一下坐起来嚷道："刘丹桂，喜鹊叫喳喳，你还让不让人睡了！"

　　丹桂看到小茉瞪她，又把话咽回去了。

　　美兰正对着镜子梳妆，她用指头蘸着面霜在脸上点了一圈儿，然后用十指揉开，轻轻拍打着，旁若无人。

　　丹桂大约觉着没趣味，扭身回自己的铺位，又重新钻进被窝里。

　　美兰收拾好，拿了开司米的小包准备走，忽又放下了，踌躇片刻，便从床下拉出纸箱子，从里边摸出个黑塑料袋，变魔术似的掏出个粉红色的女包来，将开司米包里的东西一股脑儿地放进新包里，背上肩，对镜一瞥，挺着腰身往外走，临出门对丹桂说："中午不用给我打饭，从今往后都不麻烦你们了。"说完飘然而去。

　　丹桂一骨碌爬起来，瞪大眼，张大了嘴巴小声说："看见了吧？新面霜、新口红、新包！"

小茉无动于衷，她不屑地道："我长着眼呢，再怎么新她也是王美兰，那包顶多是个仿制货，就看那黑塑料袋包装吧，也值不了几个钱，十元八元的。"

丹桂说："她总是发了大财了，她刚才穿的内衣是牌子的，老贵呢，还有，现在跟她说话她都爱答不理的。"

小茉笑道："就你那显摆，谁要理你？"突然想起什么，问道："她不是上白班吗？"

丹桂说："她跟东屋里小李子调了零点的班。"

小茉想起昨晚美兰裤子里掉出来的金镯子，心里也有些疑惑，"掂那重量倒像是真货，她这个月没多少奖金，哪来的闲钱买这些东西？"见丹桂眼巴巴地看着自己，便不耐烦地说："你管那些呢，反正不能是抢的，用不着你担心。她不是说从今往后都不麻烦我们了吗？等着瞧！"

丹桂喃喃自语："我给她看了镯子她都没反应，她到底怎么了？"

小茉气不打一处来："我说你呢，你为什么非告诉她？"

丹桂道："大杨说——"

小茉打断她："还大杨说——你怎么那么笨呢，明摆着大杨拿你当枪使，要是让别人误会了，你有口难辩，我劝你趁早还给他。"

丹桂嘟起嘴："当枪使我也愿意！"说完躺下，用被子蒙住头。

小茉只说："好，好，你愿意。"便不再吱声。她起床，搭了件外套，拿上脸盆，去洗漱了。

丹桂见小茉不理自己，反倒没了主意，她掀开被子，瞅着天花板发呆，不明白美兰怎么会对大杨的镯子毫无兴趣，想起昨晚大杨抓住自己的手腕，心依旧突突乱跳，"要是小茉说的是真的呢？大杨只是拿我当枪使，他心里只有美兰，怎么会喜欢我呢？"这些念头让她五脏俱焚，索性不去想，起身来拿了脸盆出去了。

走到洗漱间门口，正碰上小李子，她异样的表情，像是见了外星人，死盯着丹桂的手腕看，笑嘻嘻地说："哎哟——丹桂，戴上银镯子啦？谁送的？"一起的瘦高个儿林花跟着说："对象送的？好事儿呀。"小李子怪声怪气地说："怕不是吧？我怎么听说是大杨？"丹桂羞红了脸，喃喃道："不是，没有的事。"边用衣袖遮起镯子。两人并不过分计较，嬉笑着走了。

丹桂悻悻地走到边上的水龙头那低头洗脸，总感觉进进出出洗漱的人都在看她，如芒刺在背，匆匆洗毕逃也似的回到丽香斋。她本想跟小茉讨主意，却发现小茉床头放着的包不见了，料定她出去了。丹桂虽然笨，但知道小李子和林花话里有话，她们肯定知道了大杨送自己镯子的事，一起看电影、吃包子，甚至于昨晚抓手的事儿让人看到了也未可知，不用多久厂子里的人都会知道。自己倒也罢了，到时候大杨追美兰就泡汤了，到时候大杨会怪自己做事不小心，到时候她怎么办？越想越怕，连出去打饭的勇气都没了，就如热锅上的蚂蚁，在屋子里转了几个圈儿，坐困愁城，末了只好上床躺下，思来想去，没多久便睡过去了。

小茉心里惦记着今日承包竞争的事儿，又担心方卉一晚上没回来，早饭也顾不上吃就跑到厂部办公室去看，见谭哲正在屋外水龙头那儿刷牙，也不言语，径直进屋，见桌子上有红纸，掀开一看，正是第二轮承包名单告示，脑子嗡地一闪，"坏事了！"调头往外走，正碰到谭哲进来，差点撞个满怀。谭哲问道："你干吗？鬼鬼祟祟的。"吕小茉定睛看着他，想打听却又怕谭哲看破自己的心思便没问，只是盯着，惹得谭哲发毛，"吕小茉，你看我干啥？"小茉说："你脸上有块灰。"待谭哲抹脸的当儿，她早出了门。谭哲大声道："吕小茉，你可当心些！"

小茉的猜度没错，方卉在县医院。而令她意外的是方卉与那个男人拉扯暖瓶的一幕，他们俩有着某种关系——曾经或者现在还存在着。等那男人去打水，小茉走过去打了招呼。

方卉对小茉的出现甚是吃惊，忙问她来干什么。

小茉单刀直入，"我来找你的。"她直视着方卉的眼睛。

"找我干吗？"方卉皱了下眉头。

小茉说："找你有事。"

正说着夏立明打水回来了，方卉给他说："这是我们厂里的同事，找我有事。"

夏立明朝小茉点了点头对方卉说："有事你就回去吧。"

方卉说："你今天不是还上班吗？"

夏立明说："我让孩子小姑过来。"

方卉点了点头，"也好，我先回厂子，有事你打电话。对了，你给金娣点水喝吧，过了点了。"说完拉着小茉就走。

方卉不说话，小茉也不言语。走到医院外的停车处取车，看车的老头要号牌，方卉这才想起包还在病房里。

见方卉犹豫小茉忙说："你在这儿等着，我去拿吧。"不容分说一溜烟儿地去了。

小茉一口气上了三楼，在走廊上就听到女人的哭叫声，来到 11 号病房门口看见方卉的那好姊妹正拿着毛巾抽打她老公，"什么好心？什么帮我？就是来看我热闹的！你——还有她，合起伙来咒我死是不是？"女人声嘶力竭，瞪着铜铃大眼，盯着夏立明的脸，表情十分恐怖。

夏立明站在床前，尽着女人发泄。金娣将毛巾甩到男人身上，恶狠狠地道："她凭什么？她以为我不知她的心思？还说原谅我——哼，要不是我豁上命救了她，她还有今天？她就是个口是心非的婊子！"

夏立明端了茶缸给金娣，"你喝点水，事情慢慢计较，别把身体气坏了。"

金娣没有接，气急败坏地嚷道："你就想拖着是不是？我不喝了，我就死给你们看！"一挥手用力将茶缸打掉，水泼洒开，茶缸落在地上发着声响，骨碌碌滚着，正滚到站在门口的小茉脚下。

夏立明看到小茉，一下愣住，"你——"

小茉面无表情地说："我来拿包，方姐的包。"她指了指窗台上的花布包和印有"翠春织布厂"的尼龙手提袋。

夏立明忙拿了递给小茉。小茉接了，盯了金娣一眼，转身离开。刚拐出病房就听到有人喊她，回头看，见郝阿姨站在医生办公室门口向她招手，"小茉，你来。"小茉无奈，不情愿地走过去。

"刚才我叫你，竟没有听见呢？"郝阿姨拉了小茉的手，一直走进里间的办公室。

"我给朋友拿东西。"小茉回道。

郝阿姨问："就是 11 号病房的那个？"

小茉不想多说，只点了点头，但郝阿姨还是唠叨起来，"你那个姐们还真是个好人，一直陪着，11 号病人昨天昏迷了，她一夜没睡，真用心，倒是那男人都懈怠了。她昨儿给交了一千多住院费，还跟我打听肾移植的事，是不是想要捐肾呢？现在哪有这么好的人呢。"

小茉心里咯噔一下，忙问，"不是亲人也能捐吗？"

郝阿姨说："当然，不过这捐肾可是大事，也是有风险的。你朋友和11号是什么关系？"

小茉说："就是朋友吧——比一般好一点的。郝阿姨，你叫我有事吗？我朋友还在下边等我呢。"她怕郝阿姨一直说个没完。

郝阿姨说："前天我收拾办公室衣橱，发现一件你妈妈的羽绒服，你带回去吧，总是个念想。"

小茉一路跑着回来，方卉正等得着急，"我还以为有什么事呢。"小茉只说碰到了妈妈生前的同事。

"那是什么？"方卉指着小茉手里的袋子问道。

"我妈妈的衣服。"小茉的表情不自然，那眼睛早潮湿了。

方卉拍了拍小茉的肩膀，"小茉，都多半年了，总得看开些，母亲不能陪我们一辈子，好好活着就算对母亲最好的报答。"

小茉点了点头，"我进病房时你那好姊妹正在发脾气呢——骂她老公，可难听了，她怎么是那样的人呢？"她本想把原话复述，又怕方卉难堪，便轻描淡写了。

方卉低头不语，好久才说："你没吃饭吧？我们去喝碗豆腐脑吧。"

方卉取了自行车，两人走到对过路边一个早点摊儿，找了个空位坐下。夫妻档买卖，男人炸油条，女人张罗着点餐收钱。方卉要了两碗豆腐脑、二斤油条。

小茉说："哪里吃得了二斤油条。"

方卉说："带回去给她们吃。"

小茉要付钱，方卉无论如何不许，"你一个学徒工才几个钱？"

小茉说："我爸每月给我一些，放在大老袁那儿。"

方卉意味深长地说："你爸做到这份上也算好的了，还是不要赌气，回家吧。"

小茉咬了咬嘴唇道："我不回去，以后我就独立自主，自生自灭了。"她忽然想起什么，"对了，你那天去民政局，挪坟的事办好了吗？"

方卉支吾道："费用还没定，可能要涨价。"

小茉说："是不是钱不够？我有，我妈生前给我存了一笔钱，本来是供我上大学的，可我——反正放那儿也长不了多少利息，你要用就用着。"

方卉心事重重："再说吧，我要用的话就找你。"

小茉点了点头。

老板娘端过豆腐脑和油条，两人吃了起来。小茉心里有许多问号，不知怎么开口，沉吟许久方说："那个女人说她救过你的命，她还说你原谅她了……"

方卉身子微微一颤，她低头喝着豆腐脑，半天才说："她救过我的命没错，我原谅她了也没错……"她抬头看着小茉，眼里闪着奇特的光亮，"可我没欠她一辈子！"

第二十二章 红记

"我的生命里曾经有两个好朋友，一个是夏立明，一个是金娣，他们最终都背叛了我。"

晨光映着方卉的脸，沉静中显出一丝忧伤，她就这样叙述着她与金娣之间的恩怨情仇，这情景深深打动着小茉的心灵。

"我和金娣一批进的厂。我是分配进厂，她是接了她父亲的班。金娣说她18岁，但看上去又瘦又黑，没有那么大。刚进厂子我们在一起学接线头，不知为什么，她总是有意无意地靠在我旁边，小心地跟我搭话，自然而然我们就比别人亲近些。那是冬天，办公室里烧着大号的煤炉子，那炉壁都烧红了，烤得人发烫，别人都离得远一点，她却在炉子旁，还不时地伸手烤火，我很好奇，后来才发现她下身只穿了薄秋裤，外边套的竟是夏裤，寒冬腊月的怎能不冷？我悄悄问她为什么不穿棉的，她支吾半天，说是再没有像样的衣服了。会不会是家里穷呢？我也不好细问，便回家找了些毛线给她织了条毛裤，她穿上后竟高兴地哭了，非要认我为姐，要到我家里去。起初我并没有答应她，后来……"

方卉吃油条噎了一下，她喝了口豆腐脑。

"你是觉得她奇怪吗？"

"不是。那时候我妈妈走了，留下我跟两个弟弟，家里的状况不好，我不想让厂里的人知道。不久我们下织布车间挡车，我那时扎着长辫子，师傅让我们剪短发，可我不舍得，只缩在脑后。有一次上夜班，又困又累的时候，有一台机子断线，我收拾好，开机，我的辫子突然滑下来，正巧夹到布滚子里，我一下子慌了，拼命地往外拽，根本没用，越夹越紧，我整个身子都斜愣在那儿，我喊人，可车间里隆隆响，大家都听不到，后来是金娣发现了，跑过来帮我关了机。如果不是她，我的头皮可能就拽下来了。为了救我她把手伸进织布机里，竟然把右手小指弄骨折了。

这也许就是缘分吧。娘常说，受人滴水之恩当涌泉想报。此后我就把她当作亲妹妹看。给她带好吃的，给她织毛衣，两人也就无话不说。她说话总是小心翼翼，揣摩着别人的脸色说，也没有什么不好，但总觉得她心事重。我带她去我家里，她也不见外，帮我洗衣做饭，挺勤快的，有时候也住在家里，我的两个弟弟都称她二姐。她的家在乡镇，一个月回家一次，不住宿，很快就回来。她从来不说父母的事儿，有时提起来也是很快拿话岔开，我虽觉着蹊跷，可也不便刨根问底。

领了第一个月工资——24块钱，学徒工，跟你现在一样，我们去集上扯了布，我跟妈妈学过裁衣服，虽说不精，但试着做了。我们一人一件罩衣，一条裤子，她穿上新衣服高兴得不得了，她说这是她有生以来第一次穿新衣服，特意拉我去照相馆合了一张影——就是你看到的那张。她回了趟家，回来后我发现她手臂上有伤，好像是被树枝抽的，我问她她就哭了，说是母亲打的，怪她乱花钱，她剩的十多块钱一分没留地让母亲收走了。她说她母亲从小就不喜欢她，因为她前边有个哥哥死了，她母亲说她命硬，我当时听了很震惊，不明白她母亲为什么那么苛刻。

直到有一天，也就是半年后吧，我们下了白班，刚走出二门，一个女人——五十多岁的农村娘们儿，忽然跑上前来喊金娣，金娣应了声，并不认识，那女人却拉住金娣，非要看她脖子后边，大家莫名其妙，问她干啥，女人也不说，几个女孩好奇，便怂恿着金娣给她看，可金娣恼了，挣脱女人的手跑回宿舍了。

我私下问金娣，她铁青着脸，只说那女人是神经病，我感到金娣似乎有什么隐情。那女人在厂里待到很晚才走，金娣躲在楼上不下来。之后，隔三岔五那女人就来找金娣，这事在厂里传得沸沸扬扬，说什么的都有。后来金娣的父亲来过厂里，厂里报了警，那女人就没再出现。

据说那女人十几年前丢了女儿，急疯魔了，赶集看着金娣像她女儿，便来认亲。这事就算完了，一个月后我下班回家，路上被那女人拦住，我本不想搭理她，可见她可怜，也不像神经病。她让我看一看金娣脖子后边是不是有块红记，像一片杨树叶子那么大，她说她丈夫三代单传，要生儿子，可她连生了三个闺女，为了生儿子就把后边的那个送人了，可生下来的还是个闺女。现在自己生病了，指望着闭眼前见见孩子。那女人一把鼻涕一把泪地诉说。我问她怎么知道是金娣呢？她说村里的接生婆说的，送给了街店姓金的。街店上千户人家，她费了千辛万苦才查到金秉文家，金家女人结婚后多年没生养，三十五岁才有了个儿子，五岁夭折，现在有个女儿叫金娣，去年接了班，当了工人。掐算着年龄，有 16 岁了，就是她的闺女无疑了，可金家不承认，村里的接生婆去年死了，死无对证，只好到厂里找。那女人颠三倒四地说了半天，我跟她说金娣脖子上没有红记，再说金娣 19 岁了，差三岁呢。那女人像吃了一闷棍，自言自语地说，怎么可能呢？就失魂落魄地走了。"

"那女人好可怜。"小茉说。

"我望着那女人走了，心里难受。回到家后我发现自己犯了一个大错误。"

"什么错误？"

"我忘了问那女人的名字，家里的地址。"

"为什么？"

"因为——因为金娣脖子后边当真有一块红记，像杨树叶子那么大。"

小茉惊叫起来："是真的——那么说，那女人就是金娣的亲妈？"

方卉点了点头叹道："也不一定，年龄不对，可万一呢？我指望着那女人再次出现，可没有——兴许就死了。"

小茉看着方卉，"你当时为什么不告诉她呢？"

"我怕她直接去找金娣，闹得厂里都知道，本想私下里跟金娣说，让金娣有个心理准备，因为十几年前的事情谁也说不准。"

"可那脖子后边的红记是不会错的吧。"

"后来我也跟金娣说了，她哭得很伤心，她说小时候村里的人在背后说她是私生女，她回家去问，被她妈打了一顿。每次她做不好事她妈就打她，原来不是亲生的。她决心去找她亲妈，可没有地址怎么找呢？我们就去了街店派出所，谎称厂里填表要查一下户口，那时我看到了一个更正记录，金娣年龄 16 岁，改大了两岁，也就是说那女人说的没错，我寻思之所以改年龄是为了接班，我们那批据说是最后一批政策接班的。

为了弄清楚那女人的地址我们决定去县城的派出所，那女人被叫去过，肯定有记录的。可不知为什么金娣突然改了主意，不想再查下去。还说那女人是个神经病，不要理她。我说如果是真的呢？那女人得了病，想看一眼自己的孩子，金娣说死了更好。

我猜测金娣大约是怕工作受影响，便对这事绝口不提了。可我总觉着对不起那个女人。"

方卉沉默下去。

小茉忍不住问道："后来呢？"

方卉说："就罢了。"

小摊儿的主顾越来越多，两人喝完豆腐脑起身离开。方卉向老板娘要了个塑料袋，将剩下的油条装好放进车筐里。

方卉推着自行车与小茉比肩而行。马路上繁闹起来，车水马龙，喧哗嘈杂。

见方卉心事重重，小茉忍不住问道："再后来呢？"

方卉长叹一口气："就是你看到的，金娣和我的男朋友结了婚。我本来以为我们不会再有什么瓜葛了，可造化弄人，11年后我又不得不面对。"

小茉不解："为什么？"

方卉说："你知道与我大弟结婚的是谁吗？正是夏立明的大妹夏花，也就是金娣的小姑子。那天夏立明找到我，说他妹妹怀孕了……"

小茉张大了嘴巴，"这可真够乱的。金娣抢了你的男朋友，你男朋友的妹妹又抢了红梅姐的男朋友，分明是东郭先生和狼的故事。"

方卉的腿像灌了铅，她对小茉说："上班还早，我们找个地方坐坐吧。"

路边有个公园，两人找了个长椅，依偎坐着。太阳升起，金色的阳光普照着，高大的法桐枝条上的叶子枯黄了，风中摇曳低语，蓦地翻飞而下。

"我觉得自己活得很失败。"方卉喃喃地说，语气伤感。

小茉说："我也是。妈妈走了，世上的一切都变得无聊可憎。"

方卉搂着小茉的肩膀，"我在你这么大的时候妈妈也走了，她得的冠心病，她一辈子为了家庭委屈自己，抑郁成疾。我跟她发誓会照顾好两个弟弟，高中没毕业我就参加了工作，那时我18岁，18年后我才发现我没有实现对妈妈的承诺。这一切都源于那个男人——夏立明。"

小茉问道："那个男人——他怎么会喜欢上金娣呢？"

"我家跟夏家是邻居，我爸和夏叔一个厂子，我跟夏立明从小学就一直是同学。夏立明是家中老大，下边两个妹妹，与我两个弟弟年龄相仿，我们两家关系不错，孩子们也就相熟。妈妈去世后夏阿姨对我们很照顾。夏立明高中毕业后去了银行，夏阿姨有意撮合我们俩，就这样我们谈起了恋爱，现在看来那也未必就是恋爱。夏立明少言寡语，我们俩在一起并没有多少话说，我工作累，家里事多，天天忙得像只陀螺，没有花前月下，没有卿卿我我，很平淡。后来我认识了金娣，金娣也自然认识了夏立明，她对他特别热情，一口一个姐夫叫着，我们在一起吃饭、看电视……我并没有感觉有什么异样——现在想想还是有的，不久她叫他夏哥，再后来叫他立明，半年之后夏阿姨私下告诉我不要让金娣来家里，那女孩一副苦丧样，她不喜欢。我一笑置之，还替金娣拉情理，说她天真活泼。没过几天夏立明买了电影票，三张，邀我和金娣看电影，我正好上夜班，他们两人去的。我下班回到宿舍见金娣睡在床上，被子蒙着头，我问她电影好不好看她也不搭理，我问她是不是病了，她突然坐起来，抱着我就哭，说夏哥欺负她。我以为她跟夏立明犯嘴了，就说你不理他就是了，没想到金娣说夏立明亲了她。"

方卉停住，身体抽搐一下。她深吸一口气，继续说："我很生气，就找到夏立明对质，他倒很平静，他说她的瞎话你也信？如果我说我没有呢？我说一个姑娘家怎么会拿这种事瞎说？夏立明的表情很怪，他说……"

11年前的那一幕清晰地印在方卉的脑海里，夏立明的话如鞭子般一次次抽打着她的心。"我知道了，你心里根本没有我，我们谈了一年恋爱，你连手都不让我碰，如果你真爱我，就让我亲。"夏立明说着就去搂方卉，却被狠狠地打了一巴掌，他看着方卉冷冷地说："你——变态！我就娶金娣，你能怎么样？"

小茉忍不住问道："他说什么了？"

方卉回过神来，低声说："他说我冷漠，金娣可爱，他要娶金娣。可夏阿姨不答应，她说只要她活着就不会让金娣进夏的门，她找了媒人给我送来了聘礼，而夏立明竟然也默认了。金娣陷入了两难，她哀求我，涕泪交流，要我把夏立明让给她，让我去说服夏阿姨。我对她说，如果夏立明真爱你，就会娶你。"

"后来呢？"

　　"后来夏阿姨来求我，让我退出，让我说服夏立明娶金娣，因为金娣怀孕了。"方卉苦笑，"想想世间的事真的好怪，人不为己，天诛地灭，说得很对。"

　　"那么，你原谅他们了？"小茉愤而不平，"要是我，绝不会，我最痛恨别人的背叛。"

　　方卉说："即便他们不求我，我也会退出，我真心祝福他们。"

　　小茉不解，"你可真大度。"

　　方卉说："我经历了太多的背叛，我累了。如果我妈……"她顿住，"现在我最对不起的是红梅，如果不是当初我介绍他们认识，也许就不会有今天的烦恼。大弟和夏花的关系我早有觉察，因为我和夏立明的事我不愿再跟他们家有瓜葛，再说夏叔退休后就搬了家——好像是邻近村子。只是我不知道他们两人背地里还有联系，我大弟在北京进修，夏花就去北京打工，她很有心计，所以才……这都是我的错。"

　　"既然他不爱红梅姐，为什么不早说呢？"

　　"因为我，我跟大弟说，红梅那么爱你，你不能做出伤天害理的事。"方卉侧过身子看着小茉，叹了口气，"有些事情说不明白。对了，你不是说找我有事的，什么事？"方卉转了话题。

　　小茉忽然想起来，猛地跳起身子，焦躁地叫道："对，我们快走吧，晚了就来不及了！"

第二十三章　齐国胜从天而降

方卉和小茉回到厂子的时候正赶上早八点的交接班，老远看到一大堆人乌泱乌泱地聚在厂部外公告栏那儿伸长了脖子看，孙大头、马二炮、邱淑月夹杂其中。大家交头接耳，议论纷纷。"怎么没投票就出来结果了？""对呀，上次还大会唱票……""这不是偷偷摸摸的。""你知道啥？让你知道你就知道，不让你知道你就不知……"马二炮高声嚷道。"工作积极的一边站，落后的承包，这算什么事呀！"不知谁嘟囔。邱淑月虽说眼花，但还是看清了织布二车间挑头承包的是牟桂金，心下暗暗叫苦。两人曾因为分房子的事吵过架，后来又为竞争车间主任相互作贱，"她心眼小，干上了能有我的好果子吃？那班长怕是白搭了。"她在心里嘀咕。

工会韩主席从厂部出来，后边跟着谭哲，手里拿着红纸和胶水，两人朝公告栏这边走，人多，挤不进去，韩主席便不耐烦地叫起来："让一下，闪开！有的是时间看……"

谭哲将胶水挤到红纸四角，与先前的对齐了，一板一眼地贴好，他按了按，扶了扶眼镜，回头便见吕小茉和方卉往人堆里挤。小茉眼尖，看着准备车间验布组承包人是梦娜，小声对方卉说："看见了吧？梦娜、刘娘子、牟桂金，我跟你说你还不信，哪里是征求意见？分明是公示嘛。"

方卉看过方案和名单，心里透明，那些承包人多是跟俞钱走得近的，跳过征求意见直接报名，那天韩主席找她谈话着实是要逼她辞职，今日公示分明是连环套，而自己差点上当。看来俞钱跟齐国胜的较量放在了台面上。

韩主席回头朝大伙喊："这次承包主要是毛遂自荐，厂党委昨晚集体研究的，大家互相传一下，公示期三天。要是没有意见就生效，有意见就提出来。"

人群一时像炸了锅，嗡嗡地闹嚷起来。"我有意见！"忽然有个声音喊道，大家诧异地回头看，见方卉面色凛然地站在那儿，不自觉地闪开一条缝，让她上前边来。

韩主席一愣，有些结巴地问道："你——什么——有意见？"方卉说："这么大的事——作为党委委员和改革小组成员，我没参加研究，这不符合厂里的民主议事章程。"韩主席回过神来，"昨晚没找到你——又不能耽搁，所以就通过了。"方卉道："怎么就耽搁时间了？第二轮承包关系到每个人的切身利益，有必要这么着急吗？"韩主席面色难看，说："反正这是——是党委的决定。"忽然又想到了什么，反讽道："你不是说辞职吗？又闹什么！"方卉说："即便是我辞职，我还是一名职工，也有权利反对。""你想咋样？""我要求重新研究。"韩主席说："那不可能。"

孙大头站在方卉对面，挤眼弄鼻地给她使眼色。方卉不理会，回过头来对大家说："没有民主投票就公示，大伙觉得这样做公平吗？""不公平！"众声汹汹。韩主席有些气急败坏，"方卉，现在是改革年代，一切都要创新，你是干部，又是劳模，你不能带头闹事。"

方卉说："是你让大家提意见的，怎么又成闹事了？"

"齐厂长不在家，俞厂长主持，有本事你去找俞厂长，我不管了。"韩主席气冲冲地离开，倒剪着手进厂部了。孙大头悄默声地开溜了。

邱淑月上前拉过方卉，小声问道："怎么，这事你也不知道？"方卉摇了摇头，"我昨晚——昨晚有事没在厂里。"邱淑月撇了撇嘴，"我说呢，什么人也能承包……"正说着，看到牟桂金站在不远处，忙住了声。方卉高声说："齐厂长临去开订货会前说过，先讨论方案征求意见，等回来后再报名，还有民主投票，这些环节没走就公示——这不是乱套了吗？"话没说完就听到咳嗽声，俞钱鬼影似的晃过来，披了件风衣，头发用蜡抹得锃明瓦亮。

俞钱一直站在屋山墙那儿，公示栏前发生的一切都看在眼里，人们的议论他听着也只当耳旁风，这会儿方卉说到点子上了，便不得不出面。他踱到方卉对面停下，咳了咳嗓子，咧了咧嘴，眯缝起眼，皮笑肉不笑地说："方主任，你是车间主任，我是副厂长，级别虽一样，位置到底不同，齐厂长临走跟我交代了，让我落实第二轮承包的事，好像没有你说的那些话——我就不明白了，难道他齐国胜对你另有交代？"

"你——"方卉一下语塞，她知道自己刚才心急失言，让俞钱抓了把柄，承认与不承认都处于下风，不禁脸起红云，忙辩道："我讲的是道理，有第一轮承包的经验，就应该跟上次一样，你这样做不合规定！"

俞钱阴阳怪气地说："你急什么？齐厂长说由我全权处理，我怎么处理是我的事，改革年代一切都讲究创新。"他转过身来对大家说，"齐厂长临走时在会上这么定的，有会议记录，如果不信大家伙可以去问齐厂长。"

"你胡说！"方卉气得发抖。

俞钱收起笑容："是你胡说还是我胡说？"

小茉往前一步说："用不着看记录，只要一个人证就行！"她一把揪住谭哲的衣襟，"你是秘书，开会都是你做记录，你说——齐厂长有没有那话？"

谭哲说也不是，不说也不是，他扶了下眼镜，好歹憋出一句话："我脑子不好使，记不清了。"气得小茉张嘴瞪眼，恨不能将谭哲一口咬死。

方卉说："我不需要人证，我的话对得起公心，对得起天地。"

俞钱挑了挑眉毛，"噢？是吗？难道是心有灵犀一点通？"

方卉着恼，看着俞钱一副意气扬扬的嘴脸，不知哪来的勇气，上前一步伸手将谭哲刚贴上的那张红纸给撕了下来。人群里一阵骚动，有人拍掌起哄叫好。

俞钱愣了一愣，转而气急败坏地嚷道："方卉，你胆子不小！你这是公开对抗组织！"

方卉回道："谁是组织？难不成你一个人就成了组织？承包这样大的事情竟如此草率——根据厂民主议程，没有进行投票就不能公示！"

俞钱的脸憋得发紫，眼睛一眨，忽然干笑起来："好——好——撕得好！你听仔细了，第二轮承包方案可是报工业局批了的！"他眯起眼盯着方卉，不怀好意。

方卉心里一沉，她没想到俞钱做事如此绝，扯大旗作虎皮，以上压下。

俞钱抹搭着眼皮，不紧不慢地说："不信？这是齐厂长定的，他交代我的——谁能证明呢？"

方卉见俞钱要起赖皮，竟也无从反驳。俞钱见方卉不吱声便来了精神，"怎么？无话可说了？"

方卉明白，俞钱想把自己与齐国胜相提并论，用激将法让她跳坑，正在犹豫，人群里一阵骚乱，有人喊："厂长回来了！"

方卉转头一看，见齐国胜站在人堆外边，一副风尘仆仆的模样，不知怎么心里一热。

齐国胜走到公告栏前，注视着上边贴着的第二轮承包人名单，紧锁眉头，一言不发。

俞钱见齐国胜从天而降，一时不知所措，"齐厂长，你——你怎么——"

齐国胜冷冷地道："怎么？俞厂长有什么话说？"

俞钱无话可说，头一摆，眼一翻，装出一副无所谓的样子。

齐国胜说："想不到俞厂长的效率还挺高！"他转身往厂部走，边走边说，"谭秘书，下个通知，晚上开党委会，一个都不能少。"

谭哲答应着，看了一眼俞钱，俞钱脸上红一块白一块，牙咬得咯咯响，他看了一眼方卉，高声道："我未做亏心事，不怕鬼敲门！"

围着的人渐渐四散了。

方卉站在那儿发呆，小茉拉她的手，发现她手心里全是汗，甚是讶异，便轻声唤道："方姐，我们走吧。"

旁边的谭哲对小茉哎了声，小茉白了他一眼，冲他喊道："起开！好狗不挡道！"雄赳赳气昂昂走过，一脚踩在谭哲的右脚上，痛得个大小伙子龇牙咧嘴。

回宿舍的路上小茉回想刚才发生的一幕禁不住兴高采烈，"方姐，你可真厉害，唰——"她比画着撕纸的样子，"你没见俞钱那样儿——脸憋得像猪肝，太解气了！两面三刀，标准的魑魅魍魉，要是再把纸甩到他脸上就更好了！"

方卉默默不语，小茉问道："你怎么不高兴呢？"

方卉叹了口气："事情没有你想得那么简单，俞钱一定有所准备，他不会善罢甘休的。"

小茉想了想不以为意，"他干的事怎么样——秃头上的虱子明摆着，就是上边有来头又怎样？"

两人正说着，迎面走来刘丹桂，端了一盆衣服，低着头只管走。小茉把她叫住："丹桂，你洗衣服？"丹桂吃了一惊，抬头见是方卉和小茉，下意识地抱紧了怀里的盆，吞吞吐吐地嗯了声。小茉觉得异样，瞪大眼看着丹桂，又盯住盆里的衣服，见一件花格褂子下露出蓝色工装的一角，便诈问道："你昨天不是刚洗了？这又是谁的衣服？"丹桂扭扭捏捏，"没——没有谁的。"小茉越觉得可疑，不由分说伸手将那一角揪出展开来，竟是一件脏兮兮的男人裤子，小茉大笑起来，"果然有猫腻，你为什么鬼鬼祟祟的？"丹桂伸手往回夺，小茉只拉住不放，"快说，是谁的？"丹桂红了脸，"没谁的，快还给我。"小茉说："你不说我也知道，一准是大杨的！你怎么那么傻呀！"丹桂噘起嘴，急得眼里闪出泪花来。方卉忙止住小茉，"好啦，别闹了，让她去洗吧。"小茉见丹桂窘迫的样子便放了手，"一准是大杨让你洗的，你可真是，干吗给他洗？他就是欺人太甚。"小茉见方卉使眼色就住了嘴，丹桂抓起裤子逃也似的钻进胡同里。

小茉望着她的背影只是笑，"真是奇了怪了，就是洗也用不着恼吧？"方卉说："你呀，得饶人处且饶人，丹桂本就老实。"小茉说："她哪里是老实，是糊涂，那大杨摆明了是利用她的。"方卉道："丹桂心软，你也是知道的。"她忽然停下步子，拉过小茉的手，斟酌再三说："我有几句话一直想跟你说。"小茉甚是诧异，点了点头。"在丽香斋里我比你们大，以前的五个人都形同姐妹，后来她们陆续离开了，只剩下我，现在我们五个人能聚在一起本就是缘分，大家各有脾气，还得互相担待一些。你聪明，就是太直爽，容易得罪人，以后我不在的时候你要跟大家好好相处……"小茉张大了嘴巴，着急地问道："你干吗说这样的话？你要去哪里？"方卉笑道："我只是个比方，红梅要出嫁了，以后还要来个新人，什么事都可能发生，我是说……"小茉释然："你吓我一跳，我以为什么呢，这个你放心，我以后少跟她们磨牙就是，说实在的，我懒得理她们，就是以后再来一个——只要不是梦特娇就行，我也不会怎么样。"方卉放下小茉的手，从花布口袋里掏出一张纸交给小茉，小茉展开来看，是干部招考通告，便问道："你哪里得的？"方卉说："前儿我在路上看到有人贴告示，我就要了一张。我觉得你学习好，不能就这么在工厂里混下去，也不是说当工人不好，你身子骨弱，有别的出路不更好？你说你没考上大学对不起妈妈，这好歹也是个机会。"小茉的眼圈有些红，她把脸别过去。"你看好上面的日子，去报个名，说不定能考上呢？"小茉点了点头，将纸折好放入口袋。

两人回到丽香斋，正碰上王美兰往外走，胳膊下夹着围裙，一手拎了块馒头，"你们来得正好，我就不锁门了，快误点了。"边说着边往楼下跑。方卉让她慢点，早一阵风不见了。

进屋里，小茉将妈妈的鸭绒服从袋子里拿出来，小心翼翼地翻看口袋，一无所获，呆呆看着，心酸眼热。

方卉看到床头柜上的橘子干瘪，便提起来看，底下长了黄花绿毛。

小茉看了一眼说："那橘子太酸，本来留着给美兰吃，想不到她现在不稀罕了。"

方卉将橘子扔到门口的铁托斗里。回头看美兰的床上乱七八糟地放着些衣服，皱了皱眉头。小茉眼尖，伸手从衣堆里拣出一个手包，橘色的，小巧可爱，看了看又丢回去，自言自语道："真是奇了怪了，难不成天天有人送她礼物？"方卉问小茉："美兰这些时候忙什么呢？"小茉鼻子哼了声，"谁知道，她呀，总跟人换白班，晚上出去半夜里才回来，不知搞什么名堂，我听她表妹说她近来发大财了。"看方卉不明白便把卜喜儿说的那些话学了一遍。

方卉笑道："哪有天上掉馅饼的事，不过社会上什么人都有，千万别被人算计了。"

小茉脱鞋上床，将鸭绒服叠起放在枕头上，"管她呢，可是她说的，从今往后就不用管她了，喊——什么了不起！算了，我要睡个回笼觉，昨晚没睡好，今早起得太早了。"

"你睡吧，我去洗脸。"方卉拿起脸盆出门。待她回来小茉早睡过去了。

方卉起身打开床头的箱子，从里边拿出一个包裹，翻出一封信，看着出了一会儿神，便收进花布兜里，然后坐在床边梳头，将头发绾成髻子，看着镜子里的自己，像决定了什么似的，拿上花布兜又提了床边翠春织布厂的尼龙手提袋蹑手蹑脚地出了门。

第二十四章　从哪拿来的送哪去

　　丹桂挣脱了小茉，急慌慌地走去水龙头洗衣服。自从大杨握了她的手，胖丫头的心思便像飘在云彩上，各种想法在脑子里乱蹦，甚至想到大杨喜欢她，虽说自己也知道不现实，但那念头却像用刀子刻在了心里，怎么也抹不去，时时处处为大杨着想，昨晚看到大杨的工装裤子脏了，便想着给他洗一洗，又怕大杨知道，单等着大杨换下来，她做贼似的偷偷拿了，用白围裙包了，本想偷天换日，却让小茉给逮住了，自是懊丧。她看四下没人，赶紧用洗衣粉泡了，用力揉搓起来。

　　"丹桂——"忽然有个娇滴滴的声音叫道，吓得丹桂差点闭过气去，扭头看，却是梦特娇站在身后，心里奇怪，她是从哪里钻出来的。

　　"小桂桂——"梦特娇穿了那件红大衣，打扮得娇娆妩媚，声声叫得丹桂失了魂魄。

　　不等丹桂开口梦特娇便使个勾手势，"你跟我来——"

　　"啥事儿？"丹桂想不出她找自己有啥事。

　　"好事儿，你只管跟我来。"

　　丹桂泡好衣服，洗一洗手，边甩着手上的水边不由自主地跟着梦特娇走。

　　梦特娇一把拽过来，一只胳膊环住丹桂的脖子，亲昵异常。

　　丹桂受宠若惊，那香粉味熏得她喘不过气，偷眼看觑，但见梦特娇粉面桃花，红唇微张，腰肢婀娜，心内艳羡不已。

　　两人勾肩搭背，一直往大库走去。

　　那大库本是废弃的仓库，无奈做了女工宿舍，东西通透，南北放了两排床，五十多个女孩子睡在里边，因为人多嘈杂，各人用宽布将床围了帐子，圈出一方自己的天地。这时间有睡的、有洗头的、有换衣服的，各自旁若无人，那地上精湿，散落着垃圾，杂乱肮脏。

　　梦特娇拉着丹桂到她的粉红帐子旁，从床头的柜子上拿了一个袋子递给丹桂。丹桂看了看，竟是香粉。梦特娇说："给你的。"

丹桂嗅了嗅，高兴得结巴起来："给我？这怎么说的——我给你钱。"

梦特娇说："什么钱不钱的，我们可是好姊妹。"

丹桂忙摇头，"那不行，这老贵的。"

梦特娇挑了挑眉毛说："这算什么？谁让你是我妹呢？我这人就这样，只要我喜欢，再贵的东西我都舍得，你尽管用，以后要什么只管跟姐说。处久了你就知道，我这人实心眼儿，对人绝没有二心。别听有人背地里说我的坏话……"

丹桂谄媚道："谁会说你坏话呢？"

梦特娇看着丹桂，扬一扬头，"说就说去，我也不在乎，倒是有人说你，我就听着不舒服。"

丹桂一惊，忙问是谁，梦特娇只淡淡地说："表面上是你的好姊妹呢，背后却瞧不起人——什么傻呀笨的——算了，不说了，说了伤感情。"

丹桂脑子里闪过小茉的身影，没说话，站在那儿发愣，心里乱得很。

小茉醒来时，阳光正透过门玻璃照到脸上，她眯起眼来，从枕头底下摸出手表，已是下午两点多，她这回笼觉竟睡了三个多小时，错过了午饭，好在离上班还早。丽香斋里静悄悄的，小茉心里嘀咕：方姐出去了？丹桂怎么还没回来？她的脸贴着妈妈的鸭绒服，用力嗅着那熟悉的气味，实指望睡梦中与妈妈相会，却连一个梦都没有，正如古人所言，生死两茫茫，想着眼眶便湿了。她起身下床，从床底拉出皮箱，拿出牛皮纸袋，忽然发现箱子角下压着一片纸，好奇地拿起来看，端详半天蓦地想起是梦特娇给丹桂写的香粉名，一下想起这笔迹竟与她在办公室里看到的举报信一样，觉得不可思议，梦特娇举报方卉？小茉回想卜喜儿说的他们在搞事情，豁然开悟，原来这一切都是谋划好的，好一个梦娜，怪不得伸头承包，原来有了后台，可他们为什么要对准方卉？为了打击报复？小茉想不明白，她把纸片放在褥子底下。

小茉将牛皮纸袋里的东西倒在被子上，一件件过目，合照、金币……她注视着妈妈的照片自语道："亲爱的妈妈，您想告诉我什么？"

那枚金币在阳光的映衬下发出一道光，闪烁着，小茉怦然心动，下意识地拿起那张五个人的合影，她瞪大了眼睛，不错，后排那个男人脖子上戴的那圆圆的不是金币吗？难道——小茉的脑袋嗡的一声，难道这金币是那男人的？那为什么会在母亲的遗物里呢？母亲和那男人是什么关系呢？各种问号充斥在小茉的脑袋里，胀得生疼。

外边传来脚步声，小茉忙将东西装回牛皮纸袋，压在褥子底下，丹桂推门进屋，嘴里哼着调子，见小茉看她，顿了一下，别过头去继续哼，又小心地将一包东西放在床头柜子上。

"你吃饭了吗？"小茉问道，没有回音，"方姐早上买了油条，在柜子上头放着哩。"

丹桂充耳不闻，自顾自地换衣服。

小茉又问："你去哪里了？没睡吗？"丹桂只不回应。

小茉心下奇怪，丹桂原不是小气的人，为了那条破裤子就不跟自己说话？甚至连油条的诱惑都能抵御？她点一点头心说："好样的，刘丹桂，哪怕一辈子不说话，看谁耗得过谁！"

小茉起身下床，倒了点开水，拿起油条就着小咸菜大快朵颐，嘴里说着："美味呀！油条油条我爱你！"

丹桂不为所动，换好了衣服径直出门了。

丹桂的决绝让小茉闷闷不乐，她不明白向来好脾气的胖丫头怎么突然硬气起来，"她真以为大杨喜欢她吗？笨蛋！"小茉想起方卉说的那些话，"罢了，不跟她一般见识，让她撞了南墙才好呢！"她吃完一根油条便无心再吃，看一眼表，快到交接班时间，便换上衣服拿了围裙出门。

小茉站在楼上，望见丹桂往大库那边走，跟她一起的是梦特娇，心里有些腻歪，"她什么时候跟她缠到一块去了？"

刚到楼梯口听到下边有人说："你说的是真的？"另一个声音说："厂子里都传开了。听说两人是同学，就因为她闹离婚呢。一个老姑娘，什么事做不出来？""真是人心隔肚皮，看上去那么正经的人……""喊！"

小茉觉得话语有些蹊跷，加快脚步向楼下走，出了楼道远远望见两个女人的背影，并不熟识，"该死的，又乱嚼舌头！"

路过厂部，了无动静，公示栏上那被撕的告示的一角还翘着。谭哲双手提了暖壶从坡下上来，看见小茉咧嘴笑了笑。小茉不理睬，心里暗骂，就是头猪。两人交错时，谭哲自说自话："晚上开党委会呢，喝水多。"

小茉白了他一眼，也不搭腔。谭哲又小声说："你总得替别人想一下，那样的情形，我怎么说？"小茉忍不住说："我凭什么替别人想？"她忽然住嘴，卜喜儿从右边的胡同里冒出来，大声叫着"小茉姐——"，一溜小跑赶上来，谭哲怏怏而去。

小茉问卜喜儿干吗去了，卜喜儿笑道："我去卫生室开了些止痛药。"小茉问："你哪儿痛了？"卜喜儿说："我爹腰疼。"小茉便不再问。卜喜儿凑近小茉，神秘兮兮地说："我刚才听了一个事，可奇怪——她们说得有鼻子有眼，我看纯是瞎说。"小茉道："你说话咋还兜圈子，费那么大劲，你听到什么了？"卜喜儿压低了声音说："大库里都传开了，说方姐姐和齐厂长相好呢。"小茉忙问："谁说的？"卜喜儿吞吞吐吐："反正都那么说，我看纯是瞎说，从一开始我就不信，方姐姐多好的人，对我们小工都挺和气。"小茉想起那两个女人的话，咬牙切齿道："别听那些瞎话。那些嘴里嚼蛆的，不肮脏人不歇心的，就该千刀万剐！"

远远看见丹桂同梦特娇从大库里出来，跟在屁股后边仰着脸说话。小茉忍不住讥讽，"真是奇了怪了，鸡要跟狐狸做朋友。"卜喜儿咂嘴咋舌道："小梦给丹桂姐一包香粉，她可高兴坏了，嘴里念叨小梦的好，要我就不稀罕，都开了包的，说不定是过期的呢，不然小梦会舍得送人？那个小梦跟韩主席的儿子谈对象，都买了金项链，到处显摆，生怕别人不知道。"小茉心里透亮，鼻子哼了声，高声道："嗑瓜子嗑出个臭虫，什么人都有。"丹桂朝这边看了一眼，立马掉头。

正是交接班的高峰期，二门前人来人往。邱淑月赶着往这边走，身后跟着她男人，像条甩不脱的尾巴。这是犯病的症候，整日对老婆疑神疑鬼，走到哪儿跟到哪儿，如押禁的狱卒，织布厂的人都见怪不怪。走到二门口，大老袁将男人挡下，"老窦，真是模范丈夫，上个班还得送？"老窦人高马大，浓眉大眼，一表人才，他不说话，眼睛盯着大老袁，忽然咧嘴怪笑，有些瘆人。邱淑月回头对他说："回去吧。"大老袁也说："回去吧。"老窦停住脚，眼巴巴地看着老婆进去，却不离开，似个门神贴在铁门边上。王美兰急匆匆跨出来，猛见有双眼睛直愣愣地盯着自己，脚下一趔趄，差点摔倒，引来一阵哄笑，顿时羞得脸通红，好在不远处的梦特娇喊她，便急忙奔过去，两人交头说话，丹桂被晾在一边，无聊地四处张望。

小茉望见刘娘子和牟桂金从伙房后转出来，两人嘀嘀咕咕不知说什么，后边又跟出孙大头和一车间的主任，四个人走到房檐下站住，似是等什么人。"他们又搞什么名堂？"小茉正想着二门里急匆匆蹿出个人来，是一车间的华侨，她边跑边喊："成了，成了，走吧。"几个人便拥着往厂部走去。

小茉与卜喜儿过了二门，大老袁落锁，嘴里叫着："都散了，该干啥干啥去。"小茉猛然想到那几个聚堆的人正是上午公告上挑头承包的代表，联想到晚上到厂里开会，便知道要出事。

此时二车间的气氛不同寻常，好多机子停住，女工们三三两两凑在一起说着话，邱淑月高声吆喝着抓紧干活，却没人理会。更多的机子停住，更多的人凑到一起议论第二轮承包的事，整个车间乱了套，一晚上都未消停。小茉和卜喜儿倒乐得自在，送完线便靠在暖气片上打盹。十二点下班的时候，厂部办公室里依旧灯火通明。

第二天早上打饭的时候便陆续有消息传来，说昨晚俞钱同齐国胜拍了桌子，公示承包的人去工业局告状，说齐国胜违反承包规定，肆意打击报复，工业局成立了改革领导小组驻厂。而方卉与齐国胜的关系被炒得沸沸扬扬，成了翠春厂人们茶余饭后的谈资。小茉急得如热锅上的蚂蚁，好歹从谭哲那儿打听到方卉开完会后就请了三天假，此时才明白方卉那日的话音意有所指。

吃过午饭，憋闷无聊的小茉溜达出丽香斋，路过厂部，见一堆人散乱地站在山墙根下，像是发生了什么事，她正疑惑，忽听到有人叫，望见大老袁站在大门口向她招手，便快步跑过去。

大老袁从口袋里拿出个信封递给小茉，"又到月底了，你爸一早过来给你的。"小茉接过看了看，听到大老袁又说，"里边还有一封信，也不是我多嘴，你爸也怪可怜的，想见你又怕见你，你到底怎么想的？还是回去看看他吧。"小茉生怕大老袁说起来没完没了，便岔开话，"那些人站那儿干吗？""工业局来人了，找人谈话呢。""为什么？""还不是为了承包的事，对了，听说你们屋里的小方要悬，有人告她。"小茉心里咯噔一下，把信封揣进口袋，说了声"谢谢袁叔"便转身走了，大老袁还在身后嘱咐："有空回去看看你爸。"小茉也不吱声，一直出了大门。

深秋的午后仍有些热，马路上人车稀落，书报亭前冷冷清清。小茉探身往窗口看，见孙大妈正在打瞌睡，她女儿小丽倚在门边看书，见到小茉摆了摆手，努一努嘴小声说："我妈过敏，吃了阿司咪唑，困得慌。你看什么？""大众电影吧。"小丽回身拿了本，递给小茉，又拿了个马扎，小茉接过来在亭子门口坐了，见小丽手里厚厚的书，便好奇："你看的啥书？"小丽说："高中复习题。"见小茉不解，便说："我想考干部，这次招考的范围大，高中生也能考，检察院、法院、工商、税务，还有财政，我准备考税务。"小茉想起方卉给的那张通告，"好考吗？"小丽说："想试试，总混在厂子里也没多大出息。你也考吧，咱俩一块。""要我就当检察官，多威风呀，不过我的书都不知放哪儿了，要不你报名的时候叫上我。"两人正说着孙大妈醒了，小茉忙打招呼，孙大妈将新到的《读者》和《故事会》给她，还有一个发卡。"前些时候你们厂里那女的过来打电话把发卡落在这儿了。"小茉端详半天，孔雀开屏的式样，想起方卉来，"方姐过来打电话了？""是上海长途。"小茉心里一动，"这么说齐厂长突然回来是方姐报的信？难道他二人真的……"小茉不敢想下去。

小茉回到厂里时谈话的人还在那儿，厂部里隐隐传出叫嚷声。小茉并不在意谁承包，她只是担心方卉，一整天不见影子，她去哪里了呢？

小茉回到丽香斋，美兰和丹桂正说得欢，见小茉进来便戛然而止。看两人尴尬的表情小茉觉出蹊跷，她打量四周，见丹桂床上有个橘红色的包，似是上次在美兰床上看到的那个，心说："不错呀，都送包了，怪不得甘心当狗腿子。"回脸来见宋红梅床上多出个包袱，立刻像蜂子蜇了似的嚷起来："怎么回事？谁的？"她回头怒视着两个人。美兰不吱声，丹桂有些慌乱。

小茉盯着丹桂，用手指着宋红梅床上的包袱吼道："这——个，是谁的？"

丹桂闪烁其辞道："是小梦的。"

小茉叫道："是谁拿来的？"

丹桂结巴起来，"我——我拿过来的。"

小茉怒不可遏："是谁让你拿过来的？"

丹桂舔了舔嘴唇，鼓起勇气道："是小梦让我拿过来的。"

"这屋里五个人，你凭什么擅做主张？"

"她说，厂里批准了。"

"谁批准的？我不同意！"

"又不是我要拿来，是小梦让我拿来的，我不是……"丹桂边狡辩边拿眼看美兰。

"刘丹桂，我告诉你，从哪儿拿来的送哪儿去。"

眼看两人争起来。

王美兰斜眼看着，冷不丁说："这宿舍也不是谁的，凭什么你说了算？"小茉转过头，她知道这一切都是美兰背后搞的鬼。

"对，这宿舍不是谁的，凭什么她想来就来？"

王美兰回道："凭什么她不能来？"

"因为丽香斋不欢迎她！"

"我们五个人，我和丹桂同意，方姐我也问过了，她也同意，宋姐这就搬走了，少数服从多数，你不愿意也白搭！"王美兰双手圈在胸前，昂着头，无所畏惧的样子。

小茉上前一步回道："那又怎样？方姐说了吗？宋姐走了吗？别以为乘着风就能飞上高枝。"

"吕小茉，别以为自己是城里人就高人一等，瞧不起乡下人，你也不过是跟我们干一样的活！"

"王美兰，你今天可是说了真话！我并没有高人一等，乡下人可是你自己说的！"小茉回身对着丹桂叫道："把包袱拿走！"说着上前去抓包袱。

王美兰恼羞成怒，"今天看谁敢动这包袱，我还豁出去了。"说完上前护住不让动。

丹桂搓挲着手不知帮谁好。

正闹着，宋红梅突然出现在门口，三个人停住。小茉一丝窃喜，美兰一丝不安。

宋红梅望着她们，笑一声，幽幽地问："你们在干什么呢？"没人回话。

"怎么？这是要赶我走呢？人没走茶就凉了？"宋红梅看着床上的包袱，一字一句地说："我不管是谁的，赶紧拿走！"

丹桂不知死活地问道："红梅姐，你不是要结婚了吗？"

宋红梅将肩上的包扔到床上，突然怒不可遏地叫道："谁说我要结婚了？为了这一席之地我他妈不结了！"

三个人大眼瞪小眼。

片刻，吕小茉问道："为什么？"

宋红梅盯着小茉咬牙道："为什么？吕——小——茉，我还想问你呢！"她二话不说抬手给了小茉一个耳光，"长舌妇，真恶心！"

小茉屈辱惊诧之下明白了什么，她用尽力气扑向宋红梅，"你混蛋！我跟你拼了！"

第二十五章　街店

街店的道路同其他乡镇的道路一样，简单而杂乱，一条南北通衢的柏油路，两边二层的楼房，杂货店、小卖部、饭馆、修车行，各色招牌，凌乱排比，撑起镇子的表象。走不多久便能望见原野，间隔的胡同像撕开的口子，踏进去就是杂乱的内脏，各个年代的建筑物依着地形高低杂错，院墙和屋壁刻画出岁月的斑驳，默述着曾经的故事。

方卉打量着那处老屋，旁边一棵高大粗壮的杨树将它遮掩得越发矮小破旧。她敲了敲锈蚀的铁门，没有动静，推一推，竟是开着的，轻轻地推门进去，院子不大，地上铺了碎石板，缝隙中恣意长出杂草，很久无人收拾的样子。西墙边的棚子下生着蜂窝煤炉，燎着水，水开了，顶得壶盖突突跳动。"婶子——在家吗——"方卉叫道。许久，屋门帘子的流苏一响，一个老太太迈出门槛，弯腰驼背，矮胖的身躯显出笨拙，她埋头看路，两耳不闻，手里拿一把暖瓶，兀自踱到煤炉前，迟缓地提壶倒水。等她倒完了水，方卉上前去，叫了声婶子。

老太太并没有反应，方卉刚要再叫，却听到她不耐烦地道："你怎么又来了？我没有什么好说的，你走吧！"

方卉一愣，然后轻声说："婶子，是我。"老太太方抬起头来，肥硕的脸有些麻木，混浊的眼睛因为用力挤压而眯成一条缝，松弛的嘴唇哆嗦着，"你是？"

方卉说："我是金娣的朋友，小方，以前来过的。"

老太太想了半天忽然点点头："看我这记性，想起来了，小方呀，小金娣的干姊妹，都十多年没见了吧？你倒没怎么变样。"她高兴地抓住方卉的手，"你来得好！"她喉咙里因为激动而喘息，"那个——"她向方卉的身后望去。

方卉忙说："就我自己，我特意来看看婶子。"

老太太颇有些失望，她顿了顿说："快进屋里。"方卉顺手接过暖瓶，搀扶着老太太进了屋子。屋里光线暗淡，什物杂乱，老太太好歹拉出一把马扎让方卉坐，自己忙着沏茶。

方卉将带的点心、罐头从尼龙口袋里掏出来放在当门的四方桌上，坐在旁边，四处打量着，目光停在墙上挂着的相框上，镶嵌着一些老照片，有一张全家福，老头老太太端坐前边，金娣站在身后，梳了两条辫子，那应该是金娣刚参加工作时照的，那时金娣还不知道自己的身世。老太太端过茶盘，从一个纸袋里倒出一撮茶叶，放进茶壶，边做边喋喋不休："我老了，不中用了——见不得人，你看你——还买了东西，我老了，什么都没有，没人管——这茶叶是东边邻居给的，看我一个孤老婆子可怜……该死的小金娣！"她愤愤不平，"这辈子跟我有仇，见了面没好话，她爹去年死了，她一个眼泪不掉，我白养她了！"她咳起来，咳得身子弯下去，肩膀乱抖，方卉忙给她抚背，慢慢平息下去，继续唠叨，说她的艰难，金娣的无情，她的病痛，记忆零碎而杂乱，前言不搭后语，口气里充满了憎恨和无奈，"世道都变了，人都不讲良心——不说也罢，该死的小金娣！"她用这诅咒作结。

老太太将一盏茶水放在方卉面前，自己端一碗喝，她喘息着，头微微颤动，眼睛盯住方卉，像是 X 光的集束要洞穿一切。

方卉将茶碗捧在手中，心里盘算着如何开口，"金娣常回来吗？"

这话仿佛擦着了火柴，老太太立刻怒火中烧，她恶狠狠地道："那个没良心的，呕心烂肺的，养了她三十多年，一点恩情不讲，自从结了婚很少回来，她自觉翅膀硬了，用不着我了……"

方卉望着老太太因为愤怒而变形的肥脸，想着金娣绝望的哀号，心灰了半截，三十多年相互的痛恨在她们心里磨起了老茧。

"上次，就是今年阴历三月，猛然间回来了，真是少见，我有病捎信让她回来，我快死了她都不回来——她竟然带着点心回来了，说她得了绝症，要死了，求我说出她的亲娘——我知道她的阴谋，她想找她的亲娘——就编瞎话骗我，休想！我养了她三十多年，就是一条狗也会摇摇尾巴，她欠了我的！"老太太咬牙切齿，用手指敲着桌子，"我愿老天让她得绝症，她坏了心，忘恩负义，死一万次都不过！她还想骗我，该死的小金娣！"

方卉忍不住说："她没骗你，她真得了绝症，她就要死了。"

老太太忽然噎住，张着口，僵在那儿，像个打鼾的蛤蟆。

"她得了尿毒症，如果不能换肾，她会死掉。"

老太太混浊的眼里迸出奇特的光，脸上的横肉堆积出笑容，"啊哈——"她向后仰一仰头，"天可怜见，她说她一辈子不再求我，竟也有今天，真是善恶有报，该死的小金娣！"她用手拍着大腿，显出高兴的样子。

"婶子，好歹你也养了金娣三十多年，你不能看着她白白死了吧？现今唯有一法能救她，找到她的亲娘——能够配型成功，她还有一线生机，她要是死了，你以前养她的好便没有了。"

老太太拍着腿，突然由喜转悲，呜咽起来，"我可怜的命呀，辛辛苦苦三十多年，白养活了，该死的小金娣！"

方卉好言相劝："婶子，看您还是心疼金娣的，退一万步讲，要是金娣找着了亲娘，治好了病，她会感激您，以后孝敬您不是好的？"

老太太住了声，从裤兜里摸出块脏帕子怪模怪样地擦着眼睛，"我不是个狠心的人，走路都怕踩死蚂蚁，邻里谁不说我心善？是她小金娣没良心——退一万步讲，她活着于我有什么好处呢？"

方卉又好气又好笑说："即便没好处，那好歹是条命。金娣再不好，养儿防老，总是个依靠。"

"不是我不讲，多少年过去了，记不清了。"老太太转着眼珠，盯着方卉，似有所期。

方卉试探着问道："那年那个女人去找金娣，说是金娣的母亲，后来就没了下文……"

未等方卉说完老太太便生气地道："别再提那个呕心烂肺的女人，她不怀好意，她看着金娣接班当了工人便要冒认，吃现成，她就是个骗子！"

方卉怕老太太犯别忙说："即便她是个骗子——您还记得当时拾金娣的情况吗？有没有什么物件——小被子、衣服或者信物啥的？"

"哪里有？什么都没有，就是有床小被单也早烂了。"老太太信誓旦旦。

"当时是什么样子呢？"

"当时你大叔下班回家，骑着车子走到半路上，看到路旁有个包裹，下车一看是个孩子，都冻得发紫了——那还是二月天，好心好意抱回来养活了——养了三十多年——白养了——哎哟我的命呀！"

"那个找来的女人是哪里的？"

"不知道——那个可恶的女人，要不是她搅和，谁能知道金娣是抱来的？哪里生出这么多嘴舌，她不得好死！"

方卉有些心惊，老太太双关语，似是怪她多管闲事，看看墙上的挂钟，时候不早，见老太太一点不吐口，问东答西，只得起身告辞，"婶子，您要是想起来再告诉我，我改日再来。"

老太太说再坐会儿，难得有人听她说说话儿，不然就吃了中午饭再走，边说边送出大门。方卉摆手离开，老太太站在门口望着，直到方卉拐过胡同去，"该死的小金娣！"她自言自语，回身进门，不想大杨树后忽然闪出个人来，几步抢到门前，一把抓了行将关闭的铁门，侧身挤进院子，把老太太唬得倒退几步。

闯进来的是个五十多岁的女人，穿了件风衣，戴着大眼镜，抹着红嘴唇，烫着爆炸头，她把门关上，一副鬼祟的样子。

老太太定了定神，看清了对方的脸，气哼哼地道："你又来干吗？"

女人双手作个揖："大姐，你别叫——咱们有话好好说。"

老太太不依不饶，更大声叫起来："你要把我吃了不成？告诉你，我的闺女是我十月怀胎养出来的，不关别人什么事。"

女人好声好气地道："大姐，你也别恼，我要是没有确切证据也不会找上门来，凡事都有个规矩，你有什么条件讲出来，咱们一切好商量。"

老太太质问道："你有什么证据？拿出来看看！"

女人说："刘秉文家的说得清楚——孩子是用一床凤凰串牡丹的花抱被包着，里边还有一只镶着蓝宝石的银镯子。"

老太太一愣，艮一艮脖颈，依旧强硬道："没有！就是对着全天下的人我也敢这么说！我都土埋半截了——"

女人笑了笑，"你讲个价码，多少钱你肯说？"

老太太忽地闭了嘴，想了想，转身进屋，女人尾随。

方卉走出胡同口，太阳直射着，有些晃眼，她心里充满着失望和悲凉，虽说来时预设了各种结果——却想不到金娣的母亲会如此绝情，想起自己善良而不幸的母亲，眼泪模糊了视线。

"打车吗？"几个开摩的的苍蝇似的围上来。

"去哪里？""打我的吧——便宜！""坐我的——快。""我的又便宜又快。"几双眼睛盯着方卉，睃来睃去。有人看到方卉手里的尼龙手提袋，"原来是织布厂的呀——织布厂的姑娘美如水呀——不知要多少钱呢——"一阵哄笑，有人吹口哨。

方卉听着话语不怀好意，有些窘迫，便不理睬他们，扭头看着别处。

一个瘦高个的年轻男人凑上前来搭讪，嘴边的一圈小胡子十分显眼，"大姐，坐我的吧，你去哪里？"

方卉见他衣着干净且面目和善，便问道："去山后村多少钱？"

"5块。"

其他的人见谈价便退后，嘴里还重念着织布厂的大嫚真美，肆意起哄。

"也太贵了，城里的面的起步才3块。"

没待她说完小胡子回道："那就给3块吧大姐，你心好，我都一天没开张了。"

方卉点了点头，"行，你先带我去供销社买些东西。"

小胡子说："这路边商店里也有。"

方卉没吱声。

小胡子说："知道了，你是怕假货。"边说边发动起摩托车，方卉跨上后座，还没坐稳车就如离弦之箭飞驰。方卉下意识地抓住小胡子的衣襟，尔后抓住座子间的把手，嘱他慢点开，小胡子反有些得意，大声道："放心，我叫丁大发，是街店第一车手，人称摩的发，又快又稳。"方卉后悔找了个话痨。

"大姐，你是去金娣家的吧？"

方卉心内一惊，忍不住问道："你咋知道？"

"街店大街小巷天天转，啥事都逃不过我的眼，她家这些时候热闹着呢。"

"你认识金娣？"

"我认识她，她不认识我，她和我哥是同学，她妈是这街上有名的老婆王，金娣小时候老挨打，听说是捡来的，老太婆自以为瞒得好，谁不知道呢。"

"刚才，那些人说织布厂的姑娘是什么意思？"

"没什么，就是胡呲。"

方卉知道不是好话，便不再问。

说话间便到了供销社，方卉进去买了些点心奶粉，还扯了一块乔其纱花布上衣料和一米灰色卡其裤子料。

山后村并不远，十分钟便到了。方卉下车，给摩的发付了钱，"明天早上七点左右你来接我，别耽误了去县城的车。"忽然想起来什么，问道："你说金娣家这些日子热闹，怎么热闹了？"

摩的发启动车子随口说："有个女人也上她们家，是我领着去的，回来也是我送的。"

方卉忙问道："她是哪里的？"

摩的发不待答，一加油门车子绝尘而去。

方卉有些懊丧，那女人到金娣家肯定是有原因的，兴许是金娣的生母也未可知，但机会错过也只能等明天再说，好在摩的发跑不了。

方卉整了整衣服，提着东西往姑姑家走去。

第二十六章　他回来了

正如方卉所料，近来一切事情的变故都源于那个消失了 18 年的父亲。生活就如一出永不落幕的戏剧，许多事情兜兜转转回到原点，结果令人瞠目。

方卉坐在东屋的坑沿上，与姑姑整理着百代丽货品。姑姑忽然说起父亲要回来，方卉的脊柱像遭了猛击，僵直了挺在那儿，毫无知觉。

"他回来了？"方卉惊问道。

姑姑矢口否认："没有。"见方卉不信，便又赌誓，"真没有，他就给我打了几次电话，我还会骗你不成？"

方卉低头不语，提起父亲，便不可避免地想起母亲……想起母亲最后的时光，那是她心里的伤痛，永不磨灭。

"卉儿——"母亲叫了，方卉赶紧擦去眼泪，她端了水来到床前，"妈，您喝点水吧。"

母亲摇了摇头，有气无力地问道："你爸有消息了吗？"

方卉戚然地咬了咬嘴唇说："夏叔叔给的号码是空号。"她不能告诉母亲她已经打通了电话，因为接电话的是那个女人。

母亲眼里期望的光暗淡下去，"算了，他那么决绝地走了，就不会回来了！"轻叹一声。方卉双膝跪地，她抓紧母亲冰凉的手，失声痛哭，"妈，您放心，我会找到爸爸的，您好好保重身体，我爸一定会回来的。"母亲的嘴角爬上一丝惨笑，"我对你爸的心早就死了！只是为了你们——我走后你们怎么活下去？"

"妈，您放心，我一定会照顾好弟弟们！"

母亲断断续续地说："你要照顾好两个弟弟。再苦再累，也要让他们上学，成才，你爸他——由他去吧！"

那时，无助的方卉多么希望父亲能够回来，依了母亲最后的心愿。

往事不堪回首，方卉泪眼婆娑，她用手揩了揩，平复一下自己的情绪。

"当年，那个人——为什么骂我邪恶？"方卉压抑在心里好久的疑问脱口而出，每每想到那一刻，她的心就像被刀子割了一下。

对面的姑姑并未作答，她呆望着方卉，复又低头修着百代丽货品，好久才自言自语地说："你说那个人——是谁呀？都十几年的事了，你还在恨。"

方卉姑姑面目清瘦，高颧骨，眼皮逆来顺受地耷拉着，散淡无欲的神情。方卉视姑姑为母亲，不仅因为小时候照顾过她们姐弟，还因为她的命苦。姑姑四十岁守寡，拉扯一儿一女，除了种几亩地，只靠她绣百代丽挣些零钱贴补家用，因为活计好，肯卖力，渐渐做大了，成了承头，虽受苦受累，日子总算过得去，如今儿女皆成家立业，本可歇手享点儿清福，可到底清闲不下来。

姑姑抬起头轻声道："无论怎么说他也是你父亲，这点改变不了。"

方卉哽咽道："在我的心里我父亲18年前就死了！"

"你们身上流着他的血。"

方卉打断姑姑的话，"18年了，他抛妻弃子，对我们不闻不问，就连我娘去世他都没回来，他对得起父亲的名号吗？"

"俗话说，天下无不是的父母，当年他也是没办法，他和你妈——是老一辈的事，那都是命呀——谁能抗得了命呢。"

方卉说："这事我不想再说什么，你也念叨了十几年了，别指望我回心转意，我不会认他的，让他死了那条心，为了我娘，为了我们18年来吃的那些苦！"

姑姑叹了口气，"没见你这么执拗的孩子，怎么不管不顾呢？他给你写信寄钱你不收，你能说他不管你们吗？"

方卉回道："这些事我不想再提，你写信叫我来也不是为了说这事吧？"

姑姑埋下头来，半天方说："你这样子让我怎么说？"

方卉冷冷地道："有话明说，他想怎样？"

姑姑愣了片刻，她看了看门玻璃射过来的日光，讪讪地说："叶落归根，他到底还是要回来——其实他这些年在深圳也过得不容易，吃了不少苦，虽说挣了点钱——没有孩子，总是还挂念你们，再说没房子哪里安身去？"

方卉的身子往前倾了一下，想说什么，没出声，咽了口唾沫终于说："原来是为了房子——让他死了那份心吧！"

姑姑用剪子铰去一个线头，"那房子当初是你爸单位分的，现在你自己住着，方博和方睿都不在家，也空得慌，不如……"

方卉没等姑姑说完便回道："他休想！外边有的是房子出租，当年走得那么决绝，再说跟我这邪恶的东西待在一起不是自打嘴巴？"

姑姑笑了笑，"你这孩子，怎么只记得过去？倒不如方博看得明白，还通情达理些。"

方卉心里扑通一下，她明白这场戏与大弟脱不了干系，便顺势说："方博怎么说？"

姑姑以为时机已到，便和盘托出，把方博五一期间去深圳找父亲，父亲如何点头同意他的婚事，如何尽弃前嫌，一件一桩说出来，方卉方知她疼爱的大弟不仅抛弃了红梅，还将自己合在了缸底，耳朵里静静听着，心里却翻江倒海。

大弟如果不爱红梅，跟自己说明白，自己决不会反对，可他竟与父亲联手，让人不得不怀疑他早有图谋，那日红梅的话并没有冤枉他。

方卉恨道："真是有其父必有其子，凉薄无情，狼心狗肺！"

姑姑指望方卉回心，便软语宽慰道："你爸说不用急着回应，你好好想想。可我捉摸着这事到底要说的，不如早一些——天气也冷了，在外住着总是不好。"

方卉明白姑姑并没有说实话，那个人已经回来了，她将手里的绣品扔到货堆里，一下子站起身冷笑道："怪不得方博出言不逊，原来有了后台傍着，你们把套做好了让我钻，告诉那个人，那房子是我娘住过的，他住可以，那个女人不行，想打房子的主意，有本事与我对簿公堂！"

方卉脸色煞白，气得浑身乱颤，她拿起花布兜就往外走，姑姑急追出来，一把抓住方卉的胳膊，死命拉住，"我的姑奶奶！你别——再怎么也别伤了和气，就是不让住，也可以商议，哪有这样做事的？即便是走，吃了午饭再走也不迟。"

方卉停下脚，心里叫苦："娘受的罪又岂是能讨回来的？人死万事休，罢！罢！罢！"那眼泪却忍不住流下来。

正在这时大门响动，有人进来。来人一见方卉便哈哈笑道："你来了？

我正好有事找你。"

姑姑忙说："这不是非要走吗，老孟，你快劝劝她。"

被称作老孟的女人身材高大，齐耳短发，穿着时兴的花色耸肩长褂和黑色收脚萝卜裤，脖子上戴着一串珍珠项链，手腕上套个金灿灿的手镯，走路自带风，说话像打锣。她一把拉住方卉的手，"走啥走，回来陪我喝两盅！"

姑姑对老孟说："你们进东屋说话儿，我去西屋做饭。"

方卉无法，擦了把眼泪，只得跟着老孟回屋子。

老孟并不老，只比方卉大一岁，是方卉的初中同桌，因为身材高大，混江湖日久，言必称老孟，便把自己叫老了。初识老孟的人觉得她性格爽朗，活得潇洒，其实不然。老孟命运多舛，家里穷，姊妹多，从小寄养在舅舅家，初中毕业便去黄岛打工，17岁被打工仔弄大了肚子，不得不结婚，两人白手办厂打拼十年，总算过上了好日子，不想蜕了穷酸皮的老公始乱终弃，跟厂里的小会计搞上了，好在老孟心大，自开生路，做外贸床品，渐渐风生水起，成了企业家。外表光鲜亮丽，内里苦比黄连。她因要加工百代丽，方卉便推荐了姑姑，两人合作多年。老孟几次三番要方卉辞职去黄岛帮她，但方卉并未答应。

老孟放下包，方卉给她倒了杯水，她接过一口气喝完，"哎呀，渴死我了，这一上午跑了三个村……"

方卉道："为了赚钱，命都不要了。"

老孟说："你们是国营，干好干坏都有钱拿，我这个体户不动弹就得喝西北风了。对了，上次你跟我说的那事，我问了几家客户，人家嫌品种太老，现在什么新品种没有，你们厂子老是那几个样子，都淘汰了。"

方卉点了点头："要是好销也求不到你头上。"

老孟说："还是那句话，你要是愿意就到我那儿干。现在两个弟弟也不用你操心，单身一个，去我那儿给我管生产，多了不敢说，我给你现在十倍的工资外加提成。"

方卉没回声。

"还是放不下老脑筋，什么国营个体，以后都一样，不信？你知道上海纺织都破产了，那是多大的厂子？上万号人呢，说垮就垮，他们一个技术人员就让我聘过来了，挣老多了。"老孟炒豆子似的数落。

方卉只是笑。

老孟用手点了点方卉说："你呀，什么都好，就是心软。刚才是不是跟老方闹别扭？我老早就跟你说，弟弟的事少掺和，我听老方说起过你弟弟的事——给你买双皮鞋还要钱，如此薄情寡义，你是白操了心不是？好心没好报。"

方卉又给老孟倒了杯水，"我看你也操心不少。"

说得老孟笑起来，"好！好！我也说不得你。"老孟坐在沙发上，翘着个二郎腿，"对了，我跟你说，这次在上海订货会上我认识了你们厂长。"

"老齐？"

"对，老齐，我们还一起喝了个茶。"老孟洋洋自得，"交谈了一番，那人不错，挺有头脑的。"

"你们谈什么了？你没说我吧？"

"没有，我傻呀，我还指望挖你的墙脚呢，不过那人确实不错，可惜呀……"

"可惜什么？"

"英雄无用武之地，那样的国营老厂子，层层的婆婆，个个的小姑子，想转型不容易，做事难！"

"那倒是。"

老孟问道："老齐多大年纪？"

方卉敷衍道："不清楚。"

老孟说："你咋不清楚呢？"

方卉回道："我为什么清楚，我又不是查户口的。"

老孟瞅了一眼方卉，看得方卉心里发紧，"你为什么这样看我？"

老孟说："我看你——你紧张什么呀？"

方卉有些脸热，"我能紧张啥。"

"一提老齐你就紧张，不会是你对老齐有那个意思吧？"老孟口气怪怪的。

方卉笑了，"你胡说什么呢，人家有家有口的。"

"现在这年月，还管得了那些？"

方卉笑道: "你这疯婆子,这嘴越说越没准星了。"

老孟往前凑了凑, "不过说真的,你听我的话,别再光想着别人了,也要为自己打算一下,别到老落得个凄惨下场,像我一样。"

"我倒愿意像你一样做个女强人。"

老孟一本正经地说: "我看好你,人的潜力无限大,给自己做主人总比看人脸色强。我有个想法,你要愿意我在县城设个厂,你给我干……"

两人正说着外边叽叽喳喳进来几个女人,抱着大包袱一迭声地叫着老方。

姑姑从西屋里答应着出来,招呼着来人往东屋走。老孟站起身来,推了一把方卉, "顾不得跟你说了,我得给她们算账。"边说边与进来的女人们打招呼,屋里立刻像炸了麻雀窝,人声鼎沸。

方卉打量着这些庄户娘们儿,虽模样穿着粗糙,但声音洪亮,精神头十足,这都是风吹雨打磨砺的结果。方卉的目光停在了一个女人身上,她黄白皮肤,不苟言笑,瘦弱得些许驼背。方卉感觉影影绰绰有些脸熟,心里暗说: "天下会有这样奇巧的事?"虽说过去了十多年,但那女人哭诉的模样还印在方卉的脑海里。

方卉暗里拉了下姑姑的衣角,悄声问那女人底细。方知那人姓尹,本村人,有一儿一女,眼见得不是,方卉大失所望。女人大约注意到方卉看她,朝着方卉笑了笑,方卉点了点头。

"她有个姐姐倒是挺出名,为生儿子躲计划生育,一口气生了五个闺女,因为姓万,闺女们小名便叫万,从一数到五。"姑姑随口的话让方卉一惊,她让姑姑叫女人去西屋,她有事要问。

那女人进屋时有些忐忑,方卉拿马扎让她坐了,说起11年前的事女人似信非信,临了叹了口气, "那是我姐大菊。"女人说她姐一辈子受了很多苦,为了生孩子落下毛病,现在腿疼得走不了路。她姐送走孩子也是没办法,这些年想起来又哭又笑,脑子也不清楚了,当年去找,碰上金秉文家那货,又打官司又骂街,对她打击很大,大家都劝她,只要知道活着就行了,也就不了了之。

方卉告诉女人,金娣兴许就是她姐的闺女。听说金娣病了,女人便张大了嘴巴,心里不济,用手搓了几下眼角, "我那可怜的外甥呀。"方卉心里念佛，"天无绝人之路，兴许金娣就有救了。"

女人答应方卉去跟她姐说，方卉与女人讲好，如果她姐愿意，明天带她去县城看金娣。

第二十七章　你确定是那个女人吗

那日晚上，方卉与老孟做伴睡大炕，却都睡不着。老孟有择席的毛病，方卉只是想着明天见金娣母亲的事。两人索性夜话，老孟津津有味地说着她暴打小三儿的事，方卉听着笑得肚子疼。

"你这事断成不了！"老孟警告方卉，"这是个无解的公案，如果金娣好好的——是个顺茬，可她现在有病，你目的不纯。"

"无论怎么说，是她亲闺女，她能见死不救？"

"你以为合天下的人都如你一样想法？我是知道，当初他们能把孩子送人那心就够狠的，那女人家里肯定不富裕，我跟你打赌。"

说得方卉心里七上八下，直到鸡叫三遍才眯了一会儿。

第二天早上方卉匆匆吃过饭，老孟非要跟着方卉去街店，"我跟你打赌，那女人不会出现的。"

方卉姑姑拾了一提兜新蒸的面鱼，临了说："那个事儿……"她低下眼皮，终于下了决心似的，"你昨天问的那事儿——你爸为什么骂你邪恶的事儿，我猜也许是因为——我本不想告诉你——你妈妈嘱咐不要告诉你的……"

姑姑抬眼望着方卉叹了口气道："可你非要知道，告诉你也罢，总不能瞒一辈子。这事说来话长，你妈与你爸结婚的时候你爸还在乡下，后来你爸接你爷爷的班当了工人，一年后你爸回家提出离婚，原来你爸与厂子里一个女的相好，那个女人叫乔莎莎，你爷爷觉得丢人，坚决不允许，并以死相逼，你爸只好作罢。你三岁那年那个女人上门闹，她怀孕了，你妈很生气，两个人就吵了起来，你妈就让那个女人滚，那个女人站在门口高声大骂，我领着你站在旁边，你吓得大哭，谁也没想到小小的你会扑向那个女人，也许为了保护你妈妈吧，你冲过去用力推她，她往后闪，不知怎么让门槛绊住，身子就往后倒，一下倒在门外——那时你爸正好进门，看到了，他就上来把你拎开……"

方卉下意识地伸手摸了后脑勺上的疤，喃喃道："他把我扔出去，我的头撞破了。"

姑姑触电似的抬眼看着方卉，"没有——他不是故意的——就是碰巧撞到了桌子腿上，你那时应该还不记事。"

方卉冷冷地道："是吗？可我的心记得。"

姑姑辩解道："你爸也吓坏了，抱着你去了医院，幸亏你命大。"

方卉没有说话，她的心隐隐作痛。

姑姑耷拉下眼皮继续说："后来听说那女人流产了，还大出血，差点没了命，这也成了你父亲对她的愧疚。你爷爷出钱租房子让你妈搬到县城里，那个女人也调到别的厂里去了，还找了个对象结婚了。本来事情就此打住，谁知道那个女人因为流产不能再生孩子了，就离了婚，她回头又缠上了你爸，你爸妈最后也是为这个原因离婚的。"

方卉怔怔的，如梦初醒。

姑姑安慰道："事情都过去了，不要再想了，你妈没了，什么都改变不了。"她拍了拍方卉的肩膀，"你爸前些天来我这儿，他已经辞了那边的工作，说是要跟你住一块，他现在身体不好，你们也互相有个照应。当年他也是没有办法，那个女人寻死觅活的，你爸觉得亏欠了她，不得不从了她，都快二十年了，原谅他吧。"

方卉擦了把眼泪抽泣道："如果我妈还活着，也许会。"

摩的发按时来接方卉，两个女人上了摩托，摩的发心疼他的摩托被压趴，老孟给他加了五块钱才肯走。

方卉问起昨天那话，摩的发说："那女人叫我在岔路口停的车，我不知道她去哪里，好像就在这村吧。"

方卉心里一块石头落了地，为了稳便起见，她让摩的发帮她认个人，摩的发以时间来不及为由推托。

老孟不耐烦地说："认准了就给你钱！"

摩的发方点头答应。

到街店时公共汽车还没来，路边的临时停车点聚了好多人，但没有见那女人的影子，老孟洋洋得意，方卉急得直打转。半个小时后汽车来了，老孟催促方卉上车，摩的发急着要钱，老孟给他扔下两块钱他还嫌少。两人刚上车就望见昨日那女人骑自行车载着一个人从远处奔过来，方卉忙叫司机等一等，飞身下车迎上去，那女人跳下自行车大口地喘着粗气，车后座的人也下了车——正是十几年前找金娣的人，只是头发全白，腰也弯得更厉害。顾不得说什么方卉便扶她往汽车那儿走，不想后边来的一辆自行车将她们拦住，车上蹦下个十五六岁的姑娘，大声叫道："不能去！"她一把将方卉的手扒拉开，"你干吗？"

方卉一趔趄，呆住。

那女孩气愤地说："你是什么人呀，敢胡说八道！什么亲生闺女，为什么早不找晚不找，有了病才找，不能去！"

"只是让她们见个面。"方卉怯懦地解释道。

"即便是，她为什么不来？"女孩的眼里充满了愤恨。

方卉无法回答，汽车开始鸣笛，大菊坐在地上乞求道："五万呀，让我去看看你姐吧。"但女孩不为所动。

方卉对大菊说："她住在县医院内一科11号，你有心就去看看她。"

老孟跑上前来拉着方卉快走，"要开车了，以后再说吧。"两人上了车，汽车马上开动。方卉透过车窗望着大菊躺在地上打滚。

好久，方卉回过神来，她问老孟怎么也上了车。

老孟说："我送你回县城，你这个样子我不放心。"

车上人多，幸亏老孟早用提兜占了座位，两人落座，半日无语。

方卉忽然想起什么："刚才忘了让摩的发认一认。"

老孟说："你确定是那个女人吗？"

方卉说："确定，可我心里不知怎么，有些不踏实。"

老孟说："你呀，是没想到会是这样子，亲人不相认，这与我想的差不多，倒是那女孩小小年纪心眼儿挺多。不是我说你，还是死了那条心吧，俗话说，养恩大于生恩，虽是一个娘生的，但从未见面，能有多少感情？再者说，那可是肾，谁能平白舍得？现在的社会可现实着呢。"

老孟一篇长话大论，方卉无可辩驳。

方卉感觉腿被碰了一下，抬头发现旁边站了个中年男人，穿着花衬衣，腰里别了一串钥匙，那身子靠在座位上，车子一晃，那身体也晃。方卉往里挪了挪，那男人也往里靠，似是故意的。

老孟眼毒，心里冷笑，她跟方卉换了座，自坐在外边，车子转弯，那男人的身子晃荡着，索性将右胳膊搭到座椅背上，碰到了老孟的头发。老孟忽地站起身指着男人的鼻子气势汹汹地嚷起来："臭流氓，你干吗？"

男人一趔趄，两手一推装无辜，"我没干什么。"

老孟凶神恶煞地道："把你的咸猪手拿开，想占老娘的便宜，瞎了你的狗眼。"转身又对前边喊，"师傅，停车，有人耍流氓，赶紧报警！"

满车人都往这边看，那男人看事不好，忙把身子挪开。

老孟还不歇气，一迭声地骂着"臭流氓""瞎了眼"，直骂得那男人羞愧无趣，慌忙挤到车后边，车里的人愕然偷笑，全当看了一场戏。

方卉拉了拉老孟，老孟方坐下，她余怒未消地道："这个社会欺软怕硬，想占老娘的便宜，没门！"

方卉低声道："真有你的，我都怕了。"

老孟洋洋得意地笑了。

汽车到了县城，方卉和老孟在电影院下车，听见后边的男人高声叫道："不要脸的臭女人！织布厂的臭女人！"

老孟想回头算账，车门已关闭，气得她直跺脚。

方卉说："算了，何必自找气受。可也是，他怎么知道我们是织布厂的？"

老孟朝她的尼龙包努了努嘴，"都是那劳什子惹的祸。"

方卉说："织布厂又碍他什么事了，真是！"

两人刚要过马路，忽听见身后有人叫，方卉回头看，却是小茉站在书报亭处挥着手跑过来。

方卉忙两下介绍，老孟盯着小茉看，不紧不慢地说："真是奇怪，我看这小妹妹像是在哪里见过的。"

小茉知道拿她开玩笑，只笑不语。她有满肚子话要跟方卉说，埋怨道："你去哪里了？怎么才回来呀，天都塌了！"

方卉问："怎么了？出什么事了？"

小茉看了一眼老孟，"还是回去再说吧。"

到了厂门口老孟说要先去找老齐，方卉让小茉带她去厂部，小茉便领着老孟去厂部，好在老齐在，小茉交了差出来，见方卉站在屋后等她。

"这几天出了什么事吗？"方卉问。

小茉接过方卉手里的尼龙包压低声音说："那帮子人去上边告老齐，工业局来人调查，找了一些人谈话，还有——他们说你跟老齐——可难听了，还有——有人传着你的车间主任干不成了。"

方卉冷笑道："这些人还真看得起我。"

小茉着急，"你还笑得出来？要是真把你拿下来了怎么办？"

方卉安慰道："没事，天塌不下来，就是真的，那也好，我也干够了。"

小茉说："还有，我敢肯定，上次举报你的信是梦娜写的，他们是一伙的，一步步都是有计划的，你要小心。"

方卉点点头，"你放心，他们胡乱行事，工友们的眼睛是雪亮的。"

两人慢慢走，方卉又问起丽香斋里的人，小茉说起宋红梅床铺的事。

"什么？"方卉有些急眼，"她说的？不结婚了？为什么？"

小茉说："可能是有人跟她婆婆说了她与你大弟的事吧，她婆婆不愿意了。"

方卉越发焦躁起来，"这怎么说的，是谁那么嘴快？"

小茉说："红梅姐怀疑是我说的，可我发誓自从那次去文娜家炖母鸡后，我再也没去过。"

方卉皱着眉头不说话。

小茉问起老孟，方卉说是朋友，小茉说："那女人可够会装的，偌大年纪，说话还像小女生，扭扭捏捏，腻得人起鸡皮疙瘩，她好像在讨好老齐。"

方卉不相信，"老孟是这样子？"

小茉撇了撇嘴，"徐娘半老，风韵犹存。"

两人进了丽香斋，方卉一下愣住了，五张床，四张都围了帐了，美兰和丹桂是粉底撒花的，小茉的是紫底卡通猫和老鼠，红梅的是松花底蜡梅斗寒的。

方卉问道："这是干吗？"

小茉也不解释，"你要是用，我还有块布，香草蝴蝶的。"

方卉说："大库里围帐子那是没办法，我们屋里本就挤，围上遮明挡黑的，这不是生分了？"

小茉说："生分了就生分了，谁怕谁呢。"

正说着丹桂从外边进来，小茉将头扭一边去。

丹桂见了方卉高兴地跳起来，"方姐姐，你终于回来了，可把我想死了。"上前抱住方卉亲了一口。

方卉问丹桂："擦了什么这么香？"

丹桂洋洋自得地说："是个外国牌子，叫紫罗兰。"

小茉在一边啧啧哑牙花，丹桂白了她一眼，哼了声。

方卉缓颊道："正是好年纪，就该好好打扮。"边说边拿水瓶倒水，却空了。

丹桂夺过去，"你等着，我去打水。"转身去了。

方卉问小茉："你跟丹桂怎么了？"

小茉酸道："她就是个叛徒，现今攀上梦特娇了，有空就往大库里跑，你瞧瞧，一口一个方姐姐，扭捏作态，让人恶心。"

方卉笑道："攀上梦特娇就是叛徒了？你呀。"

小茉说："给个棒槌当针（真）纫的货。还有，我告诉你，她现在与大杨……"

正说着丹桂气喘吁吁地进来，后边跟着老孟。

第二十八章　你们厂长离婚了

　　华灯初上，小城的夜清冷而静谧，翠春织布厂对面的雅客居饭馆却显得热闹异常。马二炮设局做东，大杨、孙大头、大老袁、白瑰、丹桂，还有两个维修班的学徒工小丁、小王围了一张圆桌吆五喝六地喝酒，桌上杯盘罗列，旁边放着一捆啤酒。烟气缭绕着表情各异的脸庞，瞪大的眼和蠕动的嘴显出麻木的亢奋。大家轮流猜火柴棒，马二炮输了，二话不说拿起杯子仰头一口气喝完，大家叫一声好，他红光满面，将杯子重重地一放，"痛快！老子今晚豁上了，不就是酒吗，老子今朝有酒今朝醉，不管明天是哪朝。"他有些舌头打卷。白瑰用手戳了戳马二炮，娇滴滴地道："你少喝点。"大杨戏谑道："怎么？还没过门就管上了？"大家哄笑，马二炮也跟着笑，嘴巴咧到耳根。小丁起哄道："师傅，你不会怕老婆吧？"马二炮没脸没皮地说："咋怕？这是疼我呢，真是好老婆！"他伸手搂过白瑰，捏一把肩膀，粗鲁地亲了一口，大家笑得四仰八叉。小王给各杯满上，小丁忙着分烟，马二炮从裤兜里摸出一个刻着花纹的铜质打火机，给孙大头和大杨点上，自己也点了，抽了口，吐出长长的烟舌，又把打火机扔给小丁，小丁接了给小王和自己点上，觍着脸说："师傅，给我吧。"马二炮说："我刚到手，还没玩够呢。"伸出手，小丁乖乖还了。孙大头狠抽了几口，掐灭烟头，看了看手表，招呼道："喝酒！"大家干了杯中酒，孙大头起身来，"我还有点事，先撤了，你们也早点。"大老袁也站起来，两人一起离开。看他们出了门，马二炮小声说："师傅才是真怕婆子呢。"又是一阵哄笑。

　　丹桂坐在大杨身边有些落寞，满桌子人只当她是个摆设。白瑰跟着喝啤酒，她本来也想喝一点，但大杨说她不会。她便说不会。她给大家倒茶水，小王要接过去，大杨说："让她倒吧。"倒水便成了她的活。她插不上话，时刻瞟着大杨的脸色，大杨笑她便笑，直笑得两颊生僵。

　　孙大头两个离开，桌上便没了管辖，几个人推杯换盏更加放肆，马二炮喊："老板，再上一捆！"瘦高个的老板应声，弯腰驼背地提过来一捆啤酒顺便问道："菜上齐了，要多少包子？我早给各位预备着。"马二炮看了一眼大杨，大杨说："怎么也得4盘。"马二炮说："那就4盘，先上来，让女人先吃着，开酒，咱们继续喝。"小丁拿酒起子嘭嘭地开了，每人包瓶。小王端起酒杯点头哈腰地敬马二炮："还是师傅厉害——"他瞟了一眼白瑰，"真是交了桃花运了，来——我祝师傅好运连连！"小丁说："怎的，你眼馋了？"小王说："眼馋也白搭，织布厂的女孩眼眶子比天高。"小丁故作神秘地说："你跟嫂子喝个酒，让嫂子给你说个。"小王说："可远水解不了近渴。"小丁捣了小王一拳，"感情憋不住了？"他的下流话引来肆无忌惮的邪笑，小丁越发来了精神，说："我给你指个路子，去枳沟，饭店里的三陪女多的是。""哈哈"白瑰白了一眼小丁，"别喝了酒胡说，我们还在这儿呢。"马二炮端起酒杯吆喝道："罚酒一杯！"小丁斜了一眼白瑰忙说："好——好，我认罚。"小丁放下杯又说："不是我当着嫂子的面胡说，现在的女人可真够开放的。"他醉眼乜斜，咽了口唾沫，"别说远的，就咱们厂里就有人……"马二炮瞪他一眼，呵斥道："你他娘的不要乱说！"哪知小丁舌头早不听使唤了，他伸出三个手指比画着，继续说，"有人做这勾当，出了名的，我伙计碰到过，他朋友请他去喝酒，说是有节目，去了一看，果然有陪酒的妞儿，还有花样，什么雪里娇——兰花美——"

啪的一声，大杨将杯子一撂吼道："你他娘的不会听人话吗！"他腾起身子，隔着桌子伸左手一把薅住小丁的胳膊往上一提，小丁身子就悬在半空，眼看右手的拳头要出去，马二炮一把攥住，一迭声地求饶，"大哥，大哥，息怒，别跟个醉汉一般见识。"那大杨怒火中烧，目眦尽裂，马二炮乞求道："大哥，不看僧面看佛面，小弟今晚好不容易攒这个局，别伤了兄弟和气。"大杨用力将小丁一推，小丁往后仰面跌倒，在地上哼哼着起不来了。大杨拉着丹桂愤而离去。

小王惊得牙齿打战，"这是怎么话说的？"

马二炮看了一眼小丁，"真是不长脑子，什么不好说，偏说兰……"

小丁这时爬起来没好气地说："说兰又怎么了？与他有什么关系？"

马二炮叫道："就是不能说兰！"

小丁灰溜溜地闭嘴，摸着胳膊生闷气。

马二炮看了看桌面残羹狼藉，摆了摆手，"算了——算了，也别吃饭了，撤！"几个人起身离席作鸟兽散，马二炮自到柜台算账，老板看了看啤酒数，又算上包子钱，白瑰不愿意了，"包子还没上呢就算钱？"

老板说："包子已经下锅了，那就得算账，这是规矩。"

"你不会给后边的人吗？"

"你们要的就算你们的，不吃打包。"

两人你一言我一语地争论起来。

正闹着，推门进来三个人，大家停了争吵转头看，是方卉、小茉和一个面生的女人，马二炮忙与方卉打招呼。

方卉见他们不尴不尬地围着老板，问是怎么了，马二炮不好意思说，老板认识方卉，便照直说了，方卉跟老板商议将包子留给她们吃，马二炮才得以脱身。

方卉要了个单间，老孟非要亲自点菜，让方卉与小茉里边等着。

刚坐下方卉便问小茉："马二炮怎么穷大方开了，还拉帮请客？"

小茉说："听人说他这阵子发财了，天天外边买油条、猪头肉吃，烟也抽得上档次，三天两头给白瑰买东西，要不小妞能死心塌地地跟他混？"

方卉问："他哪来的钱？"

小茉说："有人说他卖血去了。"

方卉又忍不住问："他跟白瑰成了？"

小茉鼓起腮帮子吹了口气："成不成不知道，反正他俩住在一起了。"

方卉甚是诧异，"没房子他们怎么住在一起？"

小茉说："就在集体宿舍里。"

方卉不信，"那宿舍里还有别人呢，怎么就——你听谁说的？"

小茉笑道："我听卜喜儿说的，真真的，用布帘子一拉，整晚地折腾。马二炮那屋里还住着三个人呢，他的两个徒弟，还有那个看上白瑰的金刚钻，就那么鬼混，你说可笑不？"

方卉皱起眉头，"这不是胡闹吗？"

小茉说："现在厂里可乱了，有大库里的小嫚整宿不回来，也没人管。"忽然想起什么，"对了，今晚这局应该是丹桂也来了，怎的不见她和大杨呢？"

方卉问："丹桂怎么掺和进去？"

小茉说："你不在的这三天可是发生了不少事，丹桂和大杨都是明着了，大杨要与丹桂处对象呢，那日我们下班大杨众目睽睽之下在二门口等丹桂，还穿着喇叭裤，梳了大背头，大声宣扬丹桂是他的女朋友，明目张胆地邀请丹桂去看电影，我看大杨是让王美兰刺激疯了，丹桂吃了迷魂汤自我感觉良好，还以为大杨真爱她，天天乐滋滋地唱，那调全都跑到爪哇国去了。"

方卉埋怨道："你不说说她。"

小茉嘟起嘴，"她现在不理我，天天与梦特娇和美兰搭帮。"

方卉忍不住问："美兰没恼吗？"

小茉摊了摊手说："可也奇了怪了，她一点也不恼，兴许她真的不爱大杨呢。"

老孟推门进来，两人打住话头。

老孟手里拿一瓶白酒放在桌上，粗声大气地说："好久没跟你喝了，咱今晚不醉不散！"

方卉打趣道："碰上什么好事了要喝酒？"

老孟打了个响指，"咱们老百姓，今儿个是真高兴。"

小茉瞪大了眼睛看着方卉和老孟，"你们两个女人喝白酒？"

老孟瞅她一眼，"女人怎么了？你不敢喝？"

小茉顿住，忽然又来了兴致，"那我也喝点儿。"

方卉忙阻止她，她倒理直气壮，"李白斗酒诗百篇，喝了我就能作诗了，再说明天大修不上班。"

方卉和老孟都笑了，老孟给她倒，方卉拦着，倒了有一两酒，小茉拿起杯子嗅了嗅，打了个喷嚏，抿了一小口，立刻呛得剧烈咳嗽起来，眼泪鼻涕双流，跳起身子吐出来，逗得方卉和老孟直乐。

方卉说："不让你喝你还以为害你呢。"

老孟满不在乎地说："没事，万事开头难，一口呛，二口顺，三口四口不用问。"

小茉拿纸巾擦着眼泪，"太难喝了。"

老孟给方卉和自己倒满杯，"我在你这么大的时候就已经喝半斤了。"

小茉问："你喝不醉吗？"

老孟说："就是为了喝醉，有一回我喝多了躺在街上睡了。"

小茉咋舌，"你爸妈不管你吗？"

老孟说："我是石头缝里蹦出来的，没有爸妈。"

小茉惊诧，却又不敢问。

不多时上了菜，三个人举杯相欢，小茉只沾一下嘴唇，看着老孟和方卉干了，只有佩服的份儿。

老孟放下杯子问方卉："不问问我下午去哪儿了？"

方卉说："你不是去客户那儿了吗？"

老孟说："一半去客户那儿，一半去办了件事儿。"

方卉只顾吃菜。

老孟说："不问问我去干了什么事？"

方卉怼道："想说就说。"

小茉觉得方卉和老孟说话挺有意思，便提壶给她们倒水，支着耳朵仔细听。

老孟说："我去见了客户，顺便打听了个事，然后去了趟钢珠厂家属院。"

方卉好奇，"你去那儿干吗？"

老孟说："打听个人。"

方卉闷不作声。

老孟说："不问问我打听谁？"

方卉问："你打听谁？"

老孟说："你猜。"

方卉说："我不猜。"

老孟举杯喝了一口，吃着菜，沉吟半天方说："你可能真猜不到。"

方卉说："我也许能猜到。"

小茉听着两人打哑谜便多了个心眼儿，"你们说话，要不要我出去？"

方卉和老孟都笑说："不用。"

老孟说："我今天去调查了一个人，齐国胜——你们厂长。"

方卉和小茉都惊得睁大了眼。

老孟甚为得意，"你们知道他现在什么情况吗？你们厂长离婚了！"

小茉一下来了兴致，"真的吗？他为什么离婚呀？"

老孟看着方卉只埋头吃菜便说："你早知道了是不是？"

方卉说："不知道。"

老孟往前倾了倾身子，"你们知道齐国胜为啥离婚吗？"她看了一眼小茉，"小妹也不是外人，不妨直说——我打听明白了，全是他老婆的事，他当兵期间他老婆有了外遇，提出了离婚，他为了不离婚只好转业回家，没想到他老婆是铁了心的，最终还是离了，孩子归女方，齐国胜现在可是光棍一条。"

小茉有些困惑，"你为什么调查我们厂长？"

老孟用筷子点着方卉，"为了她。"

方卉嗤之："你别瞎说。"

老孟笑道："你又急了，说真的，你也老大不小了，应该考虑自己终身大事了。"她转向小茉，"你说呢？"

小茉看着方卉，又看着老孟，不知说什么好。

方卉说："你别难为她。谁像你这么老狐狸，我看你醉翁之意不在酒。"

老孟哈哈大笑，笑得高高的胸脯直抖动。

第二十九章　方姐的父亲

小茉早上醒来只感到头昏脑涨，浑身酸痛，方知道斗酒诗百篇不是闹着玩的，很为自己的鲁莽感到后悔。她揉了揉太阳穴，正要喝口水听到帐子外边丹桂说："那个老头不知是谁，见了方姐也不说话，方姐前边走，他在后边跟着。"

小茉猛地想起宋红梅说的方姐的父亲，一把扯开帐子问道："那人啥时来的？长得啥样？他们去哪儿了？"

丹桂正与王美兰对着脸吃苹果，被小茉的连珠炮问得不知如何回答，只张着嘴巴"哦——哦"，小茉回过味来，"我倒忘了，我们俩不说话的。"自己放下帐子，匆匆穿了衣服，急急地出了门。

王美兰喊了声，"什么人呢。"丹桂讷讷道："我也没说不跟她说话，她就……"没说完小茉忽然杀了个回马枪，从门口探头说："咱们井水不犯河水，别想在背后说我的坏话！"

两人吓了一跳，美兰待要回嘴，丹桂嘘了声，轻手轻脚地到门口看视，望见小茉下楼去了方放下心来把门带上，对美兰做个鬼脸，"走了，你惹不起她。"

王美兰高声说："你怕她？她算什么？自以为高人一等，我是不怕她，你也看到了，上次为铺位的事我是撕破了脸，要不是红梅回来事转了，没办法，不然我呲她一脸灰。倒是小梦定了婚期，不稀罕过来，要不然有她好看的，韩主席也不是个摆设，再窝囊一个铺位还是能搞定的。俗话说三十年河东三十年河西，人都有转运的时候，我就不信我的命不如她。"

丹桂听出话音儿忙问道："咋的，你上次说的调动的事成了？"

美兰半遮半掩地说："还没呢，等成了再告诉你。"

丹桂知道美兰不会告诉自己真话便转了话题，"小梦真要嫁给韩主席的儿子？那个样子的男人她怎么看得中，听平日里说话她可不知要找个多好的。"

美兰说："韩主席的儿子咋了？不就矮了点，世上没有丑男人，只看有没有本事，韩主席的儿子在贸易局，工资高，有奖金，听说还自己做二道买卖，弄到内部指标，一转手挣钱海了去了，再者韩主席老婆在银行，发钱多，单就订婚的那金项链都上千，这样的条件小梦一过门便是少奶奶的日子。"

丹桂对美兰的话不以为然却又无处反驳，只好顺杆爬："那倒也是，她说她婆婆拿她当女儿，去了什么都不让她干，她可真是好命呢。只可惜了红梅姐，本来定了阳历年结婚，想不到不结了，什么都准备好了，还攒了十几天的班。"

王美兰说："知道是什么原因吗？"丹桂摇头说："我看那人对红梅姐挺好的，谁想到忽然变了心呢，哎，男人真是让人猜不透呢。"美兰嘲讽道："你叹的哪门子气？是大杨猜不透了？放心，他不是那种人，我知道。"丹桂红了脸，极力否认，"我哪里说了？我只是说红梅姐的男人猜不透。"自从大杨对外宣誓，丹桂心里总觉得对不起美兰，生怕人说她挖墙脚，时时处处讨小心，后来看到美兰满不在乎又有些失落，但美兰提大杨还是让她难受。美兰撇一撇嘴说："依我看怕是知道了方姐大弟的事儿，我听小梦说是她婆婆不愿意了。"丹桂不解，"为什么呀，她婆婆都来送饭了，怎么忽然不愿意了？""大约是听到了什么吧？这种事倒是谁说出去的呢？照理说红梅姐也没得罪什么人呀。"美兰眨巴眨巴眼，猛地打住话头，咳了声，手按着胸口作干呕状，忍了几忍还是忍不得，转身拿过脸盆将吃进去的苹果一兜儿吐出来。丹桂忙上前给她抚背问她："你怎么了？"美兰摇了摇手，"倒点水来。"丹桂忙倒了水，美兰喝了几口，喘息片刻说："这些日子胃不好，早上吃了个凉馒头，刚才吃了苹果，反胃了。""应该不是苹果的事儿，我们自家的，不打药，我洗了好几遍呢。"丹桂急辩道。美兰看了她一眼，"我也没说是苹果的事儿，兴许是吃急了些。"

丹桂便问："要不要去卫生室？"美兰只说没事，丹桂见她面色苍白，额头上冒出细密的汗珠，心里有些疑惑，刚才好好的怎的说吐就吐了。美兰还想强撑着去倒盆子，却觉得身子有些软。丹桂忙接过来，飞快地去了。美兰感到胃里火辣辣的，便爬上床躺下，想着稳会儿兴许就好了。丹桂倒完盆子回来，见美兰睡了就不敢打搅，悄悄退出门去。

丹桂站在栏杆边向楼下张望，心里怀着鬼胎，此刻她最希望能看到大杨，她知道今天大修，大杨一定在车间里，可她不敢去找他，因为大杨说这段时间不要去找他，对她来说大杨是天上的星星，本是可望而不可即的，现在近在咫尺却让她不知如何是好。昨晚去吃包子，本来挺好的事让小丁给搅和了，她不明白大杨为啥生那么大气，大杨拉着她出了雅客居去了电影院，却没有看电影，只坐在台阶上抽烟，一根接一根，也不说话。丹桂坐在旁边看着烟火头一闪一闪，氤氲在烟草味里，隐隐嗅出了大杨的痛苦，这让她不安，她再傻也明白大杨放不下美兰。一晚上她都没睡好，总想着如何不让大杨难过，怎奈想破脑袋也无济于事。

老远丹桂望见小茉站在大门口与大老袁说什么，忽然灵光一闪有了主意，回屋穿了外套拿了包，匆匆下楼去了。

小茉本想出门追方卉，却被大老袁叫住："你来得正好，你爸给你的东西。"大老袁交给小茉一个包裹，用报纸包着的，她打开一看是高中的课本，上边有一张纸条："好好考试，完成你妈妈的心愿。"心想，这考试的事八字还没一撇，爸爸怎么知道的？兴许是孙大妈说的？看来爸爸在自己周围织了一张网，像个克格勃。

"你也回去看看你爸，他也不容易。"大老袁又念经似的说。

小茉问大老袁看见方卉了没有，大老袁说："刚才有个老头找她，两人站在门口说了一会儿话，那老头走了，她自个儿在那儿发愣，正好大燕来了，她们两个就去车间了。"

小茉问道："那老头什么样？"

大老袁想了想说："高高瘦瘦的，穿着西服，听话音是小方的父亲。"

小茉的猜测成真，她问大老袁要二门上的钥匙，大老袁说正好要去车间察看，便同她一起。这时老孟急匆匆地赶来，她是找方卉辞行的，因为急着坐车就让小茉捎封信儿。

大老袁看着老孟远去的背影叹道："这女人不得了。"

小茉问："咋了？"

大老袁说："跟人自来熟。我看她对齐厂长很好，昨晚她还给齐厂长送方便面。"

小茉啊了声，一脸不信。

　　大老袁便说："昨晚齐厂长加班到了很晚，她就送过来方便面，我领她过去的，她还让我烧了一壶开水。"

　　大老袁说完看了小茉一眼，似乎想看出些什么，小茉不动声色只在心里诧异。昨晚吃完饭方卉和小茉本要送老孟回宾馆的，走到厂门口老孟便让她俩打住，非要自己回去，两人目送老孟走出好远才进了厂门，难不成老孟半路又回来送方便面了？她又怎么知道齐厂长加班呢？她为了啥呢？小茉看着手里的信想着老孟昨晚说的老齐离婚的事，甚是纳闷。她把信夹到课本里，跟着大老袁往坡下走。

　　大老袁瞅了一眼那书本说："你爸对你真好，我要是有这么个爸爸就好了，可惜我爸早死了，活着的时候天天骂我，即便这样我也想有个爸。"小茉知道大老袁是个不说话会憋死的人，忙转问道："你怎么知道那老头是方姐的父亲？"

　　大老袁说："那老头自己说的，他与小方站在门口争执起来，我隐约听着他说'好歹我是你父亲'。他前些天也来过，找方卉，我告诉他小方歇假去了，一起来的还有个女人，戴着蛤蟆镜，抹着红嘴唇，穿着长大衣，挺洋气的……"

　　大老袁说，小茉听，两人一路走到二门口，却见老窦在铁门前闲逛。

　　大老袁玩笑道："老窦，不在家里老婆孩子热炕头，在这儿瞎转啥？"

　　老窦咧了咧嘴，也不回言，转身向伙房后的胡同去了。小茉看到广告栏上贴着的今天下午开澡堂子的告示被撕去大半，怀疑是老窦所为，不禁毛骨悚然。

　　大老袁看了看二门口的锁开着，嘟囔了句，"这孙大头，怎的不落锁？"回身望了一眼老窦的背影。两人进门，大老袁落了锁，把钥匙挂到旁边墙上。

　　二车间的门半掩，大老袁推开打了门帘进去，里边不见人影，耳间库房里发出窸窸窣窣的响动。大老袁吼了两嗓子："老孙——老孙——"一下寂静无声，不多会儿见孙大头从耳屋里晃荡出来，披着一件外套，打着哈欠，不耐烦地说："叫啥叫，在这里呢。"

　　大老袁说："就你自己？别人呢？"边说边往里走去。

　　孙大头咳了咳嗓子："怎么？你还不放心我？"

　　正说着库房里磨蹭着走出个人来，是邱淑月。

大老袁忙停下脚步打哈哈："噢——噢——原来邱班也在——"

邱淑月边理着头发边讪笑着对大老袁说："昨儿忘了拿工作服，趁歇班洗洗，今天来拿，正好孙主任在这儿，这不——"她举起手里的衣服，表情怪怪的。

小茉见邱淑月用手遮着半张脸，细看嘴角一块乌青，想是昨晚又吃了老窦的拳头。

大老袁进退不是，对孙大头说："你有钥匙，咋不锁二门。"

孙大头呛他："今天大修，就维修班在，难不成我们都是贼？"

大老袁说："这是制度，我也是按制度办。那好——你们先忙着，我再到别处看看。"他向小茉使个眼色，两人向车间后门走去。身后听到邱淑月大声说："孙主任，我先走了。"

大老袁停住脚步回头说："我倒还忘了，邱班——你们家老窦在二门口，是不是找你的？"

正说着邱金刚忽地掀开棉布帘进来，吓了两人一跳。邱金刚瞪着一双金鱼眼，笑嘻嘻地说："老袁，你来得好！"大老袁懒得理睬，鄙视地看了他一眼。打帘子出来，大老袁说了句没头尾的话，"这老孙胆量真正当。"小茉不以为意，跟他摆摆手，朝准备车间走去。

方卉果然在车间办公室，透过大玻璃窗隔段看到她正跟车间副主任盛大燕说话，小茉不便打断她们，忙闪到屋侧边站着。

盛大燕身材高大，双手叉了粗腰，激动地说："听蝈蝈叫还不种黄豆了？我就不信，没有章法了。"

方卉说："事事都有万一，那方案上中层有任职年限，现任车间主任里只有我超了年限，这些时候各种下三烂手段编排我，想是做好了套，如果真是那样我准备辞职，希望你参与竞争，你干了这么多年，业务熟，人缘好，我放心。那老货心黑手辣，私心枉念，一味逆亡顺昌，不知要把车间搞成啥样。"

盛大燕笑着摇头道："照你说他们要是真上了心估计也没我的事。"

方卉说："我找老齐谈过，推荐了你，投票那一关你没问题，党委研究那关不好说，委员里还有几个明白的，不会眼睁睁地看着他们胡作非为。"

盛大燕挥了挥手，"你以为他们都跟你似的一心为厂子想？现在的人很现实，只要有好处哪管正义？我听说孙大头两口子又请客又送礼，上蹿下跳，没有三分利不起早五更，那姓俞的，十丈浪里撑船的手，不见兔子不撒鹰，没有上边的路子他敢那么大胆？改革本就是摸着石头过河，有什么对错？只看方案到现在也定不下来，你就知道有多难了，真要上边发了话，老齐也干瞪眼。"一席话说得方卉心里哇凉。盛大燕问道："我听人说你要当工会主席？"方卉说："那都是谣言。这些倒不是我们考虑的，我只是怕车间里人的想法太杂，你自己做工作去。"盛大燕拍拍桌子，"你放心，我们也不是死的，他们能闹我们也能，看谁狠。"方卉忙提醒道："你可不要干出格的事，免得节外生枝，要相信组织。"盛大燕说："好，我知道。"起身来穿上大衣，拿了围巾，摆手出门。

小茉看盛大燕走了，便敲门进去。

方卉见小茉问道："你咋来了？"

小茉不好直说，偷听人说话总是不好，就编排道："我来拿工作服洗一洗，听维修的说你在这儿，就过来了。"

方卉拉把凳子给小茉坐，见小茉手上拿着东西，问是什么。

小茉告诉她，方卉很高兴："终究是你爸，他还是为着你好。"小茉把老孟的信交给她。

方卉打开信看着，小茉旁敲侧击地问："这个老孟真有意思，她昨晚——说的那些话当真吗？"她本来想说昨晚老孟给齐厂长送方便面的事，临了又改了主意。

方卉问："哪句话？"

小茉说："就是她给你介绍老齐的事。"她盯着方卉，潜意识里觉得这未尝不是件好事。

方卉淡淡地笑笑："你听她瞎说，她说着玩的。"

方卉大约猜到了小茉的心思，她把信交给小茉，"她让我给她打听场地，想在咱县城建厂。"

小茉有些失望，她略了一眼信便还给方卉，"你昨天说找到你好姐妹的亲生母亲了，你打算怎么办？"

方卉顿了顿说："我想再去一趟，人心都是肉长的，何况是自己的亲人呢，兴许能给金娣找到一条生路。"

正说着外边传来哐啷一声，两人忙向窗外望，只见马二炮正在放废织机的场子里转，他用脚踩了踩零件，搬起一件，躬腰驼背，费力地往西边墙根下运，堆起一堆来。他点了支烟抽着，四下里看了看，慢悠悠地来回踱步。

方卉自言自语："他这是干吗？"

小茉感觉方卉问得蹊跷，"什么干吗？"

方卉说："没什么。"

小茉望着马二炮说："是不是要卖废品？"

方卉说："不太像，卖废品用得着这么鬼鬼祟祟。"

忽见大老袁走过去，马二炮递了烟，两人抽着，抽完后一起离开。

小茉看了一眼方卉问道："你是说他捣鬼？"

方卉忧心忡忡地道："他要是真动了那心思，岂不是糊涂？"

小茉自作聪明，"这好说，如果那堆废件忽然不见了，那就有问题。"

第三十章　红梅姐可是个好人

　　初冬季节，法国梧桐的叶子早已落光，路边的冬青呈现出墨绿色，阳光给小城涂了一层金，人或物都是冬天的模样和情绪。

　　宋红梅匆匆走着，她穿了件驼色毛呢大衣，脖子上系着撒花丝巾，背了黑色小包，一头长发自然披散，半高跟的黑色皮鞋让她颀长的身材更加挺拔。田文彬跟在后边，他穿着蓝色棉夹克，戴着墨镜，不时地伸手拽一下宋红梅的大衣，小声说："慢一点走，小心脚下。"宋红梅终于忍无可忍，她用力甩开田文彬的手，停下脚步，咬牙切齿地低声道："田文彬，你多大了，怎么不知道好歹呢？你妈都说了，只要她活着就不会同意我们结婚，你还死缠着干吗？滚开！"田文彬也不恼，笑嘻嘻地说："谢天谢地，你终于肯跟我说话了。我也说过，非你不娶！你让我滚哪儿去？"宋红梅说："脑子有毛病呀，你知道我爱着别人，还在这儿白费工夫。"田文彬说："你爱别人是你的自由，我爱你也是我的自由。你没结婚我就有机会。"宋红梅气不打一处来，"你以为你是谁呀，救世主？我用八年爱一个不爱我的人，我傻，我贱，大家都在看我的笑话，我认了，总行了吧？""这些我都不在乎。"田文彬的回答让宋红梅失控，她大声道："可我在乎！"她扭头继续走路，田文彬加快脚步跟上。宋红梅说："你走开！"她一步迈下马路牙子，想冲到对面去，刚走两步就见一辆面包车飞驰而来，却已经收不住脚，田文彬一个箭步冲上去，一把将宋红梅拽回来，面包车呼啸而过。

　　宋红梅受了惊吓，那腿脚便软了，田文彬的手紧紧地搂住她的腰，她想挣脱，却没成功。田文彬说："你何苦为难自己呢？"宋红梅眼泪一下涌出眼眶，她低着头，长发遮住脸，小声地啜泣起来。田文彬拉住宋红梅的手，那手是冰凉的，他用自己的手暖着，温存道："你其实没有那么坚强。"宋红梅无力地伏在田文彬的肩上。忽然远处传来"红梅姐"的叫喊声，田文彬要转头去看，被宋红梅呵斥住："别回头。"田文彬不回头说："有人叫你。"宋红梅问有没有纸,田文彬上下口袋摸遍一无所获,"我的衣服可以擦眼泪,只要你愿意。"宋红梅用力在他肩上蹭了蹭,把眼泪鼻涕蹭干净,听到田文彬说:"这比擦香水强多了。"便破涕为笑。宋红梅推开田文彬,迅速理一下头发,回头望见丹桂站在对面的副食品商店台阶上向他们招手。

原来丹桂一个人出来就直奔副食品商店。在她的意识里,又香又甜的点心是快乐的源泉,想象着大杨吃着蜜三刀开心的样子,丹桂差点笑出声来,给她称点心的师傅都被她感染得莫名其妙地笑了。她买了二斤蜜三刀,二斤糯米莲藕,将点心用报纸包了,这是她的小心思,生怕让熟人看见,又怕大杨馋狼饿虎的伙计们发现吃掉。她小心翼翼地将点心放进提兜,抱在怀里,出了副食品商店的大门,四下里观望,就望见宋红梅从东西道上走来,旁边尾随着她的刑警男友。丹桂想起宋红梅昨天没上班,只怕还不知道下午开澡堂子,急着要说一声,便高声打招呼。

丹桂穿过马路的空儿,宋红梅跟田文彬说:"她们都知道我们散了,到时候说话小心些。"田文彬问:"什么意思?"宋红梅说:"没什么意思。"田文彬说:"那就说没散呗。"宋红梅白了他一眼,"不要脸。"田文彬说:"要脸就不谈恋爱。"宋红梅还要回嘴,丹桂已来到跟前。

丹桂气喘吁吁,望着田文彬只管咧着嘴乐。田文彬给她敬个礼,"刘小妹好。"丹桂弯腰回敬,"田大哥好。"宋红梅看着他们俩,"你们干什么呢?大街上要宝。"两人抬手击掌相庆,哈哈大笑。

宋红梅问丹桂干什么呢,丹桂指了指副食品商店,说是买东西。

"红梅姐,下午要开澡堂子。"丹桂忙不迭地通报。

宋红梅拍了拍丹桂的肩膀说:"亏你告诉我,昨天我没去,厂子里有什么事没?"

丹桂不假思索地说:"他们传着咱车间牟姐承包八九不离十了,还有,昨天班上我师傅和牛槐花吵起来了,牛槐花说这次要选你当班长。"

宋红梅皱了皱眉头,"哈,窝里斗疯了,竟然消遣起我来,让我当班长,邱淑月还不气死?他们也太高看我了,可惜老娘不稀罕。"

"他们还说,刘娘子要当车间主任了。"

"什么?那个马泊六?"宋红梅一惊。

"他们说,方姐不干了。"

宋红梅瞅定丹桂，"你这都听谁说的？"

丹桂一下懵住，支支吾吾半天吞吞吐吐地说："我听梦娜说的。"

"就那个小妖精？"

丹桂眨巴眨巴眼，点了点头，"她可什么都知道。"

田文彬插嘴："什么小妖精？"

宋红梅瞥了他一眼说："就是韩昆仑的那个小村姑。"

田文彬说："我看着女孩不错呀，对人挺热情的。"

宋红梅瞥一眼田文彬说："是对男人挺热情，你喜欢那样的？"

田文彬忙摇头："不喜欢。"

宋红梅鄙夷地说："我就说嘛，小丫头不简单，五年级没毕业能迷得韩昆仑神魂颠倒的，翠春厂混了两年就成了精了，打量谁不知道她的底细。"她瞅着丹桂，"知道她是怎么攀上韩主席的吗？"

丹桂摇摇头。

宋红梅鼻子哼了一声："她娘原在韩主席家伺候他们家老太太，看着老实巴交，哄得全家都以为她是好人，想不到她让自己闺女勾引韩主席儿子，事出来了，她寻死觅活，韩主席一家没办法，给了钱，找了活，还闹，硬逼着结婚，刘姨气得大病了一场，却也没办法。"

丹桂听得稀里糊涂，又有些不相信，"梦娜说他们是在舞会上认识的，他追了她好久，给她买花，还给她下跪……"

宋红梅冷蔑地笑道："她就没说是在床上认识的？那种鬼话你也信，我跟韩主席儿子是同学我不知道？"

田文彬忙缓颊，"那些事兴许是韩叔告诉她的。"

宋红梅回怼道："你知道啥，这些台面下的事韩叔能知道？"

田文彬吐了吐舌头，向丹桂使眼色，丹桂不知是什么意思，只好说："红梅姐，要不我先走了。"

田文彬忙拦住丹桂，"小妹别走，我们碰面就是缘分，你看都快到饭点了，不如我请你吃饭吧。"

"好啊！"丹桂高兴地拍巴掌，田文彬向着红梅两手一摊，宋红梅回了句"你就是卖狗皮膏药的"。

田文彬领她们去吃街店豆腐，拐过两条街，看到一个不起眼的招牌"飘香豆腐坊"，田文彬将两人让进去，居民楼一层附房改的，天井加主楼通开，外边看着不大，里边别有洞天。墙上黑板粉笔写的菜谱，田文彬与老板相熟，找了个单间，让两人坐下，他自去张罗着点菜，不多会儿进来，拿些餐巾纸来，他看着宋红梅，用手在腮上点了点，宋红梅知道自己的妆花了，便起身去洗手间。

田文彬给丹桂倒水，还问起宋红梅在厂里的事。丹桂说："倒也没什么，她这些时候只有上大夜班才回宿舍住，也不大跟我们说话，你们真的散了吗？"田文彬笑说："你看呢？"丹桂笑起来，"我看到她趴在你肩上了。"田文彬不置可否，又小声问道："最近厂里发生什么事了吗？"丹桂想了想说："就是前些日子为了铺位的事——红梅姐就不高兴了。"田文彬问："她跟什么人有过节了？"丹桂问道："什么叫过节？""就是吵嘴什么的。"丹桂搜肠刮肚，"最近没吵嘴，红梅姐很高傲的，她不理人的，厂里人都怕她。"田文彬点点头，"那倒是，我也怕她。她原来的那个对象怎么样？""就是方姐的大弟，两人谈对象有好多年了，不过不是太好。""怎么不是太好？""方姐的大弟从北京回来，好久不见了，却一个坐这个床，一个坐那个床……"丹桂比画着，见田文彬不动声色，忙辩白道："田哥，红梅姐可是个好人，她跟方姐大弟没什么的，那人就是个陈世美。"田文彬笑笑，"我知道。""有些闲话都是厂里人胡说的，特别是那个母老虎刘娘子，她有一次还跟红梅姐打起来了。""那个刘娘子是什么人？""她是潍坊的，是厂里出了名的'人物'。她可凶了，厂里人谁惹到她她就骂谁。"田文彬听着丹桂的叙述点了点头笑着说："一看你就是个好姑娘，爽快，心眼好。"丹桂脸上起了红云，咧着嘴笑个不停。她忽然想起了什么，从提兜里拿出蜜三刀来让田文彬吃，田文彬吃了一块，满口夸赞，"真好吃！这块点心把我收买了，记住，以后碰到什么难事或是坏人找麻烦的就找我，你哥我雷霆出击。"说话间伙计端上来一盆豆腐，一盘煎饼，一碗辣椒拌葱，田文彬吩咐快些上菜，伙计答应着出去。田文彬拿了煎饼给丹桂卷了豆腐吃，"别饿着你，先吃。"丹桂受宠若惊，田文彬小声说："刚才的话不要跟你红梅姐说，以后你红梅姐在厂里的事情想着告诉我。我跟你红梅姐的事，成不成就看你的了。"丹桂喜不自禁，忙点头答应。

宋红梅推门进来，后边跟着伙计，四个菜上齐，爆羊肚、红烧鸡块、煎刀鱼、豆芽炒粉皮。

宋红梅看了两人一眼问道："你们这么亲密，说啥呢？"丹桂忙说："我们没说你，真的！"田文彬指着蜜三刀说："小妹请我吃点心呢。"宋红梅白了他一眼，"你怎么好意思吃小妹的点心？"又转向丹桂，"丹桂，是不是给大杨买的？"丹桂的脸像熟透了的苹果，扭捏作态，宋红梅知道说中了便笑道："我就说呢，这么大方，等会儿让你田大哥买了再还你。"丹桂头摇得像拨浪鼓，脸窘得更红了。田文彬见宋红梅捉弄丹桂，敛起笑容，瞪了她一眼，招呼道："快点吃豆腐，不然凉了。"

三人吃完饭出来，正是午时，街上人少，田文彬说要送丹桂，丹桂死活不让，匆匆走了。望着她远去，宋红梅自言道："小傻瓜。"田文彬说："小姑娘很实在，挺讨人喜欢的。"宋红梅看了田文彬一眼，"原来你喜欢这样的，怪不得刚才拿眼瞪我。""她虽然单纯，可是善良。""善良？善良的尽头就是傻。""你是一朝被蛇咬，十年怕井绳。"宋红梅盯住田文彬，恼怒道："你什么意思？"田文彬忙换上笑脸，"没有意思，当我没说。"他扬了扬手里的蜜三刀，那是丹桂留给他的，"拿人的手短，吃人的嘴软，总得说些好话。"宋红梅皱起眉头，"也是怪，她本是十分小气的，有好吃的躲在被窝里吃，别人吃她一点都会心疼，今天对你倒大方。"田文彬说："这是我的魅力。"宋红梅喊了声，"你不是下午上班吗？你去吧，我一个人回家，下午我还要去洗澡。"田文彬说："上班还早，我送你。"

丹桂告别宋红梅他们，沿着解放路漫不经心地走着，轻松而惬意，宋红梅伏在田文彬肩膀上的那一幕刺激着她的神经，她想象着大杨拥抱她的画面，禁不住面红耳赤，心潮澎湃。走到大观食府，丹桂放慢了脚步，这是一家刚开张的豪华饭店，开业的时候请了俄罗斯模特撑门面，轰动了整个县城，一时名声大噪，引得达官贵人出入。门口铺了红地毯，两边立着穿旗袍的小姐点头微笑迎送，丹桂心里捉摸，里边吃一顿饭要多少钱呢？肯定有好多好吃的，等她将来发了财，一定要进去吃一次。正遐想间，一群人从里面出来，一个戴眼镜挺腰凸肚的男人点头哈腰地与人握手送别，一会散尽，一辆黑色轿车停在路边，司机下车，男人与他耳语几句便钻进车中。司机进门，不久与另一个男人架了一个女子出来，迎宾小姐微笑送客，三个人出了门，那被架着的女子看样子醉得不轻，头低垂着，长长的卷发散乱着，腿脚不听使唤，两个男人径直走到车旁，司机开了车门，另一个男人将女子往车里推，那女子嘴里嘟囔着："别拉我，我要——回去——"司机说："这就送你回去。"女子挣扎着，忽然睁开眼，双手撑住车门，"别动我——我自己回——"司机说："放心，孔总亲自送你。"

丹桂打眼细看，那女子穿了一件低领紧身黑毛衣，搭着白丝巾，外套淡紫色呢子半大衣，倏尔仰起脸，虽化了浓妆，却认得是美兰，霎时唬得丹桂魂飞魄散，不知如何是好，待要喊却出不了声，待要冲上去拉扯，两条腿酸软无力，眼睁睁地望着美兰被两个男人硬塞进车里，轿车绝尘而去。

丹桂心跳加速，血脉贲张，啊呀一声瘫坐在地上。

第三十一章　美兰怎么了

　　黑色桑塔纳轿车远去，丹桂方爬起来，环顾四周，路人从她身旁匆匆走过，大观食府门两边的迎宾小姐弯腰微笑着送客，似乎没有人注意她。刚才的一幕宛如梦境，她有些恍惚，掐了掐自己的胳膊，看着怀里的提包，明白一切都是真的。丹桂看到路边有一条白丝巾，忙上前拾起来，那是美兰落下的，上边有踩脏了的痕迹，她的手抖得厉害，哆嗦着把丝巾叠好放进口袋里。

　　丹桂心中糟乱，美兰被推进车里的情景像影子挥之不去。脑子里翻腾出各种假设，如果她大喊，如果她奋不顾身地冲上去救美兰，如果……但现实是她什么也没做，美兰会怎么样？他们送她回厂子，他们没有送她回厂子，那会怎么样？许多不好的念头萦绕在她小小的心房里，要爆炸了似的，她一路小跑回到厂里，一进大门看到大老袁坐在门卫室里悠然自得，一切风平浪静，她想问一声大老袁美兰回来了没有，可又怕大老袁深究，不如不问的好。转头往下走，迎面碰到梦特娇，"小桂桂——"她酸声浪气地道，"你去哪里了？"

　　"我没去哪里，出去了。"丹桂有些语无伦次，幸亏梦特娇没理会。

　　"你知道美兰去哪儿了？"

　　丹桂身子一震，紧张地说："我没看到，真的，我没看见美兰。"

　　梦特娇盯了一眼丹桂，"你怎么了？"

　　丹桂觉得眼前发黑，天灵盖发麻，胡乱说："没怎么——就是走路累得慌，我出去的时候，美兰还在宿舍睡觉。"

　　梦特娇说："我去过，没在。"

　　丹桂说："她没告诉你她去哪儿了？"

　　梦特娇努一努嘴，鼻子里哼道："她告诉我？她现在不得了，能自己出海捞鱼了，我在她眼里算什么？你见了她跟她说，吃独食会噎着的。"

说完扭着屁股走了。

丹桂急匆匆赶回丽香斋，美兰并没有回来，只有小茉躺在床上看书。丹桂长出一口气，"美兰没回来吗？"

小茉不搭理，停了会儿说："自己看。"

丹桂心里明白，他们没有送美兰回来。

"小茉，我看到美兰……"

丹桂的话还没说完小茉便不客气地回道："我们是不说话的。"

丹桂便把话咽回去了，她心里想："并不是我不说，是小茉不听。"

丹桂想起大杨，估摸着他回宿舍了，便抱着提包出去了，小茉坐起身子，望着她的张皇样，心里说，出门撞见鬼了？

丹桂来到大杨宿舍，正赶上同屋子的小白、小曹、小新也都回来了，她本想把点心悄悄地递给大杨，不想大杨并不伸手接，只是问道："什么？"丹桂说："给你的。"她看着大杨，希望他快接过去。

调皮的小白伸长了脖子，怪声怪气地道："给你的。"

大杨不接，示意她放在床头柜上。

丹桂只是不放，大杨有些不耐烦，一把抓过来，从提包里拿出来，撕去报纸，见是一包点心，说："买这些干吗？我又不是小孩子，你自己拿回去吃吧。"

丹桂固执地道："给你买的，早上吃。"

小新捏着嗓子说："早上吃——哈哈——"

"哈——哈——"

三个人起哄，大杨脸上架不住，他往条桌上一放，"今天我请客！"

三个人恶狼似的围上前来，打开纸包，每人狠狠地拿了一把，饿鬼下生似的吃起来，丹桂看着三个人嘴巴嚼动，听着嘎嘣嘎嘣的响声，她的心似乎碎成了渣。

丹桂鼓足勇气说："大杨，我看见美兰……"

大杨抬头看着她，忙问道："美兰怎么了？"

丹桂见大杨关心的样子，知道他心里只有美兰，那碎成渣的心又化成了烟，嘴巴像粘了年糕，怎么也张不开，眼泪不争气地流下来，一时赌气，转身跑了。

丹桂边走边擦眼抹泪，嘴里念着坏蛋，心里爱恨交加，走到坡上停下来，犹豫着是否回去跟大杨说美兰的事。她忽然瞥见厂部前面一堆人围着吵吵嚷嚷，便忘了自己的烦恼，身不由己地过去看个究竟，竟是方卉和上次见的那老头在拉扯。

方卉紫绛了脸，满是泪痕，她手臂上挽了个包袱，那老头只是拉住包袱不让她脱身，嘴里嚷道："大家伙评评理，我好歹是她父亲，她大逆不道，不让我进家门，我一把老骨头在外流浪……"方卉并不回话，大老袁在一旁劝解："老人家，有什么话我们进屋说，这么些人围着也不好看。"老头说："我生了这样的闺女，还要什么好看不好看，我这老脸都丢尽了！"有人问："大叔，您老是从哪儿回来呀？"老头说："我从深圳回来，大老远的，她不认我，不让我进家门呀。"又有人问："您在外多少年了？"老头不回言，转头对别人说："我今天要找厂领导说理，赡养老人是国家法律，厂里管不管。"大老袁说："今天厂里放假，厂领导不在，您老明天再来吧。"老头昂着头不理睬，"我今天就是要让她无地自容。"有人撇嘴咋舌，"天下还有这样的父亲？真是开了眼了。"

看热闹的人越凑越多，小茉匆匆跑来，奋力挤进人群，丹桂也跟上去，两人站到方卉身边，想着抢包袱，但那老头死揪住不放。

大家议论纷纷，一旁穿大衣戴蛤蟆镜的女人见风向不对，便扯着嗓子道："大家说说，天下哪有不认父亲的道理？她还是劳模呢，那思想觉悟……"还没说完方卉愤怒回道："闭嘴！你是什么东西，也要指责别人！"女人便有些恼火，"我是我，我光明正大！"有知道底细的小声道："这是个小三，破坏别人家庭，还挺有理。"大家都看笑话，老头恼羞成怒，突然抡起手打了方卉一耳光，方卉嘴角流出血来。大老袁一看动了手，便向几个青年使了个眼色，大家一拥而上，将老头撮到一边，方卉脱开身，小茉抢过包袱，丹桂扶着，一路小跑离开。

老头眼看不济，禁不住破口大骂，竟比乡野村夫还口重，大老袁挥挥手，看热闹的人渐渐散了。老头双手叉腰骂到没有力气方住了口，被大老袁拉着进传达室，倒了些水喝，态度慢慢温和，对大老袁道："我是个讲理的人，实在是让她惹毛了，自从她妈走了，她便与我成了血仇，我好歹是她父亲。天下没有不是的父母，这么多年对我不闻不问，现在我老了，她得养我的老。我也不是非跟她过不去，我也是见过大世面的人，我回来这些天是给她留足了面子，不然我找人开了锁她敢去报警？"大老袁只是哼哈点头，"您老消消气，我们再跟小方说说，事情总有解决的法子。"老头从裤兜里拿出一封信，让大老袁转给厂领导，"要是她不给我钥匙，我还向上告，告到县里去。"说完起身来，与那戴蛤蟆镜的女人挽了胳膊走了。大老袁送出大门，望着两人的背影摇头叹道："天下还有这般不讲理的人，小方太苦了。"

大老袁将大铁门关上，只留了小门，刚转身往回走就见王美兰提着个包从外边跟跟跄跄地进来，面色蜡黄，头发蓬乱。大老袁问了声回来了，她也不搭腔，只管往里走，却不防一脚踩歪，身子一斜楞，多亏大老袁眼疾手快，一把拉住，不至摔倒。

大老袁说："你咋整的？"他闻着很大的酒味，又不好意思说美兰，四下里打量，见小李子打水回来，便高声招呼过来帮忙。

正巧大杨去车间上班，听到喊声望见美兰，不知啥状况，撒丫子往上跑，反比小李子快几步，上前一把抓住美兰。

大杨见美兰醉着，有些气闷，瓮声瓮气地说："一个大姑娘家的，喝那么些酒。"

美兰恼了，一把甩开大杨的手，"我的事，你少管！"

大杨说："我倒是不想管，你丢人现眼活该！"

美兰朝着大杨啐了一口，"你白披了一张男人皮，什么本事也没有，只会小家子气，滚开！"

大杨冷冷地说："我没本事，你去找有本事的，只怕被人卖了还替人数钱。"

美兰发了狂地叫道："我卖了我愿意！"

看着两人吵起来，大老袁数落大杨，"她现在这样，你发的哪门子狠？快把她扶回宿舍去。"大杨一把拽了美兰的胳膊，身子一蹲将美兰扛上肩，美兰拿包往大杨身上乱打，口里叫着"放开我！流氓！"那包里的东西一件件摔出来，口红、手镜，还有一沓钱，零零散散撒了一地，三个人看得眼花。大老袁忙将美兰的包夺过来，与小李子一同拾起散落的东西装好，交给大杨。大杨扛着美兰走，一路上哭叫着，两手下死劲地抓挠，大杨脖颈上留下一道道血印子。

　　丽香斋里气氛有些凝重，方卉不说话，打开包袱里边是一些衣服和几本书，她将衣服叠好放在箱子里，小茉和丹桂在一边看着，不知如何是好。方卉见小茉盯着那些书便问："你要看书吗？尽管拿去。"小茉高兴地说："想不到你还有这么多好书。"喜滋滋地接过来，放在床头上。方卉感触道："从前上学的时候买的，那时候我妈还在……"她的喉头哽咽，低下头不说了。小茉知道方卉难过，心里掂量着如何开口。丹桂忽然想起下午开澡堂子，转身翻箱倒柜地找换洗的衣服，又扭头问道："方姐，你不去洗澡吗？"方卉说："我正好不方便，你们先去洗吧。"小茉小心翼翼地说："你何必生气，直接把钥匙给了不就完了吗？"方卉道："我不生气，十几年了，那气早就泄了。钥匙我不会给他，他想以理压我，让我敬奉他，可他一辈子理亏，一句道歉的话不说，只想着换脸变好人，没门，我们娘四个受的那罪总得有个交代，宁愿他把门砸开，我也不会让他风风光光地进家门。"

　　小茉从没见过方卉如此发狠，想着老头那不屈不挠的样子，禁不住想到自己的父亲，倒觉得可亲可敬了。

　　丹桂从口袋里摸出一方白丝巾，想了想将丝巾掖到褥子底下，她看着方卉吞吞吐吐地说："方姐，我看见美兰……"话没说完门被踢开，大杨扛着美兰站在门口，屋里的三个人都愣了。

　　"打开帐子！"大杨粗声大气地叫道，丹桂嘴巴张着，站着不动。小茉忙将美兰的布幔子掀开，大杨把美兰从肩上移下来，轻轻放在床上，将包放在里侧，美兰嘴里还含混不清地嚷着"放开我！流氓！"

　　方卉忙起身，看着大杨问道："这是咋了？"

　　大杨直摇头，说："给她弄点水喝吧。"然后转身就走，丹桂跟到门口喊了声"你干吗？"大杨头也不回，丹桂气得直跺脚。

　　方卉上前给美兰脱了鞋，把外套扒下来盖上被子。小茉倒了半杯水端过来，方卉接了，轻唤美兰，让她喝点水。

　　美兰忽地将被子蒙着脸，呜呜地哭起来，任凭方卉开解，她只是哭个不停。

　　丹桂进门，瞅了一眼美兰，鼻子哼了哼，摔摔打打地端起盆子往外走，小茉跟出来将门带上。

　　小茉低声问丹桂："你刚才要跟方姐说啥呢？你看见美兰什么了？"

丹桂咬咬嘴唇扭头道："我不知道，我什么也没看见。"抱着脸盆下楼去了。

小茉回屋看见美兰起来了，无事人一样，一边擦眼泪一边找衣服，把洗发膏、香皂放进盆里。

方卉说她："你等会儿再出去吧，刚流了泪容易皱了脸。"

美兰面无表情地道："我哭了吗？想看我的笑话是吧？休想，我好着呢，谁也别想看我……"她抱起脸盆穿着拖鞋往外走，大义凛然的样子。

方卉让小茉跟上去，小茉有些不情愿，"你瞅她那样子，好像女王似的，倒是我们做错了？"

方卉说："好了，无论怎么说都是一个屋里头住着，低头不见抬头见，她要是出了事我们心里能好过？"

小茉没法，拿上衣服盆子忙跟上去，从后边望着，那美兰走得像风飘着。小茉心里犯嘀咕，上午欢天喜地地出去，如此狼狈地回来，到底出了什么事呢？

那天下午美兰像疯了，洗了两个小时的澡，直到晕过去，是宋红梅和小茉将她抬回丽香斋的。美兰心里明白，她再怎么洗也洗不干净了。

第三十二章　金娣冷眼旁观

冬天的早上六点天还有点暗，丹桂的帐子里有了动静，她昨晚失眠了，是从娘胎里出来第一次晚上睡不着，昨日发生的一幕幕充斥在她的脑子里，慢慢膨胀到要炸开似的，大杨对美兰念念不忘是显而易见的，要命的是她该怎么办？孔总是谁？美兰又去了哪里？思来想去，也只有梦特娇能解答，兴许还能帮自己出个好主意，心意已决，便再也躺不住了，起床穿衣，弄出些响动，惹得小茉敲床头警告。

小茉这些日子看书学习，准备 12 月份的考试，劳心费力，心情烦躁。她是下午四点的班，本想再睡会儿，却按捺不住好奇，丹桂本是最贪睡的，今儿起这么早，事出异常必有妖，一下子睡意全无，听着丹桂开门出去，忙爬起来穿上衣服，悄悄跟了出去。

丹桂心急火燎地去大库找梦特娇，不想梦特娇床铺上只有个空被卷儿，丹桂忙问旁边正在梳头的卜喜儿梦娜去哪儿了，卜喜儿脸一别，轻慢地说了声"不知道"，对过两个正在咬耳朵的女孩儿看着她鬼笑，曼长脸的那个对丹桂说："你谢谢我，我告诉你。"丹桂忙说："好啊，谢谢你。"圆脸的那个说："你先说怎么谢。"丹桂说："我给你们买糖吃。"曼长脸的一本正经地说："我告诉你，你到水龙头那儿，大喊三声她的名字，保准能找到她。"丹桂不及多想，说了声谢谢，扭身往外走，却听到身后两个女孩咯咯地笑。

丹桂急忙走到水龙头那儿，因为天还没亮，空无一人，她转了个圈儿，踌躇再三，真的亮开嗓子喊了三声梦娜，并不见有什么动静，正在逡巡，不防被人拽住衣襟拉到旁边花墙后边，回头一看是小茉，刚要嚷小茉示意她住嘴。忽听得吱呀呀响，两人循声望去，见梦特娇从一个门里闪身出来，四下里看了看，快步走了。

小茉知道那个门里住着副厂长俞钱，震惊之下点头道："原来如此！"

丹桂还没明白是哪朝的事，一心跟上去找梦特娇说话，被小茉呵斥住："你傻呀！"丹桂不服气地说："怎么了，我就找她说个事。"小茉厉声问道："你昨儿就吞吞吐吐的，快说，你找她说啥事？"丹桂嘴一噘："我不告诉你，你说过我们是不说话的。"

小茉恶狠狠地道："那好，随你便！"说完扭头就走。

丹桂呆站着，思忖再三，还是决定不去找梦特娇，无论如何小茉的话总是对的，尽管有一万个不情愿，也只好跟在小茉身后往回走。

丽香斋里方卉和美兰已起床。方卉见美兰脸色发白，忍不住说："你觉得怎样？不舒服的话就请个假吧。"美兰对着镜子涂口红，随口答道："我没事，你放心。"方卉还想说什么，见小茉和丹桂进屋只好把话咽下。

三个女孩各自洗漱吃饭，互不搭理，方卉看在眼里，觉得又可气又可笑。等美兰和丹桂出门上班，方卉对小茉说："真真让你们气死了，多大点事就不说话，活脱脱三个门神。"

小茉说："我倒想说，你看王大美人的样子，好像大家欠了她的，眼里还有谁？还有丹桂同志，香臭不分，好心当成驴肝肺，你知道她今早出去干啥了？"

方卉说："她能干啥？"

小茉便把看到的描述一遍，唬得方卉半日无语，临了叹道："怎么会这样。"

小茉说："我就看她不是什么好东西，怪不得写举报信，原来他们是一伙的。"

方卉还要说什么，丹桂突然推门闯进来，上气不接下气地道："不好了，方姐，你们车间的人在厂部门前闹起来了。"

方卉起身往外走，被小茉一把拉住，"你不能去，你要是去了岂不是跳到黄河也洗不清了。"

方卉着急道："即便躲起来我也脱不了干系，身正不怕影子斜，凭他们多少阴谋诡计，大伙的眼睛是雪亮的。"她挣开小茉的手跟着丹桂跑出去了。

小茉急得直跺脚，随后跟上。

正是上班的时候，厂部门口聚了一堆人，为首的盛大燕，情绪激动，高声嚷着要找齐厂长，谭秘书站在门口向大家说齐厂长去工业局开会了，有什么事等厂长回来再说。

盛大燕回身对着聚过来的人说："从大面说我们是工厂的主人，从小处说我们也为翠春厂的发展做了贡献，厂里改革理应有我们参与，这次优化组合程序不公，有人别有用心，拉帮结派，搞小动作，改得乱七八糟，我们不服，路不平有人铲，事不平有人管。"她举起手里的信，"这是我们准备车间工人们的请愿书，我们要求投票选主任。"

后边几个人随声附和，"投票！"

方卉火急火燎地跑来，奋力挤过人群，上前一把拉住盛大燕的胳膊低声说："大燕，快停下。"盛大燕一愣，皱起眉头埋怨道："你来干吗？你别管！"她挣脱方卉的手将信递给谭哲，"请厂领导多听听我们工人的心声。"谭哲接过去，点点头没说话。

方卉对盛大燕说："你以为这样是对我好？车间乱了，生产垮了，我就是罪人！"转身对大家说："工友们，现在厂子有困难，不改革不行，大家要团结一心，厂子好了我们才能好。大家抓紧回车间上班吧。"

盛大燕还想说什么，见方卉拉下脸只得偃旗息鼓，向身后的人挥挥手，大家散开，三三两两往车间走。却不想坡下的人群忽然乱了起来，一阵鬼哭狼嚎，就见邱淑月穿着秋衣裤，披头散发满脸鲜血，急慌慌往坡上跑，后边老窦手里举着菜刀疯狂追赶，女儿小莲跟着，声嘶力竭地叫喊救命，路上的人们大惊失色，尖叫着纷纷躲闪，场面惊心动魄。

方卉跑着迎上去，邱淑月一把抓了她的手，双腿跪到地上，挣扎着爬不起来，一口气憋住，昏过去了。

老窦举着菜刀冲上来，方卉大声喝道："住手！"老窦一愣怔，旁边大杨、马二炮几个青年一拥而上，三下五除二将其制服，把菜刀夺下来，反剪了手，老窦圆瞪着血红的双眼，蹦跳着身子吼道："说，裤头呢？"边跳边叫，口吐白沫。大老袁拿来绳子将其五花大绑，推搡进车棚里，牢牢地把他拴在铁柱子上，任他又骂又撞，直到累了方停歇下来，张着嘴巴喘粗气，像只野兽。

方卉坐在地上抱着邱淑月，见她头皮去了铜钱大小的一块，露出雪白的骨头，那血淋淋滴滴地洇出来，以为不中用了，哭着叫道："小邱，快醒醒，小邱——你不能死，你还有女儿呀——"小莲抱着她娘的手泼天大哭，盛大燕跪在一边掐着邱淑月的人中，好久，邱淑月嗓子响了声，咳出一口黏涎，哇地哭出了声，大家才放下心来。小茉叫来卫生室的人，察看了伤情，简单包扎，建议送县医院。厂里派出半斗车，方卉跟盛大燕交代了几句，陪着邱淑月去医院，小茉不放心，也跟了去。

邱淑月的伤势并无大碍，只是去了的头皮无法补回，医生给重新包扎，开了些消炎药，嘱咐回家休息。方卉给小茉钱去拿药，她与小莲搀着邱淑月走出门诊楼，站在路边等着师傅开过车来，邱淑月哼哼唧唧，眼泪长流，小莲给她擦着，方卉宽言温语安慰她。这当口一位姑娘跑上前来对着方卉哎了声，见方卉没反应，又叫道："你——"方卉方明白是叫自己，仔细打量，认出是街店大菊的五闺女，不禁又惊又喜，"五万，你来了，你娘呢？"五万指了指不远处，方卉望见大菊坐在台阶上，穿了件偏襟大褂，头上搭了块天蓝色的头巾，正向这边张望，见五万招手便手撑着膝盖站起来，佝偻着身子一步步往这边挪。

车开过来，方卉扶邱淑月上去，小茉的药也拿好了，方卉让小茉回厂，小茉执意要陪她，只好让小莲跟车先回去。

大菊见了方卉泪眼婆娑地道："我便死也要见见三万。"方卉忙安慰她，来了就好，很快就能见到了。又问她们吃饭了没有，大菊说早起往这赶，哪里顾得上吃饭，方卉本想带她们去早点摊吃豆浆油条，不料五万直通通地说："我要吃水饺，我看到下边有个饺子铺。"方卉答应，小茉看着五万少不更事的样子，心里窝火。

等娘俩饭饱，方卉带她们去病房，路上嘱咐大菊到时候见了金娣不要哭嚎，大菊满口答应。方卉让小茉陪她们在楼外头等着，她先一步进去通报一声。过了半天方卉同夏立明出来，方卉给大菊介绍，大菊一把抓住夏立明的手，"可怜见，她姐夫，三万找了你是她的福气，谁想到又得了病呢，哎——说不得。"回身指了指五万，"这是你五妹，今年二十一了，属鼠的，听说你在银行上班，我们全家也只有靠你了，你五妹特会数钱，将来也到银行上班，便有出头的日子了，是不是？"夏立明见女人昏聩，说话不着调，只得尴尬地笑笑，他看了一眼方卉，方卉对大菊说："等金娣的病好了，什么都好说。"大菊不说话了，五万瞅了一眼方卉嘴巴噘得老高。

一行人进了病房，金娣半躺在病床上，面目肿胀，病恹恹的神情。方卉拉着大菊的手走到跟前，刚开口介绍大菊便扑上去抱了金娣的头嚎起来，

"我的三万呀，我的心肝儿三万，娘来认你了，不是娘狠心，当年实在是没办法，只为放你条生路，你别怨娘呀——你是娘的心头肉呀——"直哭得涕泪横流，肝肠寸断。金娣冷眼旁观，任凭女人揉搓，却如块木头一样，她奋力挣脱开大菊的手，不耐烦地呛道："我这还没死呢，你哭什么丧。"大菊一腚坐在地板上，手拍着床沿，兀自肝儿肉儿地叫起来。方卉想拉，怎么也拉不动，低声劝解，女人无动于衷。

哭声惊动了值班的护士，跑过来呵斥道："这是医院，不要扰乱秩序，要哭出去哭。"方卉连忙道歉，护士却执意要往外撵人。

小茉转身去找郝阿姨，好歹息事宁人了。大菊不再嚎，只是擦眼抹泪，絮叨不住，叫过五万，指着金娣让她叫姐，五万好歹憋出一声三姐，金娣也不答应。大菊高兴地说："你姐不说话就是认了，以后你们姊们相互帮衬，我死也瞑目了。"金娣忍无可忍，忽然暴躁起来，哇哇乱叫："该死的！该死的！"又扯头发又扔东西，吓得大菊和五万飞快跑出病房。

方卉、夏立明和大菊站在走廊上商议怎么办，夏立明给方卉使眼色，方卉无奈开口道："婶子，今儿你也认了闺女，就是一家人了，也不瞒你，金娣要换肾，唯一的希望就是要配型，亲人的概率大一些，你看……"方卉没说完大菊忽然捂着腰叫唤起来，"我这腰呀，刚才闪了一下子，疼呀，得找大夫看看呀。"方卉只好说："那就去拍个片看看吧。"夏立明说："我去吧。"五万要跟去，大菊瞅了她一眼恶狠狠地说："你去干吗？在这等着。"

方卉进病房，金娣白了她一眼，"姓方的，你嫌我死得不够快是吧？找个古董来恶心我。"方卉只装没听见，拿起暖瓶去打水，对过陪床的桃姐跟出来小声对方卉说："那个女人不像是小金的亲娘，小金个子高，圆脸，那女人小骨架，长脸，一点都不像。"方卉笑了笑没回话，径直下楼去了。

小茉与五万站在走廊上，小茉问五万："你见到姐姐怎么不高兴？"五万说："那与我有啥关系？"小茉说："你姐需要换肾，不然活不了。"五万警觉："敢情她想割我们的肾？"小茉有心套她的话，"难说，亲人配型容易些，认了亲总得帮忙。"五万说："你以为我不懂？可以拿钱买的，我姐夫在银行，有的是钱，将来我去银行上班，也有钱。"小茉明白了娘俩的来意，心想，方卉的努力恐怕要竹篮打水一场空了。

第三十三章　卜喜儿破涕为笑

　　方卉与小茉将大菊和五万送上汽车，目送汽车开走。方卉松了口气，小茉拍了拍手，"谢天谢地，终于走了。"方卉嗔怪道："你呀——"小茉说："就是一对戏精，你还指望她们救人？她们就是来打秋风的，事事处处不离钱字，还要好吃好喝，我看——白搭。"方卉说："别把人想得太坏，大菊答应回去跟闺女们商议做配型，总算没有白忙乎。""但愿吧。"小茉忽然想起了什么："对了，我去找郝阿姨的时候，她跟我说昨天有个女人打听你好姊妹的病情，问她是什么关系，那女人吞吞吐吐说不清楚，挺可疑的。""或是金娣的什么远亲吧，那女人什么样子？""郝阿姨说，那女人高个儿，穿得挺时髦，不像是本地人。"方卉想了想说："不管她了，我们去吃点饭吧，肚子都咕咕叫了。"小茉歪着头问道："你还有钱吗？"方卉摸了摸口袋，空空如也，这才想起最后的二十块钱给了大菊路上吃饭了。小茉摊了摊双手，"今早走得急，我也一分钱没带。"两人相视莞尔。"罢了，饭点也过了，好在还有我从姑姑家带回来的面鱼。"小茉撒娇道："我就只想睡觉，困死我了。"想起大菊说的话，重念道："你五妹，特会数钱，将来也到银行上班，便有出头的日子啦。"两人笑得弯了腰。

　　方卉和小茉回到厂里，刚进门谭哲便从办公室跑出来将她们截住，小声跟方卉说："方姐，改革领导小组要找你谈话呢。"方卉一惊，旋即镇定下来，"我回宿舍换换衣服，一会儿回来。"谭哲急得磕头作揖，"不成，好姐姐，等了你一上午，刘组长急得冒火，再等就要掀屋顶了。""总得让我喝口水吧？""好姐姐，我给你倒水。"谭哲拉住方卉的胳膊生怕她跑了似的。小茉不满地看了谭哲一眼，"喊——什么毛病，一口一个姐姐，也不嫌臊得慌。"谭哲急眼："吕小茉，我可没惹你，上次踩得我脚到现在还疼呢，等有时间了再找你理论。"

　　小茉无精打采地往宿舍走，路过一个胡同口，看到卜喜儿蹲在那儿，肩头一耸一耸的像是在哭，忍不住悄悄走过去，见她用一根棒子在地上画，看着是个梦字，接着又打叉，小茉咳了咳嗓子，卜喜儿猛地站起来，"小茉姐，你吓死我了。"小茉笑着问："你在这儿做什么？怎么还哭了？"卜喜儿抹了下眼睛，"我没哭。"小茉说："你不说实话，我就不管了。"转身要走，卜喜儿一把拉住小茉，"好姐姐，我告诉你，你要给我想个法子。"小茉说："你说吧，是不是与梦特娇有关系？"卜喜儿吃惊道："你咋知道？"小茉用脚指一下地上的字，卜喜儿说："就是她要告状，把我撵了。"小茉问："为什么？"卜喜儿委屈地说："还不是因为丹桂姐，大早上去找梦特娇，她不在，丹桂姐就问我，我说知不道，她睡到半夜不见了人，谁知道她去哪儿了？小玲和小雪戏弄丹桂姐，让她去水龙头那儿大叫三声，她果真去了，梦特娇回来就对着大家混骂了一通，那眼睛只瞟着我，我说我没有说，她还不信，末了扯着我的耳朵说，'我马上让你滚蛋，你信不信？'上班的时候她又跟我表姐说了，我表姐把我大骂了一顿，小茉姐，你给评评理，她冤枉人还有理了？她神通广大，真要把我撵了，我怎么办？我们家还指望着我挣钱呢。"卜喜儿嘤嘤地哭起来。

小茉义愤填膺，"她也太欺负人了，仗着与……"小茉忽然计上心来，"有了，我告诉你个法子，保准她不敢动你半根汗毛。"卜喜儿转忧为喜，小茉凑到她的耳边说："你告诉她，你要是敢动我，我就把举报信的事捅出去。"卜喜儿问："什么举报信？"小茉说："这你就别管了，就那么说，保准管用。"卜喜儿破涕为笑。小茉问她吃饭了没有，卜喜儿摇头，小茉便拉她一起回宿舍。

小茉拿出方卉带回来的面鱼，拆了两包海带丝，就着吃起来，卜喜儿吃得飞快，一口气吃了两个，待要再吃有些不好意思，小茉便又拿了一个给她，心里说："又黑又瘦的，饭都吃到哪儿去了？"正吃着，方卉回来了。

小茉见方卉脸色不霁便问道："他们找你谈什么了？"

方卉说："没什么。"说着话身子有些摇晃，小茉忙上前扶住，坐在床沿上，那脸一下煞白，吓得小茉叫起来，"你咋了？"卜喜儿傻了，站在那儿如根木桩，小茉让她倒些水来。

方卉对小茉说："我只是眼前发黑，兴许饿的。"小茉忙从床头翻出一块巧克力糖来，剥了给方卉吃，"你会不会是低血糖呢？我妈有时会这样。"

方卉稳了稳，喝着卜喜儿递上的水，问卜喜儿，"小邱他男人呢？"卜喜儿说："送医院去了，四个大男人把他抬上车，乱踢乱蹬，嘴里还叫着，裤头呢——裤头呢，大老袁给他嘴里塞上布条，他才不叫了。"

小茉好奇地问道："他咋说裤头呢，那是啥意思？"

卜喜儿说："他们说，他老婆穿的裤头不见了，穿的裤头咋会丢了呢？"

方卉惊道："你们两个姑娘家家的，说这些干吗？"

小茉知道不是好事，便朝卜喜儿笑。卜喜儿告辞，说是回去睡觉。

方卉对小茉说："这个小丫头鬼灵精，嘴巴又不牢靠，你少跟她来往。"

小茉不以为然，"她倒没什么，人很单纯的。"

方卉拿了面鱼吃，想起什么对小茉说："你不是说还有余钱么，民政局催着交钱，我手头紧，也只好先用你的，两千就成，今儿交上，到冬至好挪坟。"

小茉忙从床下拉出皮箱，打开锁，从衣服下摸出一个信封交给方卉，"这是三千，你都拿去吧，反正我现在也使不着。"

方卉有些迟疑，转而说："也罢，等我有了就还你。"

小茉满不在乎，"用多久都没关系。"

方卉故意逗她："等你出阁，我就给你。"

小茉红了脸，"方姐，你可真是的，人家可是真心的……"

方卉说："我怎么感觉谭秘书对你有意思。"

小茉脸热，"你坏，你要是再说，我就不理你了。"

方卉忙告歉："好——好，我不说了，省得你害羞。"

小茉信誓旦旦地说："我这辈子不结婚，省下多少麻烦。"

方卉说："别说那傻话。"

小茉说："就像你一样。"

小茉话一出口立刻后悔，"对不起，我不是故意的。"

方卉笑道："没事，我是没办法才这样，如果人生重来，我也许会结婚的。"

正说着宋红梅推门进来，两人闭嘴，只看着她。

宋红梅将背包扔到床上，看了两人一眼悠悠地说："怎么不说了，是我扫了你们的兴了？"

方卉问道："为什么不结婚了？"

宋红梅置若罔闻。

方卉又问："是不是因为方博？"

宋红梅怼道："结与不结都是我的自由。"

方卉接着说："如果是因为方博，我去找你婆婆说说，只要说清楚了……"

宋红梅呛道："那能说清楚吗？"

方卉斟酌再三说："是，对不起，红梅，都是我不好。"

宋红梅耐住性子说："行了，这与你有什么关系，不要什么都往自己身上揽，你是救济会的？"

小茉不乐意了，"你干吗？谁欠了你的吗？别以为就你最委屈。"

宋红梅看着小茉咋舌道："哎哟，还别说秀才，我还真欠你一个道歉，上次那一巴掌对不起了，请你原谅。"

小茉鼻孔朝上哼了声，"本人不接受。"

宋红梅说："得了吧，别不知足，你咬我胳膊那牙印现在还在呢。"

小茉好奇地问道："你抓着真凶了？"

宋红梅说："福尔摩斯出手，没有破不了的案子。"

小茉来了兴致："快说，是谁？"

宋红梅恶狠狠地道："还能有谁，翠春厂独一份的魑魅魍魉。"

小茉明白是刘娘子，"这个坏娘们儿，没有她不插手的事，对了，她怎么认识文娜妈妈的？"

"她们是潍坊老乡。"

"原来如此，那好，我就接受你的道歉。"

方卉插话，"既然误会消除了，你们就可以结婚了。"

宋红梅说："我不结了，本姑娘可不是云彩，招之即来挥之即去。"

方卉苦口婆心地说："老大不小了，不要像我这样。"

宋红梅脖子一艮，"像你这样不好吗？"

方卉噎住，想了想，拿起花布兜走了。

小茉朝着宋红梅捏拳头。

宋红梅不屑一顾，"怎么了？我说错了？"

小茉说："她被叫去谈话了，回来时脸色不好看，刚才还差点晕倒。"

宋红梅思忖片刻，"她的位子怕保不住了，她跟齐国胜走得近，俞钱能放过她？她以为只要为厂子好就是大公无私，只是她看不明白罢了。"

"难不成上边就不是为了厂子好？"

"这是社会问题，不是你我能左右的。"

小茉想起那钱，忙对宋红梅说："你交给我的任务完成了。"

宋红梅问："她收下了？"

小茉说："民政局要求交钱，到冬至好挪坟。我只说我的钱，到时候我再告诉她实情。"

宋红梅拍了拍小茉的肩膀，"好，你看着办。"看了一眼手表，"现在睡觉。"说完钻进帐子里。

小茉也钻进帐子，拿起一本《简·爱》看着，不想里边掉出一张书签，默念着上边的句子，知道是雪莱的诗，而落款却让她十分意外，"齐国胜？齐厂长？"小茉像发现了新大陆。

外边突然传来吵闹声，后边跟着打砸东西的声音，越来越大，宋红梅和小茉不约而同地起来，跑到门外往楼下望，原来是孙大头与刘娘子打起来了。

刘娘子披头散发，衣服扣子开了半拉，她发疯地追着孙大头，口里嘶吼："你有种就打死我，好去找你那可心的人儿。"孙大头回口："你听风就是雨，这日子没法过了。""没法过就离！"刘娘子一蹦三尺高。孙大头被逼到墙角，刘娘子一把拽住他的衣领，两口子双手互掐，如一对撞角的公牛，推来搡去，刘娘子骂声不绝："你不得好死！我跟你这么多年，你还外向，偷吃的猫！"冷不丁倒手来打一巴掌。孙大头伸手抓住刘娘子的卷发，吼一声："臭娘们儿，反了你了！"刘娘子毫不畏惧，"有本事你去找她去！"孙大头回怼，"你血口喷人！"刘娘子偷袭，一巴掌打到孙大头腮上，"你说，裤头呢？裤头呢？你还不认账！"孙大头两手捏住刘娘子的手，女人挣脱不开，只有叫骂的份，"老天你开开眼，我受够了！"身子跳了跳，"老天爷，我不活了！"

楼上院外挤满了看热闹的人，却没有上前劝解的。宋红梅乐得笑出声，"一对狗男女，也有今天。"

俞钱走来，站在栅栏外高声呵斥道："老孙，干吗呢？"孙大头抽个空挡放开手，那泼妇知道轻重，一腚坐在地上，拍着双手哭嚎，"老天爷，我没法活了！"牟桂金和郑好友跑进院子将刘娘子拉起来劝进屋里去，一场闹剧算是收场。宋红梅和小茉心满意足地回屋休息。

方卉第二天上午才回来，此时她被停职检查的消息早已传开，小茉看着她满脸疲惫，心中忐忑。

"办好了吗？"

"钱交上了。"

"他们说你被停职检查了？"

"是。"方卉平静地答道，她的嘴角闪出一丝笑容，"放心，天塌不下来。"

第三十四章　金娣是个大闺女的私生女

晦暗的天空飘着细雨，汽车在盘山公路上颠簸前行。方卉凝望着窗外，路两边的树木掉光了叶子，土黄色的丘陵上偶有苍松挺拔，颓废的气息让人心境悲凉。

方卉的忧虑最终变为现实，盛大燕的请愿导致她停职检查，虽然荒谬，却理所当然。"你是党员，又是劳模，政治觉悟高，在改革面前一定要站好队，对某些人，某些行为，要向党组织反映，不要有顾虑，可以畅所欲言。"刘组长话里有话，方卉明白，他们想让她揭发齐国胜，他们把她作为扳倒齐国胜的一个突破口。本来她已经写好了辞职信，就在她的口袋里，但如果她辞职，一切责任都将推向齐国胜。"我光明磊落，组织上可以调查，我等待结果。"方卉的话掷地有声，但后果可想而知。她把自己逼上了烽火前沿，无路可退。坎坷的人生让方卉练就了坦然的态度，无所谓悲无所谓喜。此时她最担心的是金娣，她的病情越发严重，需要尽快换肾。那日大菊临走时答应三天带闺女们来配型，一个星期过去了却杳无音信，无奈方卉只好亲自去街店探听。

方卉下了汽车，雨下得大了些，湿漉漉的街店显得杂乱而落寞，路人行色匆匆，摩的司机凑上来招揽生意。方卉四处张望，她想找摩的发，却没有踪影，只好坐了一个中年男人的摩托，一路走到山后村。

方卉走到姑姑家，正碰上姑姑打着伞往外走。"你来得正好，我要去老尹家问消息，你也一起去吧。"娘俩打着一把伞边走边说。

"我接了你的电话就去找老尹，她说她跟姐姐商量，也不知什么情况。"

方卉说："那日在县城她们娘俩看金娣，临走说是三天后去医院配型，该不会变卦吧？"

方卉姑姑说："不好说，那不是割块肉能再长上，那是肾。再者说，毕竟这么多年没联系，哪儿会上心呢？"

方卉有些担心，她希望能有好消息，但世事难料，想到此不禁长出一口气。

不一会儿就到了老尹家，女人接她们进堂屋，几句寒暄，安顿坐下，沏茶倒水。方卉开门见山说明来意，老尹看了看方卉姑姑，"你的意思老方都跟我说了，我也问了俺姐，事情怕不好办。"她顿了顿，"割肾也不是小事情，都是下庄户地的，出劳力，听人说割了肾身体就不好了，怎么处？虽说是亲姊妹，可各过各活，我姐夹在孩子中间也很为难。"

方卉听着心往下沉，她看了一眼姑姑。

方卉姑姑说："老尹，咱也不是外人，这么多年的交情，有话直说无妨。方卉也是为了她的好姊妹，成与不成是她们老万家说了算，你就给个痛快话，成呢，是好事；不成呢，方卉也好回去交差。"

老尹沉吟片刻爽快地说："成，我也不拐弯抹角，就直说了吧，我姐的意思，先让五万到银行上班，这事再谈，她们姊妹谁配上了再给谁安排上工作，每月给我姐养老钱，多少可商议，就这么三点，也没多难，答应了就好说，如果为难也就算了，我姐也算尽到力了，以后当亲戚来往。"

方卉听了老尹的话霎时落进了冰窖，"大姐，你看这些条件说大不大，说小也不容易，能不能……"

老尹打断道："我也是给我姐传话，成不成你回去跟三万说。我听我姐说三万病得脸上都没肉了，眼眶也塌了，说句不好听的，如果不换肾也没有多大奔头，她急，我姐她们也急，只是万事都有个因果，兴许她跟我姐真没那个缘分了。"

方卉姑姑知道没了回旋余地，拉了方卉起身，"那成，我们明白了，有什么话回头再联系吧。"

老尹也站起来，"再坐会儿，要不吃了饭再走。"

方卉姑姑说："不麻烦了。"

老尹送她们到门口便回了。

出了老尹家方卉还有些不歇心，想回去再努力一下，"不然，我直接跟大菊谈谈，毕竟血浓于水，她不能见死不救。"

姑姑说："你怎么就一根筋呢，人家话都说到这份上了，就是往外推了，大菊她傻吗？那三个条件，哪个能办到的？她看着人不中用了，便冷了心肠，是不肯伸手救了。"

方卉说："那日她说好的。"

姑姑说："说好什么了？两片嘴唇一碰，空口无凭，你找谁去？"

"她是她亲闺女。"

"亲闺女，当年咋舍得送出去？"

方卉无言以对。

姑姑安慰道："你也尽心了，你也是无能为力，回去跟你好姊妹说明白，她也怨不着你。倒是你父亲咋样了？"

方卉闷着头不说话。

"怎么，又闹僵了？不是我说你，你对外人都是极好的，偏偏对你父亲没耐性。"

"他倒是有个父亲的样子才好，到处写信告我，闹到我厂子里，让我怎么做人？"

"这是他性急了，还在旅馆里住着？"

"早把门砸开了。"

姑姑叹了口气，"都是那个坏女人搅和的，你父亲棉花耳朵，女人说什么他就听什么。"

方卉决定回县城，姑姑让她吃了饭再走，她不肯，只好拦了辆去街店的拖拉机，捎个腿儿。

方卉到了街店，公共汽车还没来，站在路边商店屋檐下避雨，恰巧摩的发也在，热情地凑过来打招呼。

方卉有心问他大菊的事，"那天就在这停车的地方，有个女人想跟我走的，她女儿不让，后来她在地上打滚，你送的那人是不是那个女人？"

摩的发想了想，"这我倒不记得了。"

"你说，那女人啥样？"

"那个女人呀，很特别，长脸，高个儿，穿着挺洋气，一看就不是本地人。"

"就是她去找金娣的母亲了？"

"是。"摩的发很肯定。

方卉心里有些疑影，这模样似乎与大菊不沾边，"你知道她为什么去找金娣的母亲吗？"

摩的发摇摇头，"不知道，我看金娣娘并不待见她。你这还是去看金娣她娘吗？"

方卉没回话。

摩的发又说："她现在可不住原来的地方了。"

方卉问："她去哪儿了？"

"去她侄家养老了，那老太太不小心摔了一跤，腿脚不灵便，好在手头还有些钱，答应死后财产归她侄子，她侄子欢天喜地地接了去，现在可享福了。"

摩的发的话倒提醒了方卉，她问道："你知道她侄子家吗？"

摩的发眨巴眨巴眼说："这要看你出多少钱。"

方卉说："你掉进钱眼里了，给你五块。"

摩的发还有些犹豫。

"不成就算了。"

摩的发说："倒不是嫌少，主要是她侄子说不让对外人说老太太的住处。"

"为什么？"

"不知道，大约是防着什么人。要不这样吧，我把你放在胡同口，你自己进去。"

两人讲定，方卉到小卖部里买了几盒点心，顾不得下雨坐上摩的发的摩托车一溜烟儿飞奔，在胡同里七拐八拐，摩的发停下车，方卉下来，摩的发指了前边一个大门楼子说："就是那家，不过你可别说是我带你来的。"方卉点点头，摩的发调转车头离开。

方卉敲了敲大铁门，里边传来狗吠，过一会儿方有人高声问道："是谁？"

方卉回了声："是我。"

门吱呀打开一道缝，闪出一个蓬头垢面的年轻女人警惕的面庞，"你找谁？"

方卉笑着说："我是县城来的，是金娣的姊妹，来看看她母亲。"

女人不耐烦地说："你走错了。"

方卉抵住门扇，"没错，我打听好了才来的，你看我大老远过来，总不能白跑了。你是老太太的侄媳妇吧？是金娣让我来的，给老太太捎了些東西，看看老太太就走。"

女人犹豫半天，还是开了门扇让方卉进来。转过影壁墙，里边一方院子，水泥刷的月台，南墙根下拴了条狗，见了生人嗷嗷叫，女人呵斥住，带着方卉进了西间屋，掀开门帘，里边靠南窗是一盘炕，老太太坐在炕头上，半倚在铺盖卷上打盹儿。女人喊道："二嬢嬢，有人来看你了。"

老太太半睁开眼，看了半天方说："小方，金娣的干姊妹，来了。"

方卉赔着笑脸，"婶子，您还好，我特意来看您。"

老太太有些冷淡，方卉将点心放在炕上，她脸上费力地挤出一丝笑意，"来就来吧，还捎东西来，坐吧。"

方卉挨着炕沿坐了，看了看屋子里一个老橱子和方桌挨墙根放着，收拾得倒还干净。

"婶子，近来身体还好吗？"方卉问道。

"这把年纪了，只有等死的份了。"老太太大声回道。

方卉疑心她是说给外边女人听的，屋门响了声，女人出去了。

"外边冷不？"老太太问。

"下着小雨，有些冷。"方卉答。

老太太往前凑了凑，小声愤恨地说："来个人就像看贼一样，扒门口，听墙根，良心让狗吃了，只想抠我手里的钱。"

老太太又半闭上眼，仿佛方卉不存在似的。

"金娣这些日子好多了，她想您了。"方卉没话找话。

老太太说："我知道，你无事不登三宝殿，是又遇到难事了吧？"

方卉看着老太太，虽然老态龙钟，却头脑清楚，什么事都瞒不了她，"该死的小金娣！她几时能想起我来，日头就打西边出了。"

方卉说："婶子，我说的是真的。"她从口袋里摸出二十块钱，掖到老太太的手里，"这是她让我捎给您的，她病得厉害，回不来看您，无论怎么说您也养了她这么大。"

老太太将钱攥紧，摸索着掖进裤腰里，"我也活不长了，心里闷得慌，我千算万算却一把年纪掉在了地上，该死的小金娣！"

方卉试探着问道："婶子，上次问您的事，您还记着不？"

"啥事？"老太太装聋作哑。

・198・

"当年那个去找金娣的女人是不是金娣的亲娘？"方卉看着老太太的表情变化。

老太太摇头晃脑愤愤地说："那个女人——呕心烂肺的女人，她不怀好意，她看着金娣接班当了工人，便要冒认，吃现成，她就是个骗子！"

方卉说："她说了金娣脖子上有块记，杨树叶子大，倒是真的。"

老太太愤恨不已，"她找了刘秉文家，那老婆子告诉她的，她便冒认，十足的骗子。"

方卉说："那您——最近有没有人找您来？"

老太太警觉起来，"是谁告诉你的？天底下那些呕心烂肺的人不得好死！"

方卉说："金娣想让我问问，她的亲娘在哪里，如果能配上型，还能救她一命。"

老太太半闭着眼不接话茬。

方卉无语，两人对头干坐着，只有老太太那低沉的喘息声。

方卉知道再也撬不出啥，便起身告辞，老太太欠了欠腚，"那就不送了。"

方卉出门来，那年轻女人站在天井里冷答慢腔地说："这就走了？"

方卉细看那女人，一张小脸，塌鼻子，一说话两眼滴溜溜转，眼见是个精明人。方卉忙说要去赶公共汽车，女人打开大门，忽又神秘兮兮地对方卉说："你想从那货口里撬出什么来，就好比登天。"

方卉听着话有余音，忙问道："金娣的事情你知道多少？"

女人说："我只知道金娣是个大闺女的私生女，到底是谁的，只有那老货知道，可她不见兔子不撒鹰。"

方卉不解："什么兔子？"

女人平静地伸出一个手指头。

方卉问道："一千？"

女人摇头。

方卉不相信，"一万？这么多？"她一脚踏出门口，回身看着女人。

女人脸上显出诡异的笑容，"可有人出得起。"她用力将门关上。

方卉心里想着那女人的话，沿着胡同口走转却迷了路，好歹碰上个老头，问了半天说不明白，转了几条胡同总算走到街店大路上。望着川流不息的人车方卉心里豁然开朗："难道金娣的母亲另有其人？"

方卉回到县城已是下午，小茉给她留了饭，可她一点胃口都没有，只是累，想睡觉。

小茉问："你不舒服？"

方卉打了个喷嚏，"兴许是感冒了。"

小茉劝道："你三天两头跑医院，找个医生看看才是正理。"

方卉说："我只是累了，休息一下就好了。"

小茉心有不忍："你好歹吃点吧，连日操心费力，何苦呢？你那好姊妹是个凉薄之人，不值得你下此苦心。"

方卉脱了外衣上床，说道："她一个病人何必跟她计较。对了，你上次说有个女人去医院打听金娣的病情？"

小茉说："郝阿姨说的，应该是真的，怎么了？"

方卉说："没什么。"

小茉忽然想起来马二炮堆的那堆废品，她告诉方卉她特意看过，东西不翼而飞了。

方卉问："是不是单位卖了？"

小茉说："隔了一天他们维修组才卖的废品，大张旗鼓地用半斗车拉的，也就是说马二炮偷废品是成立的。"小茉一副福尔摩斯的神情。

方卉想了一会儿说："真是个糊涂人。"

小茉说："你说要不要报警？"

方卉说："抓贼抓脏，还只是个猜测，你不要告诉别人，我抽空找他谈谈。"

小茉还要说，见方卉假寐，便拿上围裙悄悄带上门上班去了。

第三十五章　我不能给金娣捐肾

　　方卉步履沉重地走出医生办公室，医生的话让她有些恍惚，"从化验情况看你患有严重的贫血。"那声音似乎很远，却剧烈地撞击着她的耳膜，"我不能病，不能倒下，我还有很多事情要做。"她内心挣扎着，却软弱无力。

　　方卉走出门诊大楼，外边阳光灿烂，而她的心却充满了悲凉，她呆呆地看着熙熙攘攘的人流，心里无限感伤，往事不堪回首，她知道她的身体垮了，她的精神近乎崩溃，眼泪充盈眼眶。好久，她对自己说："生老病死人之常情，忧惧悲伤又有何益？天无绝人之路，有一线生机总还得活下去。"

　　突然方卉的目光像被烙铁烙了一下，人群里一个高个子女人映入眼帘，波浪卷发，戴着大眼镜，低着头匆匆走着，她的心如被蝎子扎了一针，那个女人——那个抢走了父亲——破坏她们家庭幸福的女人正夹杂在人流里往这边走，方卉侧转身子，隐在柱子后边，她偷觑着女人的一举一动。那女人进了门诊大楼，方卉悄悄跟上去，她看到女人走到住院结算窗口，说了什么，从随身背的包里拿出一沓钱交上，开单子的工夫女人四下里望了望，方卉忙侧转身子。

　　事情办完女人匆忙离开，行动鬼祟，似乎怕人看见。方卉望着她出了门诊楼忙跑到窗口前向收款的小姑娘打听刚才女人干什么了，小姑娘不理睬，"她是不是交住院费了？"小姑娘点点头，"是谁的？是不是金娣的？"方卉试探着问，小姑娘不耐烦地道："知道还问！"方卉说了声谢谢。心里一阵狂跳，她感觉脑子像被挖空了，小茉曾说过一个高个子女人打听金娣的病情，会不会就是这个女人？呆想良久，喃喃自语道："不会的，怎么可能？世上会有这样凑巧的事？"

　　方卉走出门诊楼，那女人早就不见了踪影，她无力地倚在门廊的石柱上，好久才缓过劲来。

　　方卉耳边响起街店老太太佺媳妇的话，金娣是个大闺女的私生女，难道金娣是那个女人的孩子？可当年她说她流产了，怎么会有孩子？难道她说谎了？许多疑问似毒蛇缠绕着方卉，让她心烦意乱。正想着夏立明走过来问："你怎么在这儿？你脸色不好看，不舒服吗？"

方卉敷衍道："没什么，你干吗呢？"

夏立明说："人家催住院费，好歹凑了点钱。"

方卉说："已经交了。"

夏立明不好意思地说："总让你破费。"

方卉没说话，她看着夏立明问道："你们家金娣有没有身份证明？"

夏立明被问糊涂了："什么证明？"

方卉说："就是抱养的时候有什么证物啥的，金娣没跟你提起过吗？"

夏立明摇了摇头，"没听说过，只是有一次金娣她爹说过，有小抱被之类的，还有一个什么镯子——没说完就被金娣她娘呵斥住，当时老头喝了酒，说的话也难当真。"

方卉明白，这些问题只有金娣的母亲能回答，她手里有证据，只是需要钱来买，老太太不见兔子不撒鹰，可去哪里找一万块钱呢？

夏立明看着方卉心事重重，欲言又止。

方卉问道："有事吗？"

夏立明眼神躲闪着摇摇头，"没什么，只是金娣想你了。"

方卉笑笑，她知道夏立明在说谎。

方卉同夏立明来到病房，金娣一见她眉开眼笑，上前来攥着她的手，"我的好姐姐，你终于来了，想死我了。"弄得方卉莫名其妙。

金娣迫不及待地说："早上查房时医生说配型的报告出来了，只有你合适。"金娣盯着方卉说："你真是我的好姐姐，只有你能救我，你就是我的亲姐姐，我的再生父母，我的命就在你手里，我们全家的命就在你手里。"说着眼泪扑簌簌落下，只差给方卉跪下了。邻床的桃姐也絮叨着替她们高兴。方卉看了一眼夏立明心说："他早就知道，只是不说。"

方卉的身子摇晃了一下，她僵站着，心里想着刚才的疑问，怎么会这么巧？难道她真是那个女人的孩子？我跟她是同父异母的姐妹？她脸上挤出一丝笑容，"这样，很好的。"她说不出更多的话。

金娣以为方卉不相信，拉着她去找医生，郝主任给方卉看了报告，并说只需要看方卉的身体状况，只要身体条件允许就可以进行肾移植。消息千真万确，金娣高兴得像个孩子，夏立明却显得忧心忡忡。方卉心里翻江倒海，不知是啥滋味。直到她离开医院，她还沉浸在虚幻的氛围里。方卉决定再去一趟街店，无论如何要弄清楚金娣的身世。

方卉的出现让金娣的母亲颇为意外，她知道方卉来者不善，只坐在炕上拉着脸不吱声，她侄媳妇给方卉倒了茶水，立在一边不动，眼睛来回看着两个人的表情。

老太太抬眼看了看说："小红他娘，你去吧。"

女人不情愿地掀门帘出去了。

方卉说："婶子，我大老远地跑来，想必您也猜到了，还是为了金娣的事儿。"

老太太低垂着眼皮，嗓子里哦了声，"她的事，我都告诉你了。"

方卉笑着说："婶子，我是真心的，可您没有跟我说实话。"

老太太抬起眼，眼珠放出光来，提高了声音道："我都告诉你了，还有什么实话？"

方卉出其不意地说："金娣不是大菊的孩子，她是个大闺女的私生子。"

老太太身子一哆嗦，放泼道："说什么大菊，那是你认为的，我告诉过你，那个女人是个骗子，你不信，那又怨谁？"

方卉估摸着说："可你说了谎，金娣并不是你家大叔外边捡的，是有人送到你家的，里边有身份证明，一床小抱被，还有一个镯子。"

老太太睁大眼睛，大声叫道："你胡说八道，你从哪里听说的？没有的事。"

方卉知道戳着了老太太的心窝，便直截了当地说："我也不绕弯子了，我知道你养大金娣不容易，想要补偿也是人之常情，不见兔子不撒鹰，我今天带着钱来的，如果你愿意就把证物给我。"

门帘一掀小红的娘冲进来，她对老太太嚷道："别听她的，她是诈你的。"

方卉看了小红的娘一眼，"不知道底细我也不会来找你们。金娣的亲娘姓乔，高个子，戴着大眼镜，穿着长大衣，她来过两次，别人都看见了。"

小红的娘看着方卉，又扭头看着老太太，恶狠狠地说："这些都是你猜的。"

方卉轻蔑地反问："是吗？你们心里明白。"

老太太忽然笑起来，笑得脸上的皱纹越加深刻，"金娣的干姊妹，我看你的面子没有说重话，你要是跟我要横的，我可不怕，我一把年纪，走过的桥比你走过的路还多，你想怎么样？"

小红的娘跟着说："你想怎么样？"

方卉说："我知道你的意思，是等着金娣亲娘来才肯放手，可我告诉你，她不会来了，你要的钱也就落空了。"

老太太咳嗽一声，"她说过，会来的，她老大不小没有孩子，金娣就是她的命，她会乖乖地送来，她答应了的，到时候一个大子儿不少。"

小红的娘跟着说："对，一个大子儿不能少。"

方卉平静地说："可她没有来，这么些日子没有消息，你不觉得奇怪吗？我告诉你，那个女人不会来了，她已经找到了金娣。"

老太太愣怔道："不可能，你骗我的。"

方卉说："我没骗你，是那个女人骗了你。"

老太太喃喃道："她没有证物，怎么会找到金娣。"

方卉问："你有没有告诉那个女人金娣的名字？你有没有说金娣病了？"

老太太有些惊惧，张了张嘴，没有出声。

小红的娘问道："那又怎么样？"

方卉说："你告诉那个女人金娣的名字，又告诉她金娣病了，她就能找到金娣。"

老太太有些心虚，"不可能，偌大的医院……"

方卉说："她只要到医院的住院结算窗口问，就能查到金娣，所以她没有必要再回来找你，你的计谋也就落空了。"

老太太像泄了气的皮球，瞪着眼，喘着粗气，恨恨地道："该死的女人，她休想。"

小红的娘洋洋自得地说："她休想，没有证物金娣不可能认她。"

方卉问："金娣见过证物吗？"

老太太呆住。

方卉说：“既然金娣不知道，那么这些证物对那个女人就没有多少用处，她只要知道金娣是她的孩子就行了。”

老太太与小红的娘面面相觑。

方卉按了下花布兜说：“不过，我可以出钱买你的证物。”

老太太有些犹疑不定，她看着方卉，用力咳嗽了一声，她伸出一个指头说：“我不管谁，给我这个数，我就卖。”

小红的娘说：“一分钱不能少。”

方卉说：“我知道你的价码，我带来了，不过我要先看看证物。”

老太太看着方卉的花布兜，好像要看透了似的，好久她才费力起身，从炕头的箱子里拿出一个包袱，坐下，犹疑地看了一眼方卉，又看着包袱，然后动作缓慢地解开。

里边一床抱被，一身小孩衣服，老太太从衣服下拿出一个乌银镯子，镯子上镶着蓝宝石，只是看不清花纹。

方卉的心提到嗓子眼，她抑制住自己狂乱的情绪说：“我想看看那镯子。”

老太太捂住道：“那不行。”

小红娘说：“那不行，你要是拿着跑了怎么办？”

方卉笑道：“青天白日的，你们两个盯着我，我往哪里跑？”

老太太看了一眼小红的娘，把镯子给了方卉，方卉细细地看着，蓝宝石两边雕刻着龙凤，正是那个女人手上戴的那只镯子。

方卉问道：“那个女人有没有见过这只镯子？”

老太太说：“她见过，她说不见不给钱。”

方卉明白，那个女人摆了狡猾的老太太一把，她把镯子还给老太太，慢慢地说：“我只要这个镯子，不过它不值那么多钱，我用一千块钱买。”

老太太差点跳起来，“不行，一万块钱一个子儿也不能少。”

小红的娘说：“一个子儿也不能少。”

方卉问：“没有商量的余地？”

两人异口同声地说：“没有。”

方卉从花布兜里拿出一沓钱，老太太和小红的娘眼盯着钱放光，如狼见了肉一般。方卉说：“成的话，这钱就是你们的了。”

老太太恨恨地道："你敢耍我们？别以为我们没见过大钱。"

小红的娘吞了口唾沫说："就是。"

方卉起身，她把钱放进花布兜里，"那好，你们什么时候想通了给我打电话吧，翠春织布厂，方卉，有名有姓，跑不了，不像那个女人，无名无姓，鬼鬼祟祟的。"

老太太说："小方，你倒是个有情有义的人，当年金娣抢了你的对象，回来跟我说是你欠了她的，现在你倒还帮她，好肚量，金娣是个薄情寡义的人，除了她生的孩子，对谁都不会真心好。"

方卉说："婶子，你好好保重。"她从花布兜里拿了二十块钱放在炕上，转身走了。

老太太吩咐小红的娘："你去送送。"

出了大门小红的娘对方卉说："你想知道什么？我告诉你，不过你得给我钱。"

方卉说："金娣是怎么来的？"

小红的娘伸出两个指头说："一百。"见方卉点头，便小声道："这事我特地找了老奶奶打听，她都九十多岁了，脑子还很清楚，我问她，她说是她跟着一个老接生婆去主家抱回来的，那家闺女哭哭啼啼，抱着孩子不放手，是她娘硬抢出来的，当时还拿了三十块钱呢。"

方卉从花布包里拿出一沓钱数了数交给小红的娘，女人喜得抓耳挠腮，又点了点塞进裤腰里，小声说："你把钱给我，我给你镯子。"方卉看着女人点了点头。

方卉坐在回县城的公共汽车上，心里狂风巨浪，她不明白为什么命运如此捉弄人，她与金娣同父异母，本为仇雠，却纠缠在一起。

方卉直奔医院，她去病房，看着金娣兴高采烈她说不出口，她让夏立明出来，他们走到楼下，她抬眼望着楼上，她知道金娣会透过窗子往下看，便故意与夏立明肩并肩。

转过楼角，方卉站住，她对夏立明说："我考虑再三，我不能给金娣捐肾。"夏立明一惊，结结巴巴地问道："为——什——么？你——反悔了？"

方卉冰着脸说："也可以这么说，具体什么原因，你去这个地方问一个人，一切都会明白。"方卉说着交给夏立明一张纸条，"照着这个地址去找一个叫乔莎莎的女人，她会给你答案。"

　　夏立明拿着纸条满脸讶异，他痴痴地站在原地，望着方卉离去的背影。

　　方卉感觉一身轻松，这么多年的仇恨一下子倾泻而出，她心里空荡荡的。

第三十六章　公安局的来了

　　王美兰躺在床上，侧身向里，抻起被角，偷觑着日历出神，她清楚地记得上个月例假的日期，眼看着拖了一个星期却还没有动静，心里顿时慌乱，惊出了一身冷汗。想不到运气这样衰，自己本是处处拔尖要强的人，真要出了那种事，还有什么面目见人，倒不如死了算了。她将被子蒙住头，两手用力揉搓着小腹，不知所措，转而心存侥幸，兴许只是迟了几天，以前也有这种情况，就这样颠三倒四地想，早饭都没去打，眼看着到了上班时间，不得不起床。

　　方卉正在吃药，丹桂坐在床上拿了卫生纸叠方，美兰知道她来事了，上个月两人差不多时间，想到此心里更是焦躁。方卉对她说："美兰，我给你打了稀饭和馒头。"她面无表情地回道："我不饿。"端了脸盆洗漱去了。回来的时候丹桂往外走，美兰说："跟我一块儿。"丹桂没搭腔，头也不回地走了。美兰站在那儿想了想，不知怎么得罪了丹桂。方卉提着花布包准备外出，看着美兰说："你吃点饭，肚子空了一晚上，不吃上班受不了。"美兰点点头，方卉又说，"等我有空，咱俩说会儿话。"说完拍拍她的肩膀，然后走出去。

　　美兰心怀鬼胎，以为方卉看出了端倪，她放下脸盆，对着镜子胡乱擦了点面霜，端起稀饭喝了两口，觉得胃口堵得慌，便放下不吃了，拿了围裙出门上班。楼梯口碰上林花和小李子，打了声招呼，两人没回声，看她们的眼神似是躲闪她，她知道她们背后议论她，便拿出傲慢的样子兀自走了，听到身后低声私语，也只装听不见。

　　走到大库那边梦特娇喊她："小兰子，等等我。"美兰并不停脚，梦特娇几步跑上来，一把挎了美兰的胳膊，娇喘吁吁地说："怎么，我得罪你了？那日你把我甩了，我还没怪罪你呢，你倒拿起架子来了。"

　　美兰七斜着眼道："那天我找你，没找到，所以我就自己去了。"

梦特娇诡笑道："好啦，我可没有怪你的意思，那日我突然有点事脱不开身，也没办法跟你说，再者我想孔总单点了你，倒是我不去的好，是不是？"

美兰听到梦特娇话藏玄机，不禁脸红耳热，抵赖道："你想哪里去了？孔总并没有什么意思，就是喝酒，什么都没有。"

梦特娇忙说："你急什么？孔总那样的人还能有什么？我看你这两日总不理我，怕得罪了你。"

美兰说："我这几日胃病犯了，总没精神。"

梦特娇说："我也是多心了，想跟你说，人嘛，就是那么回事，想开了就好。对了，孔总今晚有约，特意让我叫你去，说是那日得罪了，今晚给你赔礼道歉，也是，那日到底出什么事了？"

美兰说："哪有什么事？我身上不舒服，今天不去了。"

梦特娇为难地说："那让我怎么回孔总？"

美兰说："随你便。"

梦特娇说："你可真是——人说的冰美人呢，一时热情，一时又冷淡。"她看见前边走的盛大燕，便拍拍美兰的肩膀，"我这会子有点事，你好好想想，等会儿再说。"说完几步上前赶上盛大燕，娇滴滴地叫道："盛主任，你来得好早呀。"勾肩搭背凑到耳边低声说着什么，从口袋里拿了纸条塞给盛大燕。

美兰望着梦特娇，回想着刚才的话，突如梦醒，那日梦特娇不去更像是故意做套，是自己太性急，只想着能单独见孔总，说一下调动工作的事儿，不承想是跳进了火坑，这又能怪谁呢？正想着梦特娇又折返回来，一把搂住美兰的腰嬉笑着道："总算成了。"美兰奇怪地问："成了什么？"梦特娇掩饰道："没什么。"她捏一捏美兰的腰，装疯卖傻地说："你这细腰不知馋煞了多少男人，只怕将来怀了小宝宝不知会变成啥样？"美兰听着膈应，挥了下胳膊想甩开梦特娇，怎奈她抱得紧，脱不开身。

梦特娇对美兰说："以咱俩的交情，你可得帮我个忙，快要投票选承包头了，你们车间牟姐就挺好，你给她拉个票，成了有你的好处，怎么样？"

美兰道："我算什么？人微言轻，说了倒不如不说的好。"

梦特娇说："你总有几个相好的，丹桂我已经跟她说了，她也答应了，林花和小李子你说一下，关键是你的那票别跑了。"

美兰没接话，梦特娇得意忘形地说："你知道吗？下步要优化组合，还有末位下岗，干好干坏领导一句话的事，什么正式工合同制都一样。"

美兰多了个心眼，不假声色地问道："你们车间——你师傅是不是要当主任？方姐下来了，那盛大燕怎么处理？她可是副主任。"

梦特娇说："我跟你说，你可别跟别人说。我师傅干车间主任那是板上钉钉的事儿，盛大燕想着干工会主席呢。"

美兰脱口说："工会主席不是方姐的吗？"

梦特娇撇了撇嘴，大有深意地道："你等着瞧。"忽然想起了什么，话锋一转，"对了，还有一件事，让你表妹以后管好自己的嘴，不然惹祸上身，这次我放她一马，是看在你的面子上，以后可不能乱说。"

美兰看着梦特娇无好气地说："她又得罪你了？她惹了事你只管教训，谅她也不敢怎么样，不必看我的面子。"

梦特娇听着美兰口气不善，便软语道："倒也没什么，就是小孩子多嘴吧。"

美兰鼻子里哼了声，两人不再言语。

丹桂在二门口等梦特娇说话，见她与美兰在一起，只好作罢。大家陆续进了二门，大老袁看着到了点，刚要落锁邱淑月急匆匆地赶来。大老袁问："这就上班了？"邱淑月边进门边说："上班了。"大老袁心里可怜这女人，摇头叹了口气，锁上二门。

邱淑月的苦大家都知道，第二轮承包迫在眼前，班长的差事大约没指望，可如果产量落下，一旦优化组合下来，末位下了岗，她一家子就得喝西北风，那时才是叫天天不应叫地地不灵，因而她只能咬紧牙坚持着，旁人笑话她肉皮紧实，她也只能听天由命。

二车间的人老实，闲嗑磨牙的少，大家只知道把自己的活干好，虽说第二轮承包还没落实，丁水秀还说了算，但牟桂金呼声高，大家便都将她当作承包头了，有什么事都找她，而她也自己托大，行起指挥权了。她见邱淑月的片区停了几台机子，便急匆匆地过去，对邱淑月劈头盖脸地一顿数落："老邱，你多休息两天也就罢了，没有金刚钻不揽瓷器活，你这样不行，拉大家的腿儿，产量上不去怎么办？"邱淑月气得发抖却也不搭腔，身子虚晃，硬撑着穿梭在各织布机间，抬头看见丹桂四处张望便寻着了出气筒。

丹桂本来干活就慢，如今心思全用在大杨身上，那眼只顾逡巡，看到大杨只盯着美兰看，心里更是发毛，像个傻瓜一般，机子停了她都没看到。邱淑月上前拍了丹桂一把，倒把丹桂吓了一跳，邱淑月嚷道："我的姑奶奶，长着两眼是喘气的？你看什么呢？机子都停了！"丹桂便手忙脚乱地跑着换梭。

此时美兰也不好过，只觉腿脚发软，那腰弯得要折断，几台机子一停她便也有些跟不上，忙得脚不沾地，娇喘吁吁，脸上淌急汗。大杨看在眼里，忍不住上前帮忙，美兰朝他笑笑，算作感谢。大杨说："不行就回去。"美兰摆摆手，大杨又问："是不是没吃饭？"美兰点点头。大杨凑到近前从裤袋里掏出一包东西塞给美兰，"我先替你。"美兰实在撑不住便拿了东西一路出了后门，倚在门框上歇息片刻，看手中的东西是一个手绢里包着两根糯米莲藕，顾不得多少一口气吃了个干净，好歹有了精神。刚要回身听到外边有人说话，细听却是梦特娇和盛大燕在说悄悄话。盛大燕说："这样成吗？"梦特娇说："工业局那边都找好人了，只要厂里报上去，没有不批的道理。"盛大燕说："要是厂里不报呢？"梦特娇说："你放心，党组里头没问题。"盛大燕说："那成。"然后没了声音，美兰探头望了一眼，见盛大燕和梦特娇一前一后往准备车间走。

美兰正准备回车间，门帘一掀丹桂冲出来，直愣愣地问美兰："他给你什么了？"看见美兰手里的手绢一把夺过去，那上边还粘着白糖粒，"是糯米莲藕是不是？"没等美兰回答她恨恨地道："你们两个——都坏！"扔回手绢，跺了跺脚，转身跑进去了，美兰站在那儿半天回不过神来。

两根糯米莲藕挑动着丹桂、美兰和大杨的神经，一个上午丹桂愤怒地看着大杨，大杨温柔地看着美兰，美兰很无辜地看着丹桂，三个人暗中较劲，最终崩溃的是丹桂，连着夹了两次梭，邱淑月忍不住唠叨，"我的姑奶奶，你倒是上点心，次品出多了，这个月还想要奖金吗？我怎么摊上你这样的徒弟。"说得丹桂眼泛泪花，继而抽泣，邱淑月气不打一处来，高声嚷道："啊呀呀，我的姑奶奶，你倒托大了，弄那骚样给谁看呢？好歹我是你师傅，少做那落井下石的勾当，别说你还没熬到那份上，就是真上去了，老天爷也知道好坏呢。"邱淑月的话实是说给牟桂金听，丹桂不明就里，脸面挂不住，索性嚎起来，心里那点委屈一股脑儿倾泻而出。大家都看丹桂的笑话，美兰给大杨使了眼色，大杨便走过去拍了拍丹桂的肩膀，胖丫头总算有了台阶下，渐渐止了哭泣。

中午吃饭的时候大杨占了一个位子，他本想让美兰去坐，却被丹桂占了先，大杨端起碗坐在马二炮和白玫对面，丹桂也随着过去。旁边的老娘们儿看出了猫腻，一本正经地对丹桂说："丹桂，你找根绳把大杨拴在裤腰上，省得跑了。"众人皆笑，丹桂不以为耻，自鸣得意，大杨无可奈何。美兰倚在墙根吃饭，站在旁边的邱金刚幸灾乐祸地说："原来大杨喜欢杨贵妃。"美兰不理他，又听他咬牙说，"别看现在闹得欢，就怕将来拉清单。"

大杨吃完饭从兜里掏出烟来与马二炮一人一根，却没有火，大杨问："你那铜火机呢？"马二炮说："丢了，打天摸地找不着了。"白玫插嘴道："上次我给你洗裤子，从兜里拿出来放在窗台上了，肯定是被人拿去用了。横竖在你们屋里头没的，让你问一下，你倒磨不开面子。"马二炮不耐烦地说："算了，不过是个物件，谁用还不是用。"大杨起身与邻近的人对个火，又给马二炮点上，抬头看见谭秘书带着两个公安局的人往坡下走来，心里吃了一惊，小声说："公安局的来了。"

马二炮扭头看着，三个人已到了跟前。谭哲对两个公安人员说："他就是马鸣。"马二炮愣怔地站了起来，其中一个公安人员问道："你是马鸣？"马二炮点点头，公安人员出示了一张纸说："我们是公安局的，有事情需要你协助调查。"另一个公安人员拿出手铐给马二炮戴上。

丹桂认得拿手铐的是宋红梅的男友田文彬，便不明就里地问道："田大哥，你们干什么呀？"田文彬看了她一眼，没有说话。大杨忙将丹桂拉到一边呵斥道："你少说。"

马二炮被公安人员押走，他扭头看了一眼大杨，又看着白玫。白玫瘫倒在地，丹桂将她拉起来，她小声哭了起来，邱金刚忙过去安慰。

在场的人都惊呆了，饭也顾不得吃，想跟上去看个究竟。田文彬回头对大家说："我们在执行公务，大家该干啥干啥。"人们停住了脚步，眼睁睁地看着马二炮被带走，旋即交头接耳地议论起来。

一行人走到厂部办公室前边时正碰上方卉从外边回来，眼前的情景让她惜住，马二炮被推进警车，他的眼睛直勾勾地盯着方卉，那目光有些发狠。

第三十七章　你们也配谈责任

方卉回到丽香斋，小茉见她脸色苍白，忙问她怎么了。方卉倒了杯水，伸手从床头拿过药兜子，坐在床上，有些魂不守舍，好久方说："马二炮被公安局的抓走了。"

小茉惊叫："真的吗？果真有问题。"她看着方卉，小声问道："是你？"

方卉摇了摇头，自言自语道："怎么会这样？"

小茉问道："你找他谈过？"

方卉点点头，"他不承认，我只是旁敲侧击地说了他几句，并没有明说。"

小茉不解："那会是谁？"

方卉喝水吃药，转而叹道："他做了不止一次，难说没有人看见，只是可惜了，家里又穷，全指望他，他又走了这条路，怕是毁了一辈子。"

小茉安慰道："他自己走了歪路，怪不得别人，至于是谁告的，早晚会知道。"小茉看着方卉吃药，又问："你吃了药感觉好些了没？我听妈妈说贫血也不是好除根的，你得多休息。"

方卉说："我好多了，人吃五谷杂粮，没有不病的，放心，没事的。"

正说着有人敲门，林花推门进来，手里拿一张纸条给方卉，"方姐，我刚才从外边回来，在大门口有个女人让我转交给你的。"

方卉拿过来一看，上边写了一行字：电影院茶楼见。落款乔莎莎。

方卉谢了林花，林花转身走了。

小茉好奇地问："是谁？"

方卉将纸条揉碎扔到拖斗里，穿了外套边往外走边说："是个认识的人，我出去一下。"

听着方卉走远了，小茉不放心，从拖斗里捡起那团纸拼起来看，觉得纳闷，"乔莎莎是谁？方姐这些时候总是心事重重，出了什么事呢？"她想了想，穿起妈妈的黑色羽绒服匆匆跟了出去。

因为是午饭后，茶楼里显得冷清，一老一少两个女人围着煤炉子取暖，方卉推门进去，两人抬眼看着，老妇人满脸堆笑地问："喝茶？"方卉摘掉围巾，"我找个人，一个高个子女人……"没等她说完老妇答道："在楼上201。"方卉径直往楼上走，穿过狭窄的楼梯上到二层，拐角尽头便是201，方卉在门口略一迟疑，正要敲门年轻女人托着茶盘提着一壶热水跟上来，她大声说："就是这个房间。"方卉闪开身子，年轻女人推门进去。方卉瞥见乔莎莎正站在窗前往外看，这时转过身来，依旧戴着眼镜。方卉进了屋子没有说话。年轻女人麻利地将两个盖碗摆在茶几两边，添上开水，将瓜子和花生放在茶几中间，然后点一点头说："请慢喝，有什么吩咐吆喝一声。"然后转身出去，顺便带上门。

乔莎莎与方卉对视着，好久，她摆一摆手说："尽管你一直把我当敌人，不过——还是坐下说吧。"

方卉在她的对面坐下，乔莎莎说："喝茶。"

方卉没有动，她揣摩着乔莎莎的表情问道："你早就知道了？"

乔莎莎嘴角浮出笑纹："是，怎么，你吃惊了？"

方卉问："什么时候？"

乔莎莎说："你去找那个老太婆，我们差点碰面。"她把眼镜拿下来，方卉发现她的左眼角有一道明显的疤痕。她睃了一眼方卉，"看到这道疤很奇怪吧？正是拜你所赐，当年你推倒了我，我撞到门框上磕的。"

方卉冷冷地说："万事皆有因果，如果你不去破坏我们的家庭就没有这回事了。"

乔莎莎说："虽说过了好多年了，你的性格没变，说话还是那么冲。论年龄和辈分，你应该叫我一声莎姨，如果你不愿意，叫我乔莎莎也行。"

方卉冷冷地说："有什么话你直说。"

乔莎莎从包里摸出烟和打火机，利落地点上一支，然后端起盖碗喝了一口茶，抬眼盯着方卉，"告诉我，你都知道了什么？"

方卉说："一个谎言，你当年根本就没有流产，你在娘家生下了孩子，让接生婆将孩子送人，还收下了三十块钱，你当时哭哭啼啼不想放手……"

"够了！"乔莎莎怒不可遏地嚷道，她的太阳穴上的青筋暴突，嘴唇些许颤抖，但她努力控制住自己的情绪，右手敲着茶几，装作若无其事的样子，拿着腔调说："你的确知道的不少——好——过去的一切都过去了，说了也没有什么意义，我们就解决现在，你说吧，你让金娣的男人去找我，是想达到什么目的？"

方卉一字一顿地说："给我妈妈道歉！"

乔莎莎狂妄地笑起来，好一会儿，她停下，看着方卉："我凭什么给她道歉？当年是她拆散了我们的婚姻，我们真心相爱，只不过是缺少了那张纸。"

方卉提高了声音，"你不要颠倒黑白，血口喷人，无论多么冠冕堂皇的理由，都抹不去你破坏别人家庭的事实。"

乔莎莎轻佻地说："人死如灯灭，你母亲不在了，道歉有用吗？"

方卉愤恨地说："在我心里我妈妈还活着，我要让我妈妈成为你永远跨不过去的坎儿。"

乔莎莎退去了脸上的笑意，她向前凑了凑，恶毒地说："你跟你妈妈一样蠢，你们永远一根筋地想事情，你妈妈以为只要肯付出善良和爱就能打动男人的心，可是她失败了，而你，以为用金娣的命就能要挟我，你错了，如果我把她看得很重，当年我就不会抛弃她。人不为己，天诛地灭。"

方卉说："是吗？我知道，江山易改本性难移，你就是个自私自利的人，在你眼里善良是懦弱，亲情是羁绊，道德是虚伪，当年你为了让我父亲感到愧疚，编造了你流产不育的谎言，最终逼迫我父母离婚，你就是个十恶不赦的坏女人！"

乔莎莎吸了一口烟，志得意满地说："骂得痛快，那又怎样？我成功了，他抛弃了你们，跟我远走高飞，而你们呢？你妈妈死了，你到现在还孤身一人，你千辛万苦拉扯起来的弟弟背叛了你，他承认了我，哈哈——"

方卉气愤至极，她站起来，扬手打向乔莎莎，却被那女人一把攥住胳膊，恶狠狠地说："你和你母亲都输了，输得很惨！"

方卉瞪着乔莎莎的脸，恨不得撕碎，口不择言地道："人在做，天在看，金娣得病就是对你的惩罚！"

乔莎莎被揭了痛处，露出狰狞的面目，咬牙切齿地道："当年你爸没把你摔死是你的造化！"她用力将方卉的手甩开。

方卉说："你用谎言欺骗了他，他总有一天会明白的。"

乔莎莎皮笑肉不笑地道："是吗？你去说说看，看他是相信你还是相信我，我知道你会用这件事来回击我，所以我早做了准备，我痛哭流涕地跟他说，当年在我不知道的情况下，我娘将孩子送走了，我被蒙在鼓里，直到老太太死的时候才告诉我。"

方卉说："假的不会成真，你太虚伪了。"

乔莎莎反唇相讥："你不是吗？在我看来你之所以要挟我不过是为了推托给金娣换肾，不是虚伪又是什么？"

方卉说："用你的话说，那又怎样？"

乔莎莎眯起眼来，"你总是以好人自居，善良、仁爱是你常挂在口边的装饰，不过——看着金娣慢慢死去，你会良心不安的，因为是你见死不救。"

方卉说："一个缺德的人还拿道德评判别人，你不觉得无聊吗？"

乔莎莎将烟蒂用力按在烟灰缸里，一副满不在乎的样子，"那咱们走着瞧，看谁能坚持到最后。"

方卉说："过几天就是冬至，我妈妈迁坟的日子，我希望看到你们跪在我妈妈的坟前忏悔。"

乔莎莎脸色铁青，"你做梦吧！"

两人对视着，剑拔弩张。

吕小茉站在报刊亭看书，天有些冷，她不时地跺跺脚，瞟一眼茶楼，无意间她看到方卉的父亲在茶楼外边踱步，心里猜度乔莎莎便是方卉的后妈，两人正在里边不知谈些什么？小茉对方卉的父亲有些反感，不单是他背叛婚姻，还有他对方卉的打骂和凌辱，一个父亲做到这种地步也是渣到家了，她想着自己的父亲，不禁慨叹人世的复杂和荒唐。

好久，小茉看见方卉和那个女人从茶楼里走出来，便放下书跟孙大妈打一声招呼，撒腿往上跑。

方卉站在茶楼的门口，迎面吹来的冷风让她打了个寒战，正要下阶梯，没防备后边的乔莎莎一把扯住她的大衣，回头的当儿女人已经半跪在她面前，正不知所措，就听见乔莎莎用哭声哀求道："我求求你了，救救她吧。"

方卉下意识地撕开乔莎莎的手，女人就顺势坐在地上，"你打我吧，是我对不起你，只求你救救她吧。"

方卉还没明白怎么回事，就见父亲冲到面前用手指着自己怒吼道："方卉，让一个长辈哭求，你良心何忍？"他伸手去拉乔莎莎，"小莎，起来。"女人执拗道："她不答应我就不起来。"

方卉看着乔莎莎装出悲凄可怜的样子，不屑地说："少来这一套，有这样的表演天赋不如去拍电影。"

方卉的父亲铁青着脸呵斥道："你这个孽障，从来不知悔改，到了这种时候你还幸灾乐祸。"

方卉回道："这是她的报应。"

老头恼羞成怒，扬起拳头要打。

小茉忙上前将方卉拉到一边，用身体挡在双方之间。一些人围上来看热闹，大家议论纷纷。

方卉对着父亲叫道："你打吧，把我打死你就好为所欲为。"老头被方卉的气势震住，手停在半空，乔莎莎从地上爬起来，一把拉住老头的手，"老方，你消消气，不要伤了身体，随她怎么说，我们有求于她。"

方卉的父亲放下拳头，用手指着方卉道："我今天宽宏大量，我不打你，不是我怕你，只是为了我女儿，你说，你捐不捐？"

方卉一下愣住，好久，她惨淡地笑了，泪如泉涌，"我从来没有想到，一个父亲竟然说出这样的话，我也是你的女儿，你却毫不疼惜，你恨我，一点不顾及我的感受，心里只有这个女人和她的孩子，而她曾经欺骗了你，你却毫不计较，你太残忍了！"

方卉的父亲后退了一步，梗了梗脖子说："好，在你眼里我是什么不重要，只要你救金娣，无论我们之间有多少恩怨，她是无辜的，她是你的亲妹妹，你有义务救她，她是你莎姨唯一的孩子，当年要不是你，她也不会失去生育能力，这是你欠她的，这是你的责任。"

方卉说："你们也配谈责任？当年我苦苦哀求，你们可曾有过半点怜悯？我母亲病了，在生死线上挣扎，你在哪里？我和弟弟饥寒交迫，你又在哪里？在这之前，也许我还有这种念头，只要你们给我妈妈道歉，我会原谅你们，我会救她，但现在——你把我最后一点善意浇灭了，我坏人做到底，我不同意！"

乔莎莎哭哭啼啼，哀哀欲绝。

方卉的父亲暴怒道："我是你父亲，你竟敢忤逆，真是死有余辜，出生时我就应该把你掐死。"

方卉说: "这才是你的心里话,是吧?一个父亲说出这样恶毒的话——你也配做父亲?当年你为了这个女人,狠心打我,把我摔在地上;为了这个女人,抛弃我们,你早就没有为父的尊严了……"

方卉没有说完脸上便挨了一记重重的耳光,直打得她身子摇晃,眼花耳鸣,她望着失去理智的父亲心里生出一股凄凉,她的世界没有了生机,没有了希望,她拼尽全力回身打了乔莎莎一巴掌,将那蛤蟆镜打落在地上,女人冷不防吃了亏,一脸惊惧,一手捂着脸,反倒哭不出来了。

第三十八章　金娣要自杀

一大早丽香斋里便呈现出忙乱的景象。美兰正在化妆，丹桂忙着梳头，小茉洗漱回来，看见方卉还没起床忙凑过去问候，方卉只说有些头昏，小茉伸手摸了摸她的额头咋呼道："你发烧呢。"方卉说："你的凉手摸我的头怎会不热？"小茉用手试了试自己的额头方放下心来，"我去打饭，听说有油条豆汁和馒头，你想吃啥？"没等方卉说话旁边的美兰忽地犯起恶心来，一边捂着嘴巴一边往门外跑，不久传来干呕的声音，一会儿进屋来脸儿怏怏的，小茉和丹桂没理会，方卉问道："胃病又犯了？"美兰嗯了声，拿上铁碗往外走，丹桂小声嘟囔："真是讨厌，天天弄那西施的样子给谁看呢？"小茉暗笑。

丹桂也拿了碗跟出去。

方卉纳闷道："丹桂说话怎么也刻薄起来了。"小茉说："近朱者赤近墨者黑，她天天与梦特娇混，学坏了心肠，品那酸声，想是捍卫爱情呢。"

方卉问："她与大杨还处着吗？"

小茉揶揄道："剃头挑子一头热，当了大灯泡还自我感觉良好，真是笨。"

"丹桂太实在。"方卉说。

"她就是只鸵鸟，把头埋进沙子里，就以为世界太平了。"小茉笑道。

方卉没回言，小茉拿上碗："你再睡会儿，我打饭去了。"

方卉闭着眼："我只要个馒头。"

小茉答应一声，出去带上门。走到楼底下，看到有个女人站在那里东张西望，头发蓬乱，像是刚从被窝里爬出来，穿了件碎花棉袄，蓝裤子，两手插在袄袖子里，见到小茉皮笑肉不笑地搭讪道："好姊妹，打听个人。"小茉停下脚步看着她，那女人舔了下干裂的嘴唇，"我找那个姓方的，叫方卉，你给指个路。"

看小茉迟疑，便用手比画着："这么高——不胖不瘦——长得怪俊——"

小茉便说："你在这儿等着。"便头也不回地去打饭了。边走边犯嘀咕："不知是什么人呢，看样子是个乡下的，不会是另一个大菊吧？"

小茉打了半斤油条，一个馒头，一碗豆汁，回来看见那女人还站在那儿便说："你跟我走吧。"那女人就不声不响地跟着小茉上楼来，一直到丽香斋，小茉对女人说："你在外边等着。"推门进去，见方卉睡着，放下手里的饭，回头却见那女人挤进屋里，大喇喇地站在当门里四处看。小茉生气道："不是让你在外边等着吗？"女人说："外边冷。"

小茉无法，叫醒方卉。

方卉挣扎起身子，见是小红的娘，边穿衣服边问道："你怎么这么早就来了？"小红的娘说："搭便车，坐着村里的拖拉机来的。"

方卉匆忙起床，把被子叠好，让小红的娘坐在床边，然后问道："东西带来了？"

小红的娘从怀里摸出一个纸包递给方卉，方卉接了，打开细看，正是上次见的那个银镯子。

小红的娘问道："钱呢？"眼睛却直勾勾地望着那油条和豆汁不停地舔着嘴唇。

方卉从花布包里拿出一沓钱来交给女人，"我从银行里提的，正好一千块。"

小红的娘小心地接住，攥在手里，蘸着唾沫数了两遍。她将钱揣到怀里，喜笑颜开地说："我还没吃饭呢。"

方卉看了一眼小茉，小茉将饭拿到方卉的床头柜上，小红的娘伸手抓了根油条大快朵颐，边吃边吸着鼻子，"还是当工人好，饭是现成的。"

方卉问她："你怎么拿到的？老太太知道吗？"

小红的娘说："这你就不用管了。"

方卉说："她要是不依咋办？"

小红的娘说："你放心，有我呢。"

方卉不作声了。小红的娘吃得津津有味，风卷残云一般，油条一根不剩，又拿了馒头吃起来，小茉看得目瞪口呆，眼见得吃了个罄尽，抹了抹嘴意有不足。女人起身来摸了摸怀里的钱对方卉说："我大老远地为你跑来，你好歹给我个车钱。"

方卉从花布包里找出五块钱，小红的娘接了，转身就走。方卉给小茉使了个眼色，小茉便跟上去。

小茉将女人送出大门，又到伙房去打饭，却只剩下馒头，只好打了两个回来。一见方卉便笑道："那女人就是个净坛使者。"

方卉手里拿着那银镯子眉头紧蹙，小茉凑上前看着问道："这就是那证物吗？"

方卉递给小茉，小茉仔细端详，啧啧称奇，"这倒是个宝物，市面上买不到这般精致的了。"

方卉说："听说那女人家里以前是地主，成分不好。"

小茉想起妈妈遗留下的金币，心里有些酸涩，她问方卉："你想咋办？"

方卉道："走一步看一步吧。"

小茉有些担心，"你是不是又心软了？"

方卉说："毕竟金娣是无辜的。"

小茉说："可捐肾也不是简单的事，对你身体也是损伤，再说那女人厚颜无耻，你凭什么救她女儿。"

方卉道："那个女人说得对，如果我见死不救，我良心不安。"

小茉说："有些善良就是农夫与蛇。"

方卉道："昨晚我做了个梦，梦见我妈了，我在想，即便那两人给我妈道歉，那又怎样呢？我妈活不过来了。"说着，眼泪盈眶。

小茉吸着鼻子，"你别太伤心。"她转了话题，"我刚去打饭，听见伙房的人说昨天公安局的又来了，找了维修班的几个人谈话，马二炮恐怕要判刑，公安局的从废品回收站找到了他卖的旧机件，上次拆的那 16 号机子的还在，证据确凿，犯了盗窃公物罪，再加上碰到严打，少判不了。"

方卉思忖道："这事怕不会那么简单，单靠马二炮一个人做不成，孙大头猴精，怎会让肥水流了外人田？只是出事了都一推三二五，由马二炮一个人顶着。他也是穷疯了，人穷智拙，见钱眼开，可无论如何都不该走这条路。"

小茉问："你是说孙大头知道？"

方卉道："这都难说。"

话没说完，有人敲门，小茉开门瞧，是金娣的男人夏立明，大口地喘着粗气神情慌张地说："我找方卉。"

方卉忙凑上前来问道："咋了？出什么事了？"

夏立明结结巴巴地说："金娣——金娣要自杀。"

方卉吃惊不小："怎么回事？"

夏立明说："她亲生父母一大早去了医院，金娣知道了真相接受不了，又哭又闹，本来今天要透析的，她死活不干，还拿了水果刀要抹脖子。"

方卉着急地说："你好好劝劝她呀。"

夏立明说："她不听，她说要见你。"

方卉回身抓起外套和围巾，把镯子放进花布包里，急匆匆往外走，小茉拿了馒头想让她带上，追出来时早没了踪影。

小茉寻思方卉不舒服，怕她挨不住，便穿上羽绒服，把门带上，一路小跑地追上去。

方卉和夏立明赶到医院时11号病房外聚了好多人，医生、护士，还有看热闹的病人，大家伸长了脖子往里望，病房里传来叫骂声，方卉挤进去一看，金娣倚在靠窗台的角落披头散发疯了似的，圆瞪着两只红眼睛，右手拿了水果刀自架在脖子上，左手在空中乱晃，"你们后退，再上前一步我就死给你们看！"

方卉的父亲和乔莎莎站在床尾作揖哀求，让金娣放下刀子。

乔莎莎道："闺女，你听我说，我真的是你亲娘呀。"

金娣摇晃着脑袋，声嘶力竭地叫道："我不听，你胡说，你——胡——说——"她看见方卉挤进来突然笑了，"方卉，你来了，你骗得我好苦啊，你为什么？"

方卉看着金娣："这里边有些事你不知道，我也是迫不得已。"

金娣道："我知道你恨我，你还想着夏立明，我给你赔礼道歉，是我不该抢了你的男人，你骂我，你打我，可你要救救我，为了那两个孩子，我要活着，我知道没娘的孩子多惨，真的，我求你了，只要你肯救我，我什么条件都答应。"

方卉说："金娣，事情并不是你想的那样。"

金娣道："是，我明白了，你是因为他们两个人对不对？可他们与我无关，这个女人说是我的亲娘，她是胡说的，她抢了你父亲，你恨她，对不对？"

方卉指着乔莎莎对金娣说："金娣，她真的是你亲娘，我有证据。"方卉从花布口袋里拿出银镯子，"这是一只镯子，你被收养时带的，是你亲娘放在你身上的，上边刻了一对龙凤，衔着蓝宝石——你看看。"方卉想借此靠近金娣，却被金娣喝住："别往前走，你扔到床上。"

方卉将镯子小心地扔到床上，金娣拿了，瞥了一眼，她紧盯着乔莎莎道："即便是真的，那你为什么把我送人？"

乔莎莎道："因为我没办法，那时我没结婚，世道不容我，只好送你一条活路。"

金娣冷笑道："活路？你把我送进了地狱，你知不知道我小时候过的什么日子？"金娣恶狠狠地用刀子指着乔莎莎，"我吃不饱穿不暖，天天挨打受骂，挖菜拾草，洗衣做饭，比牲口还低贱。被人嘲笑，小孩子都骂我是私生女，说我是丧门星。老太婆算命，说她早先死的儿子是我暗妨的，她恨我，想起来就拿针扎我，还不让我哭——那时候，你想没想过我？"

乔莎莎哭道："我不知道你过得这么惨，你姥姥说你过得很好，说你当了工人，我信以为真。"

金娣又指着方卉的父亲道："那你呢？"

乔莎莎忙撇清："你爸他不知道，我没有告诉他。"

方卉的父亲说："你为什么不告诉我？如果你告诉我，事情就不会这样子。"

乔莎莎吼道："告诉你？你就是个懦夫，你当时要提车间主任，怕影响了你的前程，你想甩掉我，我告诉你我怀孕了，你让我打掉，我怎么办？"

方卉父亲说："那后来，你为什么不说？"

乔莎莎道："你以为我不知道？你心里对你老婆还念念不忘，你想孩子，你想家，三心二意。"

方卉父亲道："你胡说八道，我知道，你不过是为了让我觉得愧对你。"

乔莎莎反问道："是又怎么样？你不单愧对我，你还愧对女儿。"

方卉回头叱责道："住口，你们还有脸说。"

金娣狂笑起来，她歇斯底里地嚎道："你们都愧对我，可愧对我有什么用？三十多年了，你们没有想过我，任凭我自生自灭，我就是个多余的人，我活着还有什么奔头？我不如死了。"她将刀架到脖子上。

方卉急忙喊道："金娣，你听我说，你放下刀子，咱们什么事都好说。"

金娣半信半疑，她问道："你说的，那——你真的不怪我了？"

方卉点点头，"我不怪你。"

金娣问："那——你还同意给我捐肾吗？"

方卉迟疑片刻，用力点了点头，"好，我同意。"

"这可是你说的，你不反悔？"金娣不敢相信自己的耳朵。

方卉说："我不反悔。"

金娣疑念道："不可能，你一定是骗我的。"她想了想，指着乔莎莎，"她是我娘，她抢了你父亲，害得你家破人亡，你恨她，你也恨我，对不对？"

方卉说："我是恨她，但与你无关。"

金娣笑道："我明白了，你想以此惩罚他们，你说，你想怎样？"

方卉说："你说得对，我曾经想以此逼他们给我妈妈道歉，可现在我想开了，如果我这样做，就跟他们一样没有良心。"

金娣脸上掠过一丝诡异的表情，"不，这是应该的。"她用刀指着方卉的父亲和乔莎莎，一字一句地道："那好，你们两个不是愧对我吗，现在给你们一个机会——给她道歉，跪下！"

方卉的父亲和乔莎莎互相看着，金娣又把刀子架起来，乔莎莎忙哀求道："我跪——我跪，无论怎么说他是她父亲，给他留一点尊严吧。"她对方卉似跪似不跪地道："对不起，我错了。"

方卉的父亲一把拉住乔莎莎道："你不必如此。"

这当儿方卉见金娣拿刀子的手放下来，便一个箭步扑上去，右手抓住水果刀，硬生生夺下，鲜血顺着刀子流下来。众人一拥而上，将金娣按住，她还大喊大叫。

小茉此时刚好进门，见方卉受伤，忙领着她找护士包扎。等包扎好了小茉拿出一包点心，"我刚买的，你吃点，省得撑不住。"

方卉这时才觉得饿，吃了一块，便让小茉拿给金娣吃。

小茉有些不情愿，却也无奈，又放下两块给方卉，方拿着送去病房，那时金娣已安静下来，见到点心便毫不客气，狼吞虎咽地吃起来。

金娣看了一眼站在旁边的夏立明，"方卉呢？别让她走了，她说话得算数，不然我再死给她看。"

小茉看着金娣嘴角的笑纹，心里掠过一丝寒意。

第三十九章　从此你我是路人

　　小茉一个人躺在被窝里看《简·爱》，手里拿着书签忖度，如果这个齐国胜就是齐厂长，就说明方姐和齐国胜早就认识，那么方姐事事处处帮齐国胜也就可以解释，会不会她喜欢他呢？正想着，门咚地开了，宋红梅闯进来，她走到小茉的帐子前站定，盯着小茉一言不发。

　　小茉见她化了妆，穿了黑呢子长大衣，下着半靴，英姿飒爽，觉得怪怪的，"今天歇班，你来干什么？"

　　宋红梅挥一挥手，命令似的说："秀才，快起来。"

　　小茉懒得动弹，宋红梅伸手拿过书，一手抓过书签，看了一眼问道："这是谁的书？"

　　小茉一把夺过来，"明知故问。"

　　宋红梅笑了笑，"这本书我看过，那书签的来历我也知道，他们是同学。"

　　小茉一下来了兴趣，"还有呢？"

　　宋红梅说："那要看你的态度。"

　　小茉知道宋红梅有事，慢悠悠地把书签插好，坐起来问道："你说，想干吗？"

　　宋红梅瞅了一眼屋顶说："今天是冬至，方卉是不是去了陵园？"

　　小茉翻白眼，"明知故问。"

　　宋红梅说："奇了怪了，你们两个形影不离，你怎么没去帮忙呢？"

　　小茉慢吞吞地说："方姐不让去。"

　　宋红梅反唇相讥："她说不让去你就不去？"

　　小茉望着宋红梅："怎么，你想去？"

　　宋红梅只看着她，不说话。小茉知道宋红梅还放不下方博，问道："他回来了，你还去吗？"

　　宋红梅一拧头，"他不回来我还不去呢，我要问他一句话。"

小茉忖度着宋红梅的心思，反问道："有必要吗？"

宋红梅道："有。"

小茉没辙，"那好吧，到时候你可别后悔。"她起身穿衣服，"现在你可以告诉我了，他们是同学，还有什么？"

宋红梅轻声说："她爱他。"

小茉跳起来："真的？你怎么知道？"

宋红梅不置可否："第六感觉。"

小茉紧着问道："那老齐喜欢方姐吗？"

宋红梅面无表情地说："这我不知道。"

小茉大失所望，嘟囔道："骗子。"

宋红梅嘴角闪出一丝笑意，"愿者上钩。"她转身看着另外两顶帐子问："她们两人呢？"

"王大美人逛街去了，丹桂同志我估计觐见梦特娇去了。"

宋红梅问道："丹桂与梦特娇怎么混到一起？"

小茉说："梦特娇是她的女王，佩服得五体投地。"

宋红梅不屑地道："真是脑子进水了。"

小茉说："就是三观不正。"

刚说完丹桂从外边进来，搓着两只手跺着脚，看见宋红梅高兴地道："红梅姐，你怎么来了？"

宋红梅说："我来看看你，你去哪儿了？"

丹桂喜滋滋地说："梦特娇找我，说是让我当伴娘哩，她后天结婚。"

宋红梅上下看了她一眼，咋舌道："后天结婚，今天找你？是填空的吧？不过，你适合当伴娘。"

丹桂没听出话外音，只咧着嘴笑，她见小茉穿羽绒服便问："你们去哪儿呀？"

宋红梅说："去喝西北风。"

丹桂说："我也去。"

小茉说："你去我就不去了。"

丹桂说："我跟红梅姐去，也不跟你。"

宋红梅看着两人顶嘴说："得，我骑摩托车，都去，人多热闹。"

小茉看了宋红梅一眼，"你是去打群架呀？"

宋红梅摆了摆手，"快点走吧，别管那些。"

三个人出了厂门，去花店买了两束菊花，又在杂货店拿了三刀黄纸。宋红梅开了大阳摩托带着小茉和丹桂一路逆风而行。

不多久便到了静安陵园。新修的琉璃瓦飞檐的大门楼庄严气派，一排排墓碑依山次第建造甚是肃穆清冷。丹桂有些害怕，一手拽着宋红梅的大衣角一手提着黄纸，战战兢兢，小茉瞧她一眼，有心逗她说："小心脚下，别踩着鬼。"丹桂大惊失色："鬼，哪里有鬼？"宋红梅说："在你心里。"走不多远便望见方卉他们。小茉说："你们先过去，我随后就来。"拿了一束菊花到母亲墓前敬献。

不久小茉赶上来，宋红梅对她说："到时候我情绪崩溃你要拦着我。"

小茉问："怎么个崩溃法？"

宋红梅说："我要打人。"

小茉答应。靠近的时候宋红梅示意停下，三个人隐在一棵老柏树后边站定。

小茉小声问道："你还恨他吗？"

宋红梅说："无所谓爱，无所谓恨。"

小茉道："这是爱的最高境界。"

宋红梅说："如果他为了留在北京找一个北京人，我认了，可他不是。"

小茉道："你就是心有不甘呗。"

宋红梅说："此恨绵绵无绝期。"

丹桂看着两人，"你们说啥呢，我都听不懂。"

宋红梅说："听不懂就对了。"

淡薄的云层遮住了太阳的光辉，北风吹着远处的松林发出呜呜的响动，如泣如诉。方卉和方博、方睿站在母亲的墓前，摆上供品，放鞭，烧纸，仪式简单而庄重。想起 18 年前那令人心碎的一刻方卉泪流满面，时光湮没了痛苦和悲伤，只留下深深的遗憾。

仪式完成，听到方卉阴沉地命令道："方博，你给母亲跪下。"

方博跪下，一声不吭。

方卉说："今天在妈妈坟前，有些事情我们讲明白。我知道你现在大了，有了自己的主张，可有一件事你做错了，你违背了妈妈的嘱咐，那就是要做一个善良的人，可你怎么做的？"

方博说："如果是找对象的事，我没错。"

方卉咬牙说："你真的没错吗？"

方博道："婚姻自主，我没错。"

方卉激动地说："婚姻自主是没错，可是你坑了一个好姑娘，如果你不愿意为什么不早说？"

方博小声道："结了婚都可以离婚的，更别说……"

方卉打断他，厉声道："放屁，你们谈了八年，一个姑娘有几个八年，你知道吗？"

方博道："是她自己愿意，我只是不想让她难堪。"

方卉恨道："你这叫人话吗？母亲生前最恨的是薄情寡义，可你偏偏活成了那样的人。"

方博狡辩道："爸爸本来可以回来的，是你——那次你打电话明明打通了，你还瞒着妈妈说电话是空号。"

方卉说："可你知道什么，打通了是那个女人接的，他们在一起，我怎么跟妈妈说？"

方博无语。

方卉说："你倒是通情达理，你背着我去找父亲，承认那个女人，为什么不明说？"

方博反驳道："跟你说你会同意吗？父亲和妈妈的婚姻本来就是个错误，父亲离家也是为了追求真爱。"

方卉冷笑道："真是有其父必有其子，一派谬论，婚姻里边不光有爱，还有责任。在妈妈病重的时候父亲为了他的真爱抛妻弃子，他还能称为父亲吗？而你呢，脚踏两条船，不惜伤害一个爱你的姑娘。"

方博回道："不就是花了她的钱吗？我还她，我已经还给她了，三千块！"

方卉骂道："混账东西，钱能买来青春吗？"

方博哭道："那我付出的青春呢？"

方卉怒不可遏，她拿起地上的拨火棍，狠狠地抽在方博的后背上，边打边说："我让你犟嘴！这一棍是为了母亲，这一棍是为了红梅，这一棍是为了我。"方博攥紧了拳头，还是不吭声。

一边的方睿跪下求姐姐："姐，你别打哥哥了，他知道错了。"

方博咬牙道："你让她打，把这些年的姐弟之情都打光。"

方卉怒不可遏，用力打下去。

突然有人将棍子抓住，方卉一看是宋红梅，惊诧道："红梅？你们怎么来了？"

宋红梅没说话，她看了一眼方博。

小茉和丹桂上前对着墓碑鞠躬，将菊花献上。

宋红梅将棍子扔掉对方博说："你站起来，我有话问你。"

方博吃惊地看着宋红梅，有些无地自容，慢慢站起身来。

宋红梅跪下磕了三个头，她起身平心静气地说："指着地下的伯母起誓，我问你，这八年里你到底爱没爱过我？"

方博说："红梅，你听我说……"

宋红梅说："我听你说得够多了，你明明白白地告诉我，你有没有爱过我？"

方博低着头，有些慌乱地说："我——我是——"

宋红梅道："这么说你曾经写的那些花言巧语都是骗我的？那些海誓山盟都是抄来的？"

方博说不出话，脸涨得发紫。宋红梅扬起手左右开弓，用力打了方博两个耳光，一字一句地道："从此你我是路人，我们两清了。"

宋红梅扭头就走。

方卉叫道："红梅，你等一下。"宋红梅头也不回，小茉拽了一把没拉住，宋红梅大踏步地离去。

远远地望着方卉的父亲和乔莎莎往这边走来，宋红梅与他们擦肩而过。

方卉问方博："是你告诉他的？"

方博说："他是我们的父亲，你就不能放弃前嫌？"

方卉生气道："不能！"

方博说："父亲还是爱我们的，还有乔姨——我买房子，他们还给我拿了首付。"

方卉道："你是有奶便是娘，没想到我辛辛苦苦拉扯起的弟弟这么没有骨气。"

方博道："姐，你能不能听我一句，世上的事并不是非黑即白，你这样生活在仇恨里是找不到幸福的。"

方卉说："我不会为了幸福放弃做人的原则。"

方博道："姐，你放手吧，我们感激你所做的一切，可你不是妈妈，你有权利追求自己的幸福，而不是一味地付出。"

方卉说："难道我对你们好是错了？"

方睿哀求道："大姐，哥，你们能不能好好说话？"

方卉跪在墓前泣诉："娘，是我不好，没有教育好弟弟，让他不分是非，丧尽天良。"

方博跪下道："妈妈，我没有，我是方家的儿子，我想努力打拼，我想获得更好的生活，我错了吗？"

方卉的身体微微地摇晃。

小茉上前拉起方卉，"方姐，你别激动。"

方卉的父亲和乔莎莎来到墓前。

方卉忍着心头怒火，低头不语。老头拿了一卷黄纸点燃，拉着乔莎莎一起鞠躬，说："淑珍，你受委屈了，对不起。希望你能理解我，我们的婚姻是时代的悲剧，十几年来，我时时想起你，只是无法面对现实，这一切都是我的错。"

方卉只是冷冷地看着。

乔莎莎拿香敬奉，退后一步说："大姐，你地下安息。"说着从口袋里摸出手绢擦了擦手。

方卉看在眼里伤在心中，她上前说："如果心意不诚就请走开，我娘不稀罕你的猫哭耗子。"她一把将乔莎莎点的香拔起扔掉。

方卉的父亲呵斥道："方卉，你有点肚量好不好？"

方卉道："我很宽宏大量，我的心被一次次伤害你知道吗？我鄙视虚伪。"

乔莎莎用手绢擦了擦眼睛婉转悲凄地道："老方，你别生气，我们今天来是道歉的，只要方卉能解气我受点委屈不算什么。"

方卉见女人巧言令色气得手脚发麻，她用手指着乔莎莎说："你——你好狠——"话没说完身子猛地往后一栽，多亏小茉眼疾手快上前抱住，缓缓倒在地上。

小茉见方卉脸色煞白，一边叫着方姐一边摇晃着，丹桂吓得哭了起来。

方博拿过方卉的手腕试了试，一边用右手大拇指掐着人中一边小声叫唤着："姐，姐，你醒醒。"

方卉哦了声，闭着眼睛点了点头。

方博问小茉："我姐近来有什么不舒服吗？"

小茉想了想说："她最近查出来贫血，很严重的贫血。"

方博说："这就是了，刚才是太激动，她要是这样，就没法……"他回头对父亲说："爸，我姐贫血的话，就不能做肾移植了。"

乔莎莎惊叫道："什么？不能移植？那怎么办？那我们金娣怎么办？"

方卉父亲安慰她："再说吧。"

女人气急败坏："这不是坑人吗？早知道这样，我今天就不来了。"老头瞅了她一眼，她意识到什么，不说话了。

方博让方睿从他的背包里拿出一瓶矿泉水给方卉喝了两口，方卉睁开眼有气无力地说："我没什么。"她挣扎着起身，大家松了一口气。

远处甬道上驶来一辆警车，车停住，田文彬跳下来，他一路小跑地赶过来，掠了大家一眼忙问丹桂："你红梅姐呢？"

丹桂指着方博说："她刚才跟他吵架了，她打了他。"

田文彬盯着方博，冷峻的眼神。

小茉说："红梅姐自己先走了，她骑着摩托车，你没遇到她吗？"

田文彬摇了摇头，"我一路从县城过来的，要是回去总能碰上的。"

方卉问田文彬："出什么事了？"

田文彬说："她家大姨打电话给我，说她昨晚喝醉了，折腾了一晚上，今儿一大早打扮了出来，样子怪怪的，不放心，我才找她，从厂里一直找到这里来。"

小茉说："确实，她今天打扮得不同以往，我还好奇呢。"

方卉着急道："她要是没回厂会去哪里呢？"

田文彬说："她家大姨说她这几日情绪不好，怕有意外。"

丹桂口不择言："她会不会自杀？"

小茉瞅了她一眼："你别乌鸦嘴了。"她忽然想起来什么，"我知道她去哪儿了！"

田文彬问："哪儿？"

小茉说："龙泉湖。"

大家一愣，田文彬拉上小茉撒腿就跑，丹桂随后跟上。

第四十章　你不会是原谅大杨了吧

　　冬日的龙泉湖有些寂寥，风吹起细浪拍打着岸堤，码头边上拴了几条小船随风摇荡，一群野鸭在水面上自在嬉戏。

　　当小茉他们赶到时，发现宋红梅的大阳摩托停在湖堤上，人却不见踪影。

　　三人感觉不妙。小茉和丹桂扯开嗓子喊："红梅姐——"田文彬站在湖边急得来回走，望着茫茫的湖面跌足叹息。

　　丹桂哇的一声哭起来，"红梅姐一定是跳了湖淹死了"。

　　小茉呛她："你别胡说，为了那种渣男死值得吗？"

　　丹桂边哭边说："一定是沉到湖底了。"

　　小茉直跺脚，"宋红梅，你个傻瓜！"

　　田文彬跑到码头边，看到一条缆绳，忙招呼两人过去，"你们看，少了一条船，会不会划船进湖了。"

　　小茉一迭声地叫道："完了——完了！"她对两人说："有一次红梅姐跟我说最想去龙泉湖，坐船划到湖心，要是一不小心掉进湖里会怎么样？她说这话时样子怪怪的，会不会真的……"小茉倒抽一口冷气，她看着田文彬，"不会连船也沉了吧？"

　　田文彬说："你的想象力也太丰富了。"

　　丹桂忽然咋呼起来，"快看，有船来了。"

　　果然，一只小船从芦苇荡里划出来，小茉兴奋地叫道："是红梅姐。"

　　三个人高兴地又叫又跳，"红梅——""红梅姐——"

　　那船行到湖心却停住了，任凭三个人喊叫竟毫无回应。

　　他们看到宋红梅站起身子，脱了大衣，穿一身黑色西服，伸开两臂，像十字架那样，仰头对着天空喊了一嗓子，"嗨——"然后直直地向后倒去，扑通一声掉进湖里，掀起一片浪花，不一会儿沉入湖中，涟漪渐息。三个人呆若木鸡，等反应过来茫茫湖面只有一只小船在飘荡。

　　"红梅姐——"小茉和丹桂哭喊着，田文彬飞快地脱掉外套，一个猛子扎进湖里，奋力游向湖心，眼看着越来越慢，人渐渐沉下去，岸上的两人急得六神无主，撕心裂肺地喊着"快来人啊，救命呀——"喊声回荡湖面上空。

　　那湖面风平浪静，小茉和丹桂喊哑了嗓子，坐在地上哭嚎起来。正哭得起劲，不想那湖心里一下冒出个人头来，慢慢向湖边游来，仔细看竟然是宋红梅，后边还拉着田文彬，岸上的两人又哭又叫，使劲喊着："加油——加油——"不一会儿到了码头边，小茉和丹桂两人用上吃奶的力气将田文彬和宋红梅拉上岸。

　　田文彬双眼紧闭，小茉和丹桂用力摇晃，毫无反应。宋红梅用手拍打着田文彬的脸，叫着他的名字，依旧不中用，急着做人工呼吸，还是无动静，也便慌了神，哭着叫道："文彬，你醒醒——你不能就这么死了，你要是死了我嫁给谁去？"

　　话音刚落田文彬猛地咳了一声，吐出一口水来，他缓缓睁开眼，见躺在宋红梅怀里，奄奄一息地道："宋红梅，你这个狐狸精，你想害死我，你不知道我晕水。"

　　宋红梅嗔怪道："你这个傻瓜，你不知道我是全县游泳冠军。"

　　田文彬闭着眼道："你为了什么？"

　　宋红梅说："我想让自己清醒一下。"

　　田文彬断断续续地说："我刚才——迷迷糊糊——听到有人说要嫁给我？"

　　丹桂快言快语："是红梅姐说的。"

　　田文彬对小茉和丹桂说："你们两个给我作证，省得她反悔。"

　　两个女孩咯咯地笑起来，边笑边点头。

　　田文彬对丹桂说："妹子，快拿袄来。"

　　丹桂忙去湖边拿袄过来，田文彬费力地给宋红梅披上，牙齿打战地说："别冻坏了我媳妇。"

　　宋红梅眼圈红了，眼泪顺着脸庞直流，她把田文彬紧紧地揽在怀里。

　　"红梅——"远处有人喊，原来是方卉，她不放心，匆匆赶过来，她身后还跟着个小伙子。

方卉见宋红梅和田文彬身上湿透便问道："你们两个这是咋了？"

小茉说："方姐，刚才上演了一出英雄救美的戏码，可惜你错过了。"

丹桂张牙舞爪地比画："红梅姐这样一下子掉进水里，田哥这样一下子跳进水里去救，然后就不见了，突然红梅姐浮出了水面，就得救了。"

方卉听得一头雾水。

同来的小伙子是湖区管理员，一脸严肃地批评大家："你们擅自进入湖区可是要罚款的。"

小茉呛道："刚才我们喊救命连个人影都不见，你们根本就是管理失职。"

田文彬从口袋里拿出证件，"我是公安局的，正在执行公务。"

小伙子看着田文彬，态度软了下来，赔着笑脸道："哥，我认识你，你不是上次来冬泳的吗？"

田文彬忙拍了他一下，"认识就好，你把湖里的小船收回来。"小伙子乖乖地去了。

方卉对红梅说："我怕你想不开，方博辜负了你，他不值得你伤心。"

宋红梅说："我想开了，天涯何处无芳草。是我太痴心，方博跟我好也许只是碍于你的面子，他不想伤害你。"

方卉说："你想开就好。"

往回走的路上小茉坐在副驾驶座，看着精神抖擞的田文彬忽然顿悟，那小伙子说田文彬冬泳，那他怎么会晕水呢？

小茉小声说："田哥，我最喜欢破案的故事，就比如刚才，那湖区管理员说了一句话，我可是听清楚了，你是那个冬——冬——冬——"小茉故意摇头晃脑。

田文彬向小茉挤眼，"好小妹，明儿我请客，还给你讲破案的故事。"

两人大笑，后边的丹桂问他们笑啥，小茉说："我们在分析案情呢。"

方卉、小茉和丹桂一路说说笑笑回到了丽香斋，推一下门没开，小茉随口说："美兰还没回来呢。"从口袋里摸出钥匙，打开门，三个人进屋，却听到美兰帐子里有动静，小茉眼尖，见床前两双鞋，她忙回身向另外两人示意，方卉吃了一惊，丹桂没明白，说："美兰这不是回来了。"方卉待要拉她没拉住，她边说边大喇喇地上前一把将帐子掀开，只见大杨赤身露体正在急慌慌地穿裤子。方卉将丹桂拉到一旁，用身体挡着她的脸，大杨光了上身，一把拿了外套，如丧家之犬匆匆逃出门去。

丹桂恍惚如梦，一时没悟过来，看着方卉和小茉，有些结巴："那是——是——大杨？"见两人不说话，她忽然叫起来，声尖厉刺耳，如十级警报，响彻云霄。

方卉试图安慰丹桂，可胖丫头根本听不进去，她在屋中间转圈儿，忽然对着美兰的帐子发狠道："你坏，大杨坏，你们都坏，我这辈子不跟你们说话了。"她跺跺脚拿起包往外走。方卉忙让小茉跟上去。

小茉说："没事，她哭一会就好了。"方卉向美兰的帐子扬扬下巴，小茉明白她要跟美兰谈谈，便转身出去，带上门。

小茉一路小跑撵上丹桂，丹桂回头说："你别跟着我。"小茉回道："大路朝天，各走一边，谁跟着你了。"丹桂回身继续走，嘴里嘟囔着："你们都不是好人，你们都骗我。"小茉说："谁骗你了？是你自己骗你自己。"丹桂痛恨道："我笨，我是猪总行了吧。"小茉说："我可没说你是猪。"丹桂哭道："大杨为什么这么对我？谈了这么些时候，他都没亲过我，美兰就那么好？腰那么细，像蜘蛛精似的。"小茉说："你想听真话还是假话？"丹桂气愤地说："什么话我也不听。"

两人一路斗着嘴，来到副食品商店，丹桂称了二斤蜜三刀、二斤糯米莲藕，出了商店就在旁边的台阶上坐着开了包，眼含热泪，大口地吃起来。见小茉眼巴巴地看着，问道："你吃不吃？"小茉说："你不让我，我怎么吃？"丹桂说："真虚伪。"往前送了送，小茉掂了块糯米莲藕脆脆地咬了一口，"这不是虚伪，这叫矜持。"两人忍不住笑起来，一天的乌云散开了。

丹桂抽抽搭搭地说："终于可以吃甜食了，再也不用怕胖了。"

小茉讨好地说："你不胖，你是丰满。"

丹桂翻白眼，"吕小茉，你就这点不好，老爱讽刺人。"

小茉举手发誓："是真的，我从来不说假话。"

丹桂擦了下眼睛："你别安慰我了，大杨骗了我。"

小茉说："你说他骗了你，他骗了你什么呀？"

"他骗了我的感情。"

小茉道："大杨喜欢美兰你是知道的，他借着你刺激美兰你也是知道的，谈了这么些日子恋爱，他都没有亲过你，他哪里骗了你呢？"

丹桂无语，想了想说："没有感情可以培养呀。"

小茉笑道："现在都什么年代了，你这都是旧社会的思想。"

丹桂欲言又止，想了想说："也许他是因为我没告诉他美兰的事他生气了，所以他就报复我。"

小茉警觉地问："美兰的什么事？"

丹桂说："就是那次美兰喝醉了酒耍酒疯的事。"

小茉心里一惊，"你总说美兰的事，她到底出什么事了？"

丹桂支吾道："我那个……"

小茉跳起身来，看了看四周说："这地方太冷了，我们去对过的邮局营业厅，还暖和些。"

邮局营业厅生着大号的炉子，办业务的人来人往，小茉和丹桂找了个角落坐下，边吃边说话。

"那人真的是美兰？"小茉对丹桂说的事有些诧异。

丹桂信誓旦旦："没有错，他们拉拉扯扯，把美兰推进车里，她还掉了一块丝巾，白色的，我捡到了。我本来是想上去救她的，可我一下子慌了，不知如何是好。"

小茉思忖道："这么说美兰这些时候换班就是为了去当陪酒女？那么梦特娇也是，说不上厂里还有别人。怪不得车间里有娘们儿说阴话，骂小妮子们不要脸，原来是真的。那美兰会不会……"

丹桂问："美兰会怎样？"

小茉打住不说。

丹桂和小茉回到丽香斋，只有方卉在屋里，美兰不知去向。

方卉问两人吃饭了没，小茉说吃过点心了，丹桂拿了点心让方卉吃，方卉拿了一块边吃边说："丹桂，刚才那屋的林花过来找你，不知是啥事，你去看看吧。"

丹桂答应一声，"我让她给毛衣起个头，想是为这事。"她拿了些点心，转身去了。

方卉见丹桂出去，上前把门插上，回身对小茉说："我跟你说个事，你务必帮个忙。"

　　小茉甚是奇怪，笑着说："你有什么事只管说，干吗那么客气。"

　　方卉压低声音说："我告诉你，"她指了指美兰的床，"她怀孕了。"

　　小茉瞪大了眼，"什么？她怀孕了？"

　　方卉嘘了声，小茉小声问道："真的？"

　　方卉点点头，"她自己测着是。"

　　小茉心头如拦了头小鹿，砰砰乱跳，"那么，丹桂说她当陪酒女是真的了？"

　　方卉问道："丹桂早知道？"

　　小茉嗯了声，"丹桂今天跟我说的，她看到美兰被推进小轿车里，那么说美兰是被强迫的了，要不要报警？"

　　方卉说："她不想报警，再说过去这么些日子了，只怕没办法说清楚了。"

　　小茉想了想道："那么，她跟大杨——又为什么？会不会是想着找个借口？"

　　方卉忖度，"兴许是吧，真是糊涂。不管那些，现在最迫切的事是赶紧打掉。"

　　"怎么打？"小茉问。

　　"我考虑再三，还是找你帮忙。"

　　小茉不明就里："我？"

　　方卉说："你去找你郝阿姨，托个关系，也好掩人耳目。"

　　小茉想了半天，点了点头，"我试试看吧。"

　　"这事要保密，不能让别人知道，特别是丹桂。"方卉嘱咐道。

　　小茉点头，她指着美兰的床问道："她呢？"

　　方卉说："她去找大杨了。"

　　小茉挑了挑眉毛，"不会要告诉大杨吧？"

　　方卉说："谁知道呢。"

　　小茉咬了咬嘴唇，"她挺精明的一个人，怎么会让人算计了？"

　　"那个姓孔的说把她调进贸易局，她就信了，傻丫头。"方卉惋惜地说。

　　小茉说："要说是……"

门被推了一下，丹桂回来了。方卉上前打开门，见丹桂手里拿着起了头的毛衣问："起好头了？"

丹桂没回话，狐疑地盯着两个人问："你们关门干吗？"

方卉掩饰说自己换内衣。

丹桂半信半疑，见方卉端着衣服出去，便迫不及待地回头对小茉说："我听林花说大杨和美兰吵架了，就在中午打饭的时候美兰哭着跑了。"

小茉有些不安："去哪儿了？"

丹桂轻飘飘地说："出了厂门，谁知道她去哪儿了，大杨都没去追她，可见大杨真的生气了。"

小茉见丹桂扬眉吐气的模样便说："你不会是原谅大杨了吧？"

丹桂歪着头说："那又怎么样？"

小茉瞠目结舌，"刘丹桂，你长了个什么脑子呀，这样的人你也原谅。"

第四十一章　那个戴金币的男人

妇科手术室外的走廊上灯光萤煌，方卉和小茉焦急地等待着。门一开郝阿姨从里边出来，她低声对小茉说："一切顺利，住会儿就好了。"方卉和小茉连声道谢。

郝阿姨拉着小茉说话。两人进了侧边一个房间关上门，郝阿姨问小茉这些时候有没有回家，小茉摇了摇头，郝阿姨有些责备地说："你呀，真是小孩子脾气，好歹你爸也养了你这么多年，没有功劳还有苦劳呢。"

小茉低头咬着嘴唇，斟酌道："阿姨，我有个事情想问您。"

郝阿姨点头："你说吧。"

小茉从包里摸出一枚金币问道："这枚金币——我看过你们的合影，这金币是一个男人戴着的，怎么会到我妈手里？"

郝阿姨接过金币，沉吟半天方说："本来我不想掺和，是你爸爸托我，我们都不想告诉你，有些事情不知道也许会更好些，现在你既然看出来了，我就明说了，那个戴金币的男人就是你妈的表哥，也是你的亲生父亲。"

郝阿姨顿了顿，她看着满脸震惊的小茉继续说："你父亲叫唐本鹤，我们一起从青岛来的莲城，然后他两人就相恋了，后来知识青年返城，唐本鹤弄到了指标，可你妈妈不能回城，唐本鹤说好等他在城里站住脚就回来接你妈妈的，却一去杳无音信，要命的是你妈妈发现自己怀孕了，那个年代的未婚妈妈处境是很艰难的，没办法，你妈妈便与你现在的爸爸结了婚。"

小茉感到一个焦雷在头顶炸响，只觉血往头上涌，耳朵嗡嗡鸣叫，有些眩晕，"那么——我爸爸——我现在的爸爸他不是——"她的嘴巴像被粘住了，眼泪夺眶而出。

郝阿姨拍了拍小茉的肩膀，"这是事实，你早晚得知道，你爸爸很难开口，他怕你受不了，他很爱你的。"

小茉心酸目涩，两肩抽动，啜泣不已。她用手擦着眼泪，努力保持镇静，

"那个男人为什么不回来找我妈妈？"

郝阿姨说："不知道出了什么事，那个年代，这样的悲剧不在少数。"郝阿姨撕了一块卫生纸给小茉，小茉擤了擤鼻涕，渐渐止住哭泣。

郝阿姨接着说："你爸他是个好人，当年为了成全你妈，毅然决然地娶了你妈，因为计划生育不能再要孩子了。这桩婚姻毕竟是权宜之计，没有感情基础，虽然相敬如宾，却也充满了坎坷。你妈对你爸满是愧疚，三年前他们离婚，为了不伤害你便秘而不宣。两年前你妈突然告诉我，你爸——就是你的亲生父亲来找她了，其中发生了什么你妈没说，但她辞职就是因为你父亲，她准备去青岛工作，可谁又想到发生了不幸。"

房门开了，做手术的女医生进来，她对郝阿姨说："完事了。你跟她说多注意休息，小姑娘身体太单薄，要是以后再流，只怕就很难怀上孩子了。"郝阿姨点点头笑着说："麻烦你了，多谢。"拉着小茉出了房间。

方卉扶着美兰站在走廊上，美兰脸色蜡黄，虾着腰，一手搭在墙边的栏杆上，小茉忙上前拉住美兰的手，那手冰凉且发抖，几个人出了妇科病房，郝阿姨嘱咐了几句，与小茉她们别讨。

方卉和小茉扶着美兰走出病房楼，不久一辆桑塔纳车驶过来，宋红梅跳下车，三人将美兰扶上车，方卉对开车的田文彬说："麻烦你们了。"宋红梅说："哪来那么多话，你们用不用送？"方卉说："我们骑车子来的。红梅，你跟你家大姨说，麻烦她了。"还想说什么，宋红梅打断道："我们走了，后边的事不用你管了。"

望着车驶远，方卉叹了口气，她对小茉说了声谢谢，小茉没说话，方卉便问她："你怎么了？我看你像哭过似的。"

小茉摇摇头，"我没事，医院的那股味辣眼睛。"

往下走的时候方卉向病房楼望了一眼，若有所思，小茉明白她还惦记着她的好姊妹，便问道："你那姊妹怎么着了？"

方卉说："那个人做了配型，不知能不能成功。"

小茉知道那个人是谁，说："你还恨他吗？"

方卉想了想说："已经放下了。"

小茉道："也许没那么难。"

方卉说："没那么难，就是一念之间。郝阿姨又劝你了？"

小茉哽咽无语。

方卉说："怎么了？"她伸手搭着小茉的肩膀，"还是想开些，想想也无所谓。毕竟老一辈的经历与我们不同。"

小茉说："我知道。"

方卉和小茉回到厂里，大老袁把她俩叫住，说有人找。传达室的排椅上坐着一个老头，佝偻着腰，穿着对襟青棉袄，见到方卉忙起身来，忐忑不安地讪笑道："大妹妹……我那个……"

大老袁说："这是马二炮的哥。"

方卉点了点头对他说："你出来说吧。"

马二炮的哥回身提了个蛇皮袋子出来，对着方卉未说话便擦起眼睛来。方卉安慰他："你有什么话只管说吧。"

马二炮的哥伸了伸脖子，咽了口唾沫难为情地说："老二说想见见你，我知道不方便，你看你能不能……我们家老二本是个老实的孩子，谁知道走到这一步，我……"

方卉忙说："行，我去。"

马二炮的哥激动地搓了搓手，"那就麻烦你了，公安局说要转到别的地方受理，我今儿是给他送东西，他说就你对他好。"

方卉说："我知道了。"

马二炮的哥眼泪汪汪，不住地点头哈腰，方卉问他住哪儿，他吞吞吐吐说不出个所以然，方卉便去找大老袁，想带他去马二炮的宿舍睡一晚上。大老袁犹豫半天方点头应允，又说："按理说不准外人进厂，看在你的面子上也就睁一只眼闭一只眼，不过丑话说在头里，要是出了什么事，方主任你得兜着点儿。"方卉点头："那当然。"

方卉领了马二炮的哥去宿舍住下，往回走的时候小茉不平则鸣："看着大老袁是个老好人，怎么也小气起来，马二炮请客吃饭哪回落了他？他倒也翻脸不认人，这就叫世态炎凉。"

方卉笑说："这都是人之常情，他出了那样的事，谁还往上贴不成？只怪他自己糊涂。"

小茉说："还有那些娘们儿，七嘴八舌地数落白玫，说马二炮走这条路都是她害的，说她是丧门星，没人要，都一副幸灾乐祸的嘴脸。"

　　两人走到厂办前边，见办公室里灯火通明，谭哲开门出来，手里提两把暖瓶，近前认出是方卉和小茉便咧嘴笑笑。方卉问："还在开会吗？"谭哲低声说："正在研究你的问题，放心好了。"小茉想要问，方卉戳了她一下，谭哲不多言，径直去了。

　　小茉对方卉说："听他那意思你的事情应该没问题，他们查来查去白费劲，本来就是无中生有。"

　　方卉没回言，她仰起脸来，伸手在空中扬了扬说："像是下雪了。"小茉忙展开双臂，高兴地转了个圈儿，有星星点点的雪粒落在手上。小茉认真地说："今年的第一场雪，这是个好兆头。"方卉问："你哪天考试？"小茉说："后天。"方卉说："好好考，金榜题名。"小茉只是笑。

　　第二天早晨小茉醒来，撩开帐子望见窗玻璃耀出白光，料定下了大雪。方卉的被子叠着，看样子早就出去了。

　　房门一开丹桂从外边进来，头上顶着些许雪花，她伸手撸了一把，跺跺脚，抖落外套上的水珠。

　　小茉问她："雪下得大不大？"

　　丹桂说："也大，也不大。"

　　小茉怼她："大清早的，你吃了火药了？净说些废话，谁又惹你了？"

　　丹桂噘着嘴道："谁也惹我。"

　　丹桂的心情小茉猜个大概，也不点破，从枕头底下摸出手表看了看，说："下雪天，睡觉天，这么早你就起来了，想是有心事？"

　　丹桂走到小茉床前直言："你们昨晚去哪儿了？美兰呢？"

　　小茉瞅着她，知道是大杨捣的鬼，便呛道："真啰唆，昨晚方姐不是跟你说了吗，她的朋友老孟要在莲城开厂子，我们去看场地了。美兰请假了，她回老家了，她妈犯了病。你不相信？"

　　丹桂舔舔嘴唇，念叨着："我倒是相信，可大杨总是不信。"

　　"怎么，大杨又找你了？"小茉挑了挑眉毛。

　　丹桂说："他打昨晚就缠着我问美兰去了哪儿。"

　　小茉咋舌，"大杨的脸皮也真够厚的，他怎么好意思找你问呢？他都那样伤害你，你应该恨他才对。"

　　丹桂颟顸道："我恨不起来，他说他是一时糊涂，他找美兰就是问一句话，过后各走各的路。"

小茉看着丹桂，无可奈何地摇了摇头："我说刘丹桂同志，你怎么没有原则呢？这样的鬼话你也信？他要是没有意，美兰能钩住他？呸，臭流氓。"小茉想了想又说，"从这点看起来，你未必真爱他，不然怎会恨不起来？"

丹桂嘟起嘴，"我也不想理他，可他拿出一副可怜相，我就心软了。"

小茉直言，"你呀，就是棵墙头草，没有定性，这样吧，你让他找我。"

丹桂求之不得，忙点头说好。

两人洗漱完，拿碗去伙房打饭，刚出楼门口，远远地就见雪地里大杨站在胡同口张望。小茉让丹桂头里先走，她落在后边，约莫着时间，方慢慢走过去，大杨嗖地跳出来，拦住去路。

小茉咋呼道："你想干吗？"

大杨一脸谄媚的笑容，点头哈腰地问："秀才，早啊，这是去打饭？"

小茉不屑一顾，"多此一问。"

大杨忙说："我想请教你个事。"

小茉仰仰脸，"有话就说，不用请。"

大杨低声下气地问道："美兰去哪儿了？"

小茉不紧不慢地说："美兰么——她请假回家了呗。"

大杨说："她没回家，我去她家看过。"

小茉看了大杨一眼反问道："那她去哪儿了？"

大杨着急地说："所以我才问你呢。"

小茉傲慢地说："美兰去哪儿了，我知道，但我不告诉你。"

大杨双手作揖："你要告诉我，条件尽管提，就是要我的脑袋，我保证不眨眼。"

小茉笑道："你的脑袋值几个钱？你先说，你找美兰干什么？"

"我找美兰没别的事，就是关心她。"

"得，你不说实话咱们免谈。"小茉滴水不漏。

大杨咬咬牙说："我们俩的关系你又不是没看见，那不是明摆着。"

小茉盯着大杨，厉声道："你们俩啥关系？我看见啥了？"

唬得大杨嗫声，好一会才说："秀才，是我错了，我是个混蛋，你就发发善心，告诉我，我一辈子记着你的好。"

小茉站住，四下里瞅了瞅说："别以为你求我我就发善心，我不过是看在美兰和丹桂的面子上才跟你说话。"

大杨红了脸，点头称是。

小茉说："要我说也行，但有个条件，要是做不到就拉倒。"

大杨眼巴巴地发誓："你说，我保证做到。"

小茉盯住他，"你先说，你爱不爱丹桂。"

大杨卡了壳，半日方说："我们就是好哥们。"

小茉又进一步，"那好，你要向丹桂道歉，把你跟她谈朋友的实情告诉她，不要让她误会。"

大杨为难起来，"秀才，这也太丢面儿了，我一个男子汉大丈夫——说真的，我可没动丹桂一根汗毛，不信你问丹桂。"

小茉发狠："这我不管，你要做不到，就当我没说，我也不会告诉你美兰在哪儿。你好好想想吧。"说完径直踏雪而去，扔下大杨站在那儿打旋磨。

小茉打完饭回到丽香斋，见方卉已经回来了，满脸的疲惫，正脱了外套准备上床。小茉忙将稀饭端给她，让她吃了饭再睡。

方卉拿了块馒头就着小咸菜吃，小茉忙问起马二炮的事。

方卉低着头说了声情况不妙。

"他找你干吗？"

方卉叹了口气，"他问是不是我，我说不是，他说知道是谁告的了。"

小茉纳闷："那会是谁呢？"

方卉说："他没说，他说参与这事的不光他，还有别人，问他是谁，他死活不说，真是个犟人。"

"他讲义气罢了，铁证了是他？"小茉问道。

方卉说："公安局在废品收购站找到了赃物，收废品的指认了他，还有在墙外的现场发现了他的打火机，上边有他的指纹，证据确凿，他自己供认不讳，只等着宣判了。他哥抱着他呜呜地哭，说没有带好他，将来无脸见地下的爹娘。他虽干了这事，到底没攒出一分钱来，全都请吃请喝抛撒了，要是能退赔一部分钱还能轻一些，又没钱请律师，只能任凭判决了。"

两人不胜唏嘘。

方卉喝了口稀饭，"他哥也找过白玫，想让她去看马二炮，那丫头不去，心够硬的。"

　　小茉说："她当着人的面说这事与她无关，听说金刚钻又贴上了。"

　　门吱嘎一响，丹桂进来了，顶着一头雪，将打的饭往床头柜上一放，一头扑到床上哭了起来，方卉问她怎么了，她恼得说不出话，好久才断断续续地说："大杨——大杨说，他从——没爱过我，跟我就是——铁哥们。"

　　看着丹桂伤心欲绝，方卉和小茉会心一笑。

第四十二章　全体职工会议如期举行

　　雪过天晴，分外寒冷。小茉急匆匆准备去参加招干考试，她特意穿了妈妈的羽绒服，走到厂部办公室，看到公告栏前围满了人，好奇地挤过去一看，原来是明天召开全体职工大会的通知，会议日程有两项：一是对厂领导进行测评，二是部署第二轮承包方案。人们七嘴八舌地议论着，小茉顾不得听，一路小跑到车棚里推自行车，不知大杨从哪里冒出来，又缠着她问美兰的去处。小茉不耐烦地嚷道："我昨天不是跟你说了吗，美兰不想见你。"

　　大杨猴急的样子，"我可是照你说的办了，也跟丹桂道歉了，什么也跟她说了，你该告诉我美兰去哪了吧？"

　　小茉扬了扬眉毛，"这本就是你应该做的。"

　　大杨低声下气地说："要不你跟美兰说，我什么都不在乎，只要她答应跟我好就行。"

　　小茉看着他，"这些话你自己跟她说去。"

　　大杨又磨叽起来，"那你告诉我她在哪里，她怎么样了。"

　　小茉说："没见你这么讨厌的人，有心你就等她，她明天就回来了。"

　　大杨说："我现在就想见她。"

　　小茉打开自行车锁，一推竟发现后带瘪了，有些着恼，她生气地对大杨说："既然那么离不开她，又为什么伤她的心？都是你自找的，别来烦我，我还要去考试呢。"

　　大杨觍着脸道："男人谁受得了这个呀？不过我想开了，她也是吃了人家的亏，面子算什么？面子就是王八蛋！我会对她好的，好秀才，你就跟我说了吧，你告诉我，我去给你打气。"

　　小茉急得打转，忽听得有人喊她，循声望去，见谭哲推着车子站在大门口向她招手，心里有了主意，她对大杨说："你要是知错，就买只烧鸡送到丽香斋，只要我们每个人高兴了就帮你。"说完急匆匆地跑去大门口。

小茉问谭哲去哪儿，谭哲说："甭管我去哪儿，我送你一程好了。"

小茉奇怪，"你知道我去哪儿呀？"

谭哲说："你不是考试吗，我顺路，送你到地儿。"

小茉问："你怎么知道我考试？"

谭哲学着小茉的口气，"我是秀才不出门，便知天下事。"

小茉没恼，心下捉摸，兴许他是听方卉说的。不管那么多，先去考试再说，便跳上车子说："党校。"

马路上积了雪，经人车一碾便结了壳，硬滑如镜，小茉担着一颗心，好在谭哲车技好，极稳妥。

谭哲说："我问你个事，方姐和齐厂长是同学吗？"

小茉不作答，反问道："你问这个干吗？"

"我就问问，看着方姐对齐厂长挺好的，齐厂长对方姐也好，为了提名可是费了心思。"

"方姐是劳模，任劳任怨，心胸坦荡，一心为公，老齐提名方姐与同不同学没半毛钱关系。"

谭哲笑道："你说话倒挺厉害。"

小茉明白，明天开会，改革方案已定，谭哲肯定知道，有心打听方姐的人事安排，又怕谭哲识破，便说："他们好像是那么层关系，不过方姐心好，对谁都好。"

谭哲回道："心再好也得有辨别，可别做了善良的农夫。动辄就辞职，别人求之不得呢。"

小茉觉着谭哲的话有些蹊跷，却也猜不透是什么意思，想了想说："我们猜个谜语，我说谜面，你只说是或不是。"

谭哲不置可否。

小茉说："方姐不再干车间主任了。"

谭哲答："是。"

"方姐什么也不干了。"

"不是。"

"方姐被提名工会主席。"

"是。"

"有竞争对手。"

谭哲说："是。"

"是个男的。"

"不是。"

小茉忍不住问道："不是孙大头，那是谁呀？"

谭哲不说话了。

小茉着急地说："你告诉我呀。"

谭哲说："你破坏规则，猜谜到此结束。"

小茉软下口气说："你既然关心方姐，就告诉我好了。"

谭哲不吱声，小茉知道他不会说，便生气地推了他一把，"你真是个木头。"谭哲一下失去平衡，车子一扭滑出一箭之地，小茉仰面掉下车子，谭哲向后一扑，结实地摔在地上，小茉正巧掉在谭哲后背上。

小茉跳起来，看到谭哲趴在地上的狼狈样子哈哈大笑，边伸手拉他边问道："你没事吧？"

谭哲咧着嘴只是摇头，看样子摔了腿，走路有些跛，好在也到了地儿。小茉望见小丽站在党校门口招手，便跟谭哲说："前边就是，我自进去，你走吧，回去我请你吃烤地瓜。"

小茉一路跑到小丽身边打个招呼，小丽笑着低声问道："那人是谁呀？"小茉说："厂里的同事。"小丽挤眉弄眼地说："你不说我也知道，他常去买书的。"小茉回怼："知道你还问。"小丽嬉笑道："你告诉我意思不一样。"小茉瞪了她一眼，"你什么意思？"小丽调皮地说："就是那个意思。"小茉撒娇道："你说啥呢，就是同事。"小丽说："同事就同事吧，你急什么？我可看到了，刚才他可是救了你，他本来两腿撑住了，又扑到地上，是故意接住你。"小茉脸热起来，娇怪道："别瞎说了。"

小茉忽然瞥见远处有个人站在大树旁向这边张望，是她父亲，心里一怔，便故意低下头去，拉住小丽的胳膊匆匆进门了。

小茉进了考场对号入座，看到谭哲急匆匆地进来，以为是来找她，刚抬手哎了声，却见他坐在座位上，方明白他也是来考试的。谭哲抬头看了她一眼，四目相对，小茉忍不住抿嘴乐了，低下头摆弄着准考证，心里说：

"真是个傻瓜。"

小茉的考试很顺利。那日晚上宋红梅带美兰回来，丽香斋的五位姑娘凑齐了，大家冰释前嫌，品尝着大杨送的烧鸡，有说有笑，好不热闹。

忽然有人敲门，丹桂开门一看，是林花，手里提着一兜橘子，她往丹桂手里一放说："这是牟姐送给大家吃的。"

丹桂丈二和尚摸不着头脑，"干什么呀？"

林花并不明说："你只管吃就是，别问那么多。"转身就走。

丹桂提进屋子，鹦鹉学舌把林花的话说了，大家互相看着，感觉奇怪，宋红梅说："林花是牟桂金的徒弟，不用猜，一准是为了承包的事，这还没开会投票呢，就作开揖了，真是邪性。"

丹桂说："牟姐到处对人说，二车间除了她没有第二个人敢承包。"

宋红梅鼻子哼了声，"也太猖狂了，本姑娘每月产量第一，凭什么说没人？"

美兰怂恿道："红梅姐，要不你也报名吧，我们投你。"

宋红梅拍了拍胸脯，"行，赶明儿我也报名给你们瞧瞧。"

方卉说："你何必跟她们闹，那些娘们儿破嘴烂舌的，什么话说不出来。"

宋红梅不服气，"怕她们，公平竞争，谁敢说个不字？这翠春厂的歪风邪气也该改一改了，那帮魑魅魍魉，我看着就来气。"

小茉来了兴趣，说："你报名，我去给你发动群众，民主议事，就是要选择最好的人来领导我们，有这个权利我们为什么不用？他们搞串联，我们为什么不能？"

美兰和丹桂也撺掇，四个人商议对策，方卉在一边心中怦然，她对四个人说："既然是民主，不妨我们格局来得大一点。"

大家看着方卉，方卉说："我们应该选一个有能力的人，一切为了工人的利益的人。"四个人异口同声地说："选老齐。"

方卉把想法说出来，四个女孩子喜不自禁，齐声说好。

全体职工会议如期举行，因为厂里没有礼堂，天又冷，只好在准备车间临时布置了会场，中间摆了二十多把椅子，厂里的头面人物坐着，职工们有坐在布滚子上的，也有席地而坐的，也有倚墙而站的，大家挤挤攘攘，场面有些混乱，主持会议的副厂长俞钱头发梳得一丝不苟，精神抖擞，意气风发，他敲着话筒，叫了几遍肃静，场面方安静下来，工业局的领导首先发表了重要讲话，中心就是要把改革进行到底，全面、彻底地打破"铁饭碗"。

小茉和美兰、丹桂站在有暖气片的墙边，大杨挤过来，站在旁边，他想拉开丹桂，美兰偏不让丹桂走，哪知大杨人高马大，一点点往里挤，丹桂夹在中间憋得脸通红，小茉羞大杨："一个大男人与女孩抢地方，厚颜无耻。"大杨也不作声，目不转睛地看着美兰，美兰只是侧着脸不理他。

隔不远，邱金刚紧贴着白玫坐在一处，那小子手不老实，暗里去搂白玫的腰，白玫无动于衷。

小茉望着谭哲在主席台上倒水，手背上贴着胶布，便回忆昨日摔倒时的情形，心想："不会是把手伤了吧？"

老齐宣布了第二轮承包及中层领导竞争上岗方案，承包人自愿报名，车间职工投票，人员优化组合，末名淘汰下岗，而工会主席人选采用提名差额投票的方式，会场一下子沸腾了，初时小声窃窃，继而嗡嗡聒噪，俞钱敲话筒喊话皆不中用，会议在混乱中收场。

第二日，厂办前的公示栏上公布了承包报名情况，小茉拉着丹桂去看，宋红梅报名了二车间，看榜的牟桂金当场发疯，骂骂咧咧，身后的邱淑月倒松了一口气，准备车间刘娘子竞争车间主任，而工会主席人选栏明明白白地写着方卉和盛大燕。小茉心内诧异，盛大燕本应竞争准备车间主任，她怎么会与方卉竞争工会主席呢？背后肯定有问题，可见那日谭哲话里有话。

小茉扔下丹桂急匆匆地赶回丽香斋，方卉正在与美兰说话，小茉急忙将情况说了一遍，盛大燕的参选让方卉甚是震惊，她一心培养盛大燕接班，没想到她却另起炉灶，若不是小茉言之凿凿，她都不敢相信，多年前被姐妹背叛的情形重现，她没有愤怒，反而出奇的平静。

"你就一点没看出端倪？"小茉问。

方卉笑了笑说："她要是真有那心怎么会让我知道？只是可惜，准备车间要是落入那些人的手不知要成啥样子。"

美兰想起上次听到梦特娇与盛大燕的谈话，便插言道："她跟梦特娇走得近，两人在一处说话，想来就是为了这事，我还听说她表哥在工业局干科长。"

小茉点头，"这就是了，她也是拉拢对象，表面上与你好，背地里谁也不得罪。"

方卉明白，俞钱的算盘打得精，支开盛大燕，确保刘娘子上位，又能让盛大燕与自己相争，可谓一石二鸟，心中犹豫，喃喃道："大不了我辞职。"

小茉着急地说："你可不能辞职，那样的话就上了他们的当，老齐的工作就更难了，不为厂子怎样，单为了老齐你也得挺住。"

方卉低头不语。

丹桂推门进来，一边呵着手一边笑着对小茉说："你早回来了，没看到热闹，一车间的王主任和承包的韩姐吵起来了，打成了一团，两人互抓了头发，拔起骨碌，可有意思了。"

小茉先知似的表情，"好看的还在后头呢，等着下岗的名单出来不知要乱成啥样子。"

正说着，听到外边一阵吵嚷，小茉拉开门一看，见宋红梅站在楼道上，以为宋红梅与人吵起来了，忙跑出去，原来是楼下邱淑月与刘娘子过嘴。

听到刘娘子嚷道："我不像有些人，生来缺汉子，不要脸，烂大街的货。"

邱淑月回道："有本事看好自己的汉子，别成天疑神疑鬼，不要脸。"

转而听到孙大头吆喝："回屋里待着去！"后边喊喊喳喳不知说了些什么。

周围安静下来，空气中弥漫着躁动和不安。

宋红梅和小茉进屋，方卉问怎么了，宋红梅说："还能怎么着，听说邱淑月与孙大头靠近说话，为她侄子求情，母老虎就发起飙来。"

宋红梅将手里提的东西递给美兰，说："你干妈给你做的枣泥糕。"

美兰喜笑颜开，接过来连声道谢。

宋红梅揶揄道："不知着了你什么魔道，你现在在我妈眼里比我这亲闺女都亲。"

美兰打开包分给大家吃，每人拿了一块，她对宋红梅嗲声嗲气地说："我干妈对我最好了，你回去跟我干妈说，我过些日子就回去看她老人家。"

小茉对宋红梅说："我和丹桂挨个宿舍都跑了，都打了招呼。"

宋红梅伸出大拇指，"很好！"

　　小茉与宋红梅击掌，"苟富贵，勿相忘。"见方卉摇头，小茉说："这就是民主。"

　　宋红梅一时想起什么，她从包里拿出一封信交给小茉，"在门口碰到你爸，他让我捎给你的。"

　　小茉接过信拆开看，原来是青岛交通大队的事故处理决定书，要求家属前往办理，小茉咬了咬嘴唇，脸上退去笑容，将信放进妈妈的鸭绒服口袋里，默默地想着心事。

第四十三章　方卉走马上任

正是投票的日子，一大早人们就三三两两地会聚厂部办公室前，各车间主任点卯、发票，人声鼎沸，分外热闹。丽香斋姐妹们吃过饭后便一起下了楼，大家说说笑笑，在人流里特别显眼。

方卉老远望见盛大燕，便将脸扭了一边去，假装与边上的刘娘子说话。方卉径直走过去，拉她到屋山墙的僻静处。

盛大燕扭扭捏捏有些难为情，讷讷地问有啥事。

方卉看着盛大燕，淡淡地问道："你想上进，怎么不跟我说呢？"

盛大燕说："其实我也不知咋回事，厂里就把我列上了，竟跟你争起来了。"

方卉并不拆穿她的鬼话，说："这也没什么，人往高处走，水往低处流，上进是好事，只怕……"

盛大燕反问："只怕什么？"

方卉沉吟道："工会主席不仅需要厂党委提名，还要全体职工选举。"

盛大燕坦然道："他们说只要厂党委过了，选举没问题。"

方卉问道："他们是谁？俞钱？孙大头？他们一心只想着刘娘子当车间主任，你跳开身子不是给人让位子？"

盛大燕直言道："俞厂长说你正在停职检查，不能参加竞选，我就应了，没想到是这种情况，开弓没有回头箭，也不好撤回来，我正觉得对不起你呢。"

方卉说："没什么对不起，我知道你想调个清闲工作，也好照顾老人，可你不要急功近利，落了他们的圈套。"

盛大燕低头看着脚尖，想了半天，鼻头上沁出细汗来，小声说："我表哥说老齐可能调离，俞钱接厂长的概率大，我们跟他斗没有胜算。"

方卉心里有了底，点点头道："我知道了，你去领票吧，别出了岔子。"

盛大燕扭身走开。方卉心里像开了锅，形势的发展超出了她的设想，她清楚地意识到，翠春织布厂的前途不是她或是齐国胜所能决定的。

小茉望见方卉一个人在山墙头发呆，忙走过去小声问："怎么样，碰壁了？"

方卉点头道："大燕做事一根筋，被人灌了迷魂汤，她以为我被停职检查就有机可乘，俞钱提名她手拿把掐，殊不知这就是一个圈套，到时候哭都找不着地儿。"

小茉安慰道："兴许她觉着上边有人的缘故，都是成年人，自作自受，你无须替她担忧。你瞧瞧，近朱者赤近墨者黑，与那样人混还有好果子吃？"

方卉打眼望去，盛大燕与梦特娇并排着说话，梦特娇戴着一副蛤蟆镜，怪模怪样的，便问小茉："小梦这是咋了？"

小茉手捂着嘴笑道："说是骑车子摔的，不过我看更像是被人打的，兴许是让老公打的，结婚不到一个月就挨打，可是稀罕呢。"

正说着话，望见大老袁朝她们招手，旁边站着夏立明和一老一少两个女人，竟是好久不见的大菊和五万。大菊是上次的大襟褂子套了袄，鼓鼓囊囊的如充了气的皮球，五万穿了件红花棉服，扎着马尾，显得粉妆玉琢。

小茉惊叫道："完了，那俩戏精又来了，不会是又来打秋风吧？"

方卉让小茉帮她领票，她自迎过去。

大菊一把拉住方卉的手，让五万叫姐，五万扭着身子连叫两声姐，大菊说："她姐姐，这些日子不见，你咋瘦了呢？"

方卉问道："你们怎么来了？"

大菊说："就是想三万和你了，来看看。"

夏立明在一旁不耐烦地说："你老别一口一个三万，哪里是三万？跟你说了多少遍，她不是你闺女，你们之间没有关系。"

大菊说："她姐夫，就是没关系，也是认了亲的，那就是亲戚门上，总得常来常往吧。"

夏立明黑着脸，嘟囔道："配型的时候不见影子，现在又来搅和，真是老糊涂了。"

大菊不理他，回头对方卉说："听你姑说，你与三万配上了，那是极好，不是我们不配。"

五万瞅着夏立明噘嘴道："你上次答应的，让我去银行上班，总不能说话不算数吧？"

方卉见双方言语不和忙插嘴："这事是我办的，里边的针线大家心里明，没必要撕开脸说，大菊，金娣不是你送走的闺女，这是事实，她现在找到了亲爹娘，至于认亲，处得好，没有血缘关系也能作亲，不过要好话好说，人总得要脸面吧。"

大菊张着嘴无话可说，一下又抹起眼泪来，方卉拉她和五万进了传达室坐着，说："你们先坐会儿，我自有道理。"

方卉朝着夏立明使了个眼色，两人出了门来，径直走到大门外。

方卉问道："怎么回事？"

夏立明说："她们跑到医院，甩着两手，说是看望金娣，目的是来拿药，我给她拿了药，再让我给五万安排工作，这不是胡搅蛮缠吗？金娣发起疯来，我只能领到你这儿来。"

方卉说："她来看金娣也是好意，何必闹起来。你也知道我和那个人的关系，这些日子没去医院金娣怎么样了？"

夏立明说："老头子做了配型，明后天就能出结果，如果成了，他说给金娣换肾，也算对金娣的补偿。"

方卉问："费用凑够了？"

夏立明说："金娣妈说给垫上，没什么大问题，就是……"

"就是什么？"

夏立明说："金娣说想你。"

方卉说："她的话我不知真假，就作真吧，我会去看她，不过这些时候我事多，等空闲了我就去。"

夏立明点了点头，叹了口气道："我明白，你别光想着别人，自己的事情也好好打算，我们对不起你，给你道个歉，这是我的真心话。"

方卉点头道："我知道，你先回去吧，那娘俩交给我。"

夏立明沉默着，像有许多话说又无法开口，只得转身告辞，方卉望着他的背影想起当年分手的那刻心里倒有一丝释然。

方卉回到传达室，问出大菊娘俩没吃早饭，便带她们去雅客居吃了包子，又买了点心，又给大菊扯了一身衣料，后边答应给五万在织布厂里找个工打，好言好语劝着，总算把娘俩打发走了。回到厂里投票的人都散了，小茉等着她，画了票，投上，已到饭时。

下午，投票结果出来了，老齐得票最高，这让方卉松了口气，但如她所料，俞钱提拔的人多半上位，唯有二车间宋红梅异军突起，打破了他们的如意算盘。盛大燕全员投票落后方卉，眼看着落选，也是急了，直接去找俞钱算账，那俞钱便使上心眼子让她走上层路线，去工业局反映情况。因为关系到维护改革局面，工业局要求厂里写出调查报告，好在方卉的问题早已调查清楚，工会主席任命公示。此时刘娘子当上了准备车间的主任，趾高气扬，盛大燕两头踏空，心里自是愤恨，消极怠工，两人面和心隙，加之刘娘子打压异己，难有公平，准备车间便乱了套，吵吵嚷嚷闹得不可开交，此时车间里的职工方想起了方卉的好，只是木已成舟，难以回头。

一天傍晚，一辆拉布的货车停在了织布厂院里，整车布匹因为质量问题被退回来，准备车间验布组只得加班修疵布，全车间劳动绩效扣分，不单没有奖金，还扣了工资，车间职工火大，到厂部闹事，要求撤换车间主任，刘娘子不仅没了威风，还落个灰头土脸。

方卉走马上任，第一个任务就是与下岗职工谈话，她看着名单甚是忐忑，这11个人，除了老弱病残、产量低，就是吊儿郎当混日子的刺儿头，想顺利说服她们下岗难于上青天。

织布二车间下岗的两个名额落在了邱淑月和牛槐花头上，方卉找的第一个便是邱淑月，她连续两个月产量压底，人员投票只得了两票，虽说当班长，却没有几个贴心人，除了自己那票，好歹丹桂投了她。这几天她眼皮直跳，心里不安，见到车间里的人都鬼鬼祟祟藏奸似的看她。方卉找她时正当班，忙着装梭，身子软，腿像灌了铅般的沉重，只是硬撑着，额头上出了急汗。方卉拍了拍她的肩，做了个出去说话的手势，她心里猛然一坠，像要闭过气去，她向丹桂招了招手，硬着头皮跟在方卉后边出了车间。

方卉站住，邱淑月望着她的眼怯怯地问道："是不是下岗的事儿？"方卉没说话，邱淑月又紧着问："是不是？"方卉轻轻点了点头，"你别急，大家开个会，现在还在征求意见……"还没说完邱淑月两腿一软一腔坐在了地上，哽咽道："我就知道，她们都坏了心肠，吃柿子专挑软的捏。"说着，眼泪扑簌簌地落下来。

方卉蹲下身子安慰道："现在厂子效益不好，要改革，全国都一样，上海织布多大的厂子都改了，工人照样下岗，没办法。"

邱淑月哭道："什么没办法？就是甩包袱罢了，小方，我比你早进厂几年，当年说是以厂为家，工人当家做主，干了这么多年，人老了，不中用了，就撒手不管，这算什么？辛辛苦苦，劳模先进都得过，没有功劳还有苦劳，再怎么也轮不到我吧？"

方卉眼眶潮湿，心里如刀扎的一般，却默然无语，她知道这当口说什么也无用。

小茉去汽车站买票回来，路过厂办谭哲把她叫住，手里拿着一封信，让她捎给丹桂，小茉接过来，看着谭哲手上的胶布忍不住问："你的手还没好呀？"谭哲说："就差个烧鸡补一补。"小茉白了他一眼："喊——想得美。"转身翩然而去，谭哲望着小茉离去的背影，嘴角闪出笑意。

小茉回到丽香斋，发现方卉睡在床上，悄悄凑上去，见方卉满脸泪水，忙问怎么了，方卉没回言，好久，坐起身子，拿了毛巾揩眼睛，问小茉："你买好票了？"

小茉嗯了声，"明天上午8点的车。"

方卉说："我跟老孟打电话说了，她兴许能帮上忙。"

小茉说："不用麻烦她，我自己能行。"

方卉嘱咐道："你自己出远门要小心些。"

小茉晃着脑袋不以为意，"鼻子下边是大路，我丢不了的。"继而又问："你到底又为了什么哭？"

方卉掩饰道："就是心里堵得慌。"

小茉猜道："是不是为了下岗的事？"

方卉声音哽咽，"小邱太可怜了。"

小茉安慰："你这样软心肠的人干这事未免难做。"

方卉望着小茉，"说实在的，我真想辞职。"

"是不是老孟又劝你去她那儿？"小茉问。

"不是，我就是觉得……"方卉顿住，叹了口气，"我也不知怎么办，要是能帮她们，那该多好。"

小茉凄然道："这是大气候，你又能怎样？"

方卉叹道："可惜没有资金。"

小茉眼睛一亮，"你想创业？现在政策允许个人开厂子，也不是不可能。"

方卉苦笑，"哪有那么容易。"

小茉明白，下岗是无解的事儿，便转了话题，"我回来在门口听到大老袁说，马二炮判了，五年。"

方卉怔怔地没言语，末了叹了口气。

门一响丹桂回来了，她一见两人便咋呼道："我告诉你们个特大新闻，梦特娇她对象被公安局抓起来了，她说要离婚，铺盖又搬回大库里，现在在那儿哭呢，直怨命不好。"

小茉忙问："为了什么？"

丹桂往前伸着头神秘兮兮地说："听说她男人看黄色录像被人举报了，还有许多人，一个团伙，都是贸易局的。"

这时宋红梅进来，小茉便向她打听丹桂听来的消息，才知道确切，县公安局开展严打，根据群众举报昨晚破获了一个以孔某为首的聚众淫乱流氓团伙，"你们听了就行，别对外说，也别对她说。"宋红梅用下巴点了下王美兰的床，大家心里明白，便不再谈论。

小茉告诉丹桂有她的信，"是你叔家的哥哥来的。"

丹桂问道："你怎么知道？"

小茉得意道："我猜的。"

丹桂脱鞋上床，忙拆信来看，忽然她瞪大了眼，心跳加快，下意识地用手捂住嘴，生怕自己叫出声来。

第四十四章　你一定想知道我是谁

　　吕小茉走出交警队的大门，她的包里揣着一张十万元的支票，那是母亲车祸事故方的赔偿，无法释怀的伤感占据了她的身心，仰望着湛蓝的天空，她的头脑像被抽空了一般。

　　一个高个子男人凑上来，他有些驼背，留着齐耳长发，皮笑肉不笑地与小茉搭话："嗨，小嫂，要去哪里？"小茉甚是反感，瞪了他一眼，扭身快步向北走去。

　　吕小茉漫无目的地顺着人行道走，眼角睃着身后，长发男子并没有跟上来，方松了口气。没走多远，忽然有个女声喊道："哎——你等一下。"她下意识地回头看，见一个女孩盯着自己，慢慢地靠近。那女孩与她差不多年纪，身高相仿，梳着马尾辫子，眉梢高挑，忽闪的大眼睛傲视着她。小茉想起在交警队大厅办手续时那女孩就在椅子上坐着，想来早就盯上她了。女孩来到小茉面前，用命令的口气说："你跟我走。"小茉反问道："我为什么跟你走？"那女孩说："我叫唐小莉。"小茉说："那与我有什么关系？"回头继续走，就听到那女孩说："你亲生父亲要见你。"小茉胸口一堵，停下脚步。

　　小茉跟着唐小莉走，兜兜转转，换了两路公交车，走了半个小时方下车。唐小莉只管在前头带路，闷不作声，小茉心里乱嘀咕，也不好问。走了有一里地，来到一座医院前，唐小莉停下，略有迟疑地说："他住 303 病房，他得了肝癌，快要死了。"小茉问道："你跟他什么关系？"唐小莉说："他是我父亲。"小茉早就猜到，并不意外。唐小莉直视着小茉，用毋庸置疑的口气说："他是我的父亲，永远是。"话里加重了"我"的语气，小茉明显感受到话语里的敌意和愤恨，她舔了一下嘴唇。

　　俩人进了医院，到三楼，楼道里很安静，沿着走廊一直走到尽头，站在病房门口，唐小莉小声说："少说话，他很虚弱，不要让他激动。"说完轻轻推门进去。

这是间单人病房，干净整洁，雪白的墙壁让人有敬畏感。男人静静地躺在病床上，看上去瘦骨嶙峋，眼窝深陷，颧骨凸显，看似病情严重。小茉盯着那张脸，努力与照片上年轻英俊的模样相比较，不禁深深地失望。

唐小莉走到病床前，用手轻轻推了推，男人微睁开眼，唐小莉伏到他耳边小声说："爸爸，她来了。"男人眼睛瞪大，努力搜寻着，最后落在小茉身上，刹那间放出异样的光来，嘴巴张开，喉咙里发出含混不清的声音，他用力挣扎着向上起，却是徒劳。唐小莉忙到床尾，将床头摇起来，让她父亲半躺着。

小茉对与亲生父亲的相逢曾做过许多的假设，热烈拥抱，泪眼相对，或是欢呼雀跃……却与现实大相径庭，她的心里出奇的平静，无喜无悲，当两人的目光相遇，男人微笑了，那笑意是温暖的，像阳光照在身上。小茉想走上前去，身体却像钉住了，她对着男人点了点头，算作打招呼。

男人对唐小莉说："你出去一下。"

唐小莉出去了，临出门瞪了小茉一眼。

男人吃力地抬了抬手，示意小茉到近前来，他伸出手，小茉略有迟疑，还是走上前，伸手过去，男人的手一把握住小茉的手，紧紧地，像怕失去了一样。

"你一定想知道我是谁。"男人努力让自己的语气平和，却因为激动而颤抖，"我叫唐本鹤，是你妈妈的朋友——也是你的父亲。"他缓一缓，喘息着。

小茉说："我知道。"

一时冷场，男人注视着小茉的脸，慈祥地说："你想问我什么？"

小茉鼓足勇气，问道："当年，你为什么抛下我妈妈？"这是憋在她心里的话。

唐本鹤吸一口气，艰难地说："我走的时候并不知道你妈妈怀孕，我原打算回青岛安顿好，再想办法接你妈妈回来，为了挣钱，我上了一艘船，当了海员，一去就是一年，一年后，我回去找你妈妈，发现她结婚了，而且有了孩子，我很痛苦，便没有打扰她，悄悄地走了。那是我这一生中犯的最大的错误。"

房间里静静的，阳光穿过窗子，投射出一束光柱，唐本鹤望着那光柱出神。

"那是多么美好的时光呀，花样年华，我们相爱，憧憬着未来，你妈妈喜欢茉莉花，精心培养了一株，我们曾经约定，将来结婚生了女儿就叫茉莉。你妈妈给你取名小茉，后来我结婚了，也有了一个女儿，我便叫她小莉，这算是对我们初恋的纪念吧。"

唐本鹤疲倦地闭上眼，像是睡过去了。小茉屏住呼吸，心里生出一种从未有过的眷恋，似是冥冥之中的召唤，她握紧了那只手。

那充满磁性的声音又响起来，好像是从老远的地方飘过来的，"19年来，我把爱藏在心里，当我知道自己时日不多时，我鼓起勇气，去了莲城，找到了你妈妈，真相得以大白，岁月逝去，无可挽回，我们决定再次走到一起，可上苍无情，夺走了我们最后的希望……"

唐本鹤突然大口地喘着气，断断续续地说："我就要去见你妈妈了，希望你能原谅我们。"他抽出被握住的手，从枕头下摸出一个包裹，交给小茉，还想说什么，却突然大叫一声，捂着腹部扭动着身躯，豆大的汗滚下额头。

唐小莉从门外冲了进来，赶紧按动呼叫器，医生护士过来，一阵忙乱地抢救。唐小莉拉着小茉出了病房，愤愤地说："他跟你说什么了？"

小茉将包裹交出来，唐小莉并没有接，她恶狠狠地说："我恨你，恨你妈妈，如果不是你们，我妈不会郁郁而终，你走吧，永远不要再让我见到你！"说完趔回病房。

小茉呆站在走廊上，委屈的眼泪喷涌而出，她强忍着喉头的哽咽，犹豫再三，扭头离开。

泪眼模糊中，小茉沿路而行，她本以为那个存在的亲生父亲与她无关痛痒，然而，血脉相连的含意不仅存在于肉体，还会冲击心灵，她绝望，漫无目的地游荡，虽然周围人流熙攘，她却感到无比的孤独。她抹了把眼泪，猛然看见不远处站着那个长头发男人，心头一震，转身向马路对过走去，那男人追了上来，慌乱之中小茉看到一辆公交车停下，便飞快上车，长头发男人追到跟前时车门关闭，他望着小茉无奈地摇了摇头。

不知坐了多少站，听到乘务员叫"栈桥到了"，小茉下车，那是妈妈最怀念的地方。她走上栈桥，抚栏眺望，大海苍茫，心里蛰伏着无限的悲凄，如果唐本鹤死了，她将成为这个世界的一个孤儿，想到此不禁失声痛哭。

不知过了多久，海风吹干了小茉的眼泪，有人拍了拍她的肩膀，回头一看，竟是老孟，后边还跟着那个长头发男人，原来他是老孟派来接小茉的。

老孟拍了拍长发男人的肩膀，粗声大气地对小茉说："他姓曲，叫他老曲就行。"

小茉不好意思地说："我以为你是坏人呢。"

老曲笑了笑，幽默地说："我很丑，但我很温柔。"

老孟瞥了他一眼，娇嗔地道："你呀，这么大岁数了，连个小姑娘都照顾不好。"

两人眼神对视，老曲只是笑，并不回嘴。

小茉感觉两人关系微妙，便说："他很尽职的，只是我多心了。你派了人又亲自来，太麻烦了。"

老孟对小茉说："我可不敢大意，方卉给我打了两遍电话，让我好好照顾你，要是有个什么闪失，我怎么交代？"

小茉故作轻松地说："没事的，我又不是小孩子。"

老孟问："事情都办好了？"

小茉点了点头。

老孟端详着小茉脸上的斑斑泪痕，伸手抚弄着说："办好了就好，也到饭点了，我们去吃饭吧，今儿我尽地主之谊，吃蛤蜊、喝啤酒，保你胃口大开、心情好。"

老孟让老曲先去停车场开车，然后拉着小茉慢慢往岸上走。老孟又问小茉怎么安排的，小茉说："吃了饭我就回去。"

老孟说："要不再住一天，我陪你逛逛青岛。"

小茉推托道："不用了，我只请了三天假，今天必须回去。"

上了岸，车正好开过来，老孟拉小茉上车，三人去吃午饭。

饭店门面不大，但饭菜很丰盛。老孟不停地给小茉夹菜，指挥得老曲团团转，一趟趟要蒜要醋，老曲不厌其烦，总是笑眯眯地来回跑。小茉看在眼里，料定两人关系不一般，心里暗暗高兴，她的想法很简单，如果老孟有了相好，自然不会染指老齐，那么方卉与老齐就有指望了。

趁着老曲出去，老孟问方卉近来怎么样，小茉便说："厂里改革，老齐很难，方卉为了保老齐要辞职，在她心里老齐比什么都重要。"

老孟似乎没听出小茉的弦外之音，直说："我倒盼着老齐下台，那样我就有希望了。"

小茉问道："你还喜欢老齐吗？"

老孟点头说："喜欢呀，那么好的男人到哪里找去？"

小茉想了想端起酒杯说："我敬你一杯吧。"

老孟爽快地一饮而尽，斜眼望着小茉笑说："要是可以，你给我做媒人吧。"

小茉试探道："要是他不喜欢你呢？"

老孟仰头大笑："俗话说男追女隔堵墙，女追男隔层纱，功夫不负有心人嘛。"

小茉知道老孟说疯话，便一不做二不休，说："假如——我是说假如，你有一个好朋友也喜欢你喜欢的人，你会不会让？"

老孟斩钉截铁地说："不会。"

小茉歪着头说："那要是老齐喜欢你那朋友呢？"

老孟说："那就要先下手为强。"

小茉有些垂头丧气，她知道方卉心里总想着别人，她万不可能抢别人的男友。

老孟看着小茉，用筷子敲敲桌子说："好妹妹，俗话说天要下雨娘要嫁人，都是没法子的事，替别人担忧那是自讨苦吃，你倒说说我那朋友是谁呀？"

小茉见老孟明知故问，本想把话挑明了，无奈老曲回来了，不好再说什么，只得敷衍道："没谁，我就是假设。"

老孟从包里拿出一封信，说："把这信给方卉，我开分厂的事让她抓紧办，保证明年五月开工。"

小茉接了，放进包里。

老孟似笑非笑地说："一定放好，里边有你关心的内容。"

吃完饭老孟送小茉上了客轮，三个人挥手告别。

小茉站在客滚船的甲板上，凝视着海面掀起的层层浪花，心潮澎湃，她将爸爸给的包裹紧紧地贴在胸口，那是母亲与父亲的书信，一段刻骨铭心的生死之恋。海风凛冽，小茉搓着冻僵的脸，跺了跺脚，浑身麻木的感觉，她不得不回到客舱找个座位坐下。她环视四周，乘客们大多闭目养神，隔排座位上一位穿军装的小伙子笔直地坐着，见小茉看他，咧嘴微笑，小茉觉得面善，一时想不起来，她在脑子里搜索半日，忽地想起丹桂来，那不是她叔家的哥哥吗？

小茉站起身走过去，就近坐下，小声问道："你认识刘丹桂吗？"

小伙子笑着点点头。

小茉高兴起来，"你是刘丹桂叔家的哥哥对不对？"

小伙子嗫嚅，面红耳赤，点了点头。

小茉说："果然是，我看着面熟，我跟丹桂一个厂的，我们还一个宿舍呢，上次你去厂里找丹桂，我见过你，只是你不认识我。"她伸出手，"我叫吕小茉。"

小伙子握了握小茉的手，终于开口说话："我知道，听丹桂跟我说过，你们是好姐妹。"

小茉听着小伙子的口音与丹桂有得一比，便忍俊不禁，这让小伙子更加局促。

为了打破窘迫，小茉问道："你叫什么名字？"

小伙子羞涩地说："我叫于雷。"

小茉一愣，"你怎么不姓刘呢？你不是丹桂叔家的哥哥吗？"

于雷喃喃道："其实，其实……"

小茉好奇，"其实什么呀？"

于雷说："我其实是丹桂的同学。"

小茉高声嚷道："原来你不是丹桂叔家的哥哥呀，那丹桂她怎么……"

小茉看着于雷难为情，一下明白过来，心里叫道："好一个刘丹桂，竟然撒谎，这次看你还有什么话说！"

第四十五章　女孩子们仿佛是这夜的主人

过了冬至，天渐渐长了。

天微明，丽香斋的姑娘们都醒了却没有起床。正遇上大修，难得松散。

方卉心里惦记着下岗职工的事儿，一夜未眠。邱淑月不吃不喝每日拿着小凳子到厂部里静坐，牛槐花一日三餐跟着老齐去吃饭，11个人都不是省油的灯，每日围着她要说法，任凭她磨破嘴皮都无济于事。老孟的信让她看到了希望，但那也许是万丈深渊。

小茉用手摩挲那封铅字信，莫名的兴奋敲打着她的心房，她的诗被《诗刊》采用，她梦寐以求的愿望实现了，她在心里默念母亲，希望冥冥之中的通灵。

王美兰的心事最重，她的一腔出人头地的心劲儿化为乌有，虽说那姓孔的得到了应有的下场，可她哑巴吃黄连——有苦说不清。大杨没有嫌弃她，但她知道，与大杨结婚以后的人生一眼望到底，土里刨食，劳碌至死。家里捎来信，她娘又病了，她哥的亲事也有了眉目，这些都需要钱，都指望着她。王美兰摸着枕头里的那摞钱，那是肮脏的钱，却能解决问题，看看梦特娇，吃好穿好，别人说三道四又如何？她侧脸望着床头的那件毛呢外套，那是大杨买给她的，用了一个月的工资加奖金。如果失去大杨，她又当怎么样？王美兰望着天花板，心里如打翻了五味瓶。

丹桂悄悄从铺下边摸出白丝巾和那个装银镯子的盒子，想了想，将丝巾包住盒子，她要物归原主，又小心地摸出于雷给她的信，她把信放在胸口上，闭上眼睛，静静地回想着昨晚于雷哥拥抱亲吻她的情景，一时春心荡漾。

晨光描得丽香斋三个字分外显眼，四顶帐子已经撤去，房间显得宽敞明亮。

姑娘们起床梳洗，小茉忽然发现了新大陆似的叫起来，"丹桂，你的脖子怎么了？"另外两人也转头看，见丹桂的脖子上有几处红红的，小茉凑上去，煞有介事地说："看上去像被人咬的。"

丹桂忙不迭地用手捂住脖子，脸面通红，"你胡说。"

小茉见丹桂急赤白脸，便点着丹桂的头说："我明白了，昨晚约会看电影，一定是发生了什么事。"

丹桂还在嘴硬，见大家都笑，索性放下手，梗着脖子说："发生了又怎样？"

小茉说："你可真是——瞒着锅台上了炕，才第一次正式约会，有点操之过急呀！"

丹桂娇羞地说："呸，你说的什么爱情分阶段，都是骗人的。"

三个人看着丹桂的样子，笑成了团。

宋红梅的婚期日近，美兰和丹桂商议着做头发，吃过饭便匆匆去了，只剩下方卉和小茉。

小茉看到方卉摆弄信，想起老孟"里边有你关心的内容"的话，禁不住好奇地问："老孟信里怎么说？"

"她想明年五月份开工。"

"她让你干？"

方卉点了点头："她想让我入股份，由我承头。"

小茉问："你去吗？"

方卉沉吟半天说："毕竟干了这么多年，哪能说放下就放下？况且现在这种情况，劝退的工作还不明朗，我要是打退堂鼓，不是害了……"她没说下去，但小茉明白，方卉是怕给老齐的工作添难。

方卉又说："看着那些下岗的人，我倒想拼一下，或许能给她们找一条出路。"

"你何必找麻烦，她们都是些包袱，别人不要的。"小茉说。

方卉说："可她们有经验。"

小茉点头道："无论怎么说，你想干我就支持你。"

方卉叹口气，"可惜没资金。"

小茉说："这你放心，我有，我爸说了，我妈的那笔钱让我留着，还有我的那个——爸，也给了我一笔钱，足够你入股的。"

方卉笑道："要是我赔了呢？"

小茉认真地说："赔了我认栽。"

方卉看着小茉，眼里竟然起了泪花，她深情地说："有你这句话我就心满意足了。"

小茉笑得灿烂。

方卉揩了下眼睛说："算了，不说这些了，说说你吧，你和你爸和解了？"

小茉点头道："其实也没那么难，他是个好爸爸，以前我错怪了他，他也毫无怨言，还有那个女人，也很善良，以后他们就是我的亲人，我会好好待他们的。"

方卉说："虽说没有血缘关系，但一家人相亲相爱，多好呀。"

小茉知道，刚才的话又勾起了方卉的心事，便转移了话题，问道："老孟还说什么了？"

方卉将信递给小茉。

小茉看了一遍，看到信尾竟写着一行字，"老齐是个好人，可托付终身，天作之合，不可错过。"

小茉看着方卉，调皮地说："好你个老孟，原来这么义气，我还跟她说……"

方卉问道："你跟她说什么？"

"让她退出，成全你和老齐。"小茉认真地说。

方卉急忙道："你们都想错了，我帮老齐只是为了厂子好。"

小茉回道："这与厂子好并不矛盾呀。"

方卉脸色凝重地说："我们两个是不可能的，本来谣言满天飞，要是成了，反倒落了那些人的口实。"

小茉有些急眼，"你怎么……别人的嘴让他们说去，你们正大光明，有什么落不落口实？"

方卉一本正经地说："这事到此为止，别再说了。"

小茉知道方卉决定的事，八头水牛都拉不回来。她把信还给方卉。

外边忽然传来吵闹声，小茉开门出去，踮着脚尖向下望，看到大库门口聚着好些人，有人推扯着，似在吵架。

正在猜测，恰巧宋红梅上楼来。

"出什么事了？"

宋红梅也不言语，拉小茉进房间。

小茉莫名其妙，"怎么了？"

宋红梅闭上门，漫不经心地将包扔在床上，回头说："韩主席老伴大战九尾狐狸精。"

小茉一下来了兴致："梦特娇？为什么？"

宋红梅幸灾乐祸地说："据说她儿子看黄色录像的事就是那妖精告发的。"

小茉瞪大了眼，"真的？大义灭亲？"

方卉说："即便这样，那又何必呢。"

宋红梅说："老太太本来就没看上她，借此要她离婚呗。"

方卉见宋红梅还一副悠闲的样子，便忍不住问道："婚礼的事都准备好了？"

宋红梅满不在乎，"办不完的嫁妆忙不完的年，差不多就行了。"

方卉小心翼翼地问道："你跟小田没闹别扭吧？"

宋红梅翻了下眼皮，"没有，你都快赶上我妈了，神经过敏。"

方卉认真地说："小田是个好青年，你要对他好一点。"

宋红梅咬牙切齿地说："这还没结婚呢，你们就都向着他，将来结了婚，我一定把他生吞活剥了。"

方卉和小茉都笑了。

宋红梅看了方卉一眼，颇有意味地说："我听到一个消息，你们听到风声了没有？"

方卉和小茉都望着她，听她说下去，"我听说老齐要调走了，去工业局。"

小茉着急道："这刚投了票，怎么就调走？"

宋红梅说："给某些人让位呗。"

小茉转头看着方卉，见她面无表情，到嘴边的话咽了回去。

方卉看了一眼手表，起身穿了外套，把信装进口袋，说了声"我去办点事"，开门走了。

宋红梅等方卉的脚步声远了，方问小茉："她干吗去？"

小茉说："那个金娣换了肾，现在就住在方姐原先的家里，想是原谅了，去看望吧。"

宋红梅皱起眉头，"她就是这样，没有是非观念，那样的人，凭什么看？"转而又问，"那信谁给她的？"

小茉小声把刚才的事说一遍，末后问道："你说咋办呢？"

宋红梅说："姻缘天定，是她的跑不了，不是她的，也是瞎操心。"

小茉双手交叉在胸前，装模作样地说："噢，上帝呀，你大彻大悟了。"

宋红梅白了小茉一眼，"小小年纪，油嘴滑舌。"边说边从包里拿出一个信封交给小茉，"这是三千块钱，她上次给我的礼钱，我妈现在才拿出来，我知道她觉得对不起我，想补偿我，可我受的伤害是钱能补偿得了的吗？再说了，她省吃俭用地攒几个钱也不容易，我怎么会要她的钱呢？你给她吧。"

小茉坚决拒绝，"得，这样差事别再找我，上次为那三千块钱，她都恼了，我可不敢再犯错了。"

宋红梅说："瞧你，你不是为朋友两肋插刀吗？"

小茉摇头，"插刀是插刀，可这次是真不行，你自己给她就是。"

宋红梅想了想，"这样，就算她开厂子我入股吧，你先给我保存着。"

小茉无奈，只好接了。

方卉下了楼，心里想着老齐调走的事虽然只是传说，但心情还是沉重，不只是为厂子的前途，还掺杂着一丝说不明白的复杂情绪。路过传达室，让大老袁叫住，递给她一封信，接过来一看是法院的，心里咯噔一下，拆开看了一眼，果不其然，父亲告她不赡养，心底顿生悲凉，站在那儿不知如何是好。

"方姐——"有人叫，远远地见白玫走过来，方卉忙将信塞进花布兜，整了整头发。小姑娘看着像哭过了，眼睛红肿，到方卉身边，小声说："我有事找你。"方卉便拉她到大门外，忙问她怎么了。

白玫说："我现在知道了，是邱金刚告了马鸣，他背后里使坏，偷了铜火机子，放在墙外边，公安查到了，上边有马鸣的指纹。他昨日喝了酒便和盘托出了。"

方卉说："原来是这样，不过你也想开些，小马犯了事，也怪他自己，即便是邱金刚不告他也早晚会出事。"

白玫说："谁不知道厂子里这样的事多着呢！马鸣算是胆小的，只是被碰上了罢了。"

方卉无以反驳，沉吟半晌说："你打算咋办？"

白玫扬了扬脸，硬气地说："我对不起马鸣，可我心里还是有他的，我跟邱金刚好，也是为了套他的话。我知道，在旁人眼里我是个坏女人，我在这儿也干不长了，我爹知道了要打断我的腿，家也回不去了，我准备去潍北，马鸣在那儿改造，我就去找个工作，等着他出来。"

方卉把白玫拥在怀里说："你在我心里是个好姑娘，有情有义，可也要为你爹娘想想，他们也是为了你好。"

白玫说："我知道，人一辈子也就这样了，总得为自己活一回。"

白玫脸上的坚毅让方卉颇感意外，她望着白玫远去的身影，喃喃自语道："是呀，总得为自己活一回。"

方卉站在路边犹豫不决，却见盛大燕从厂子里出来，看到方卉把脸一扭，方卉忙叫住她。

盛大燕有些不情愿地站住，方卉责怪道："怎么，我得罪你了？"

盛大燕低头道："没有。"

方卉问："相处了这么多年，你应该明白我的为人，咋就听别人摆布？"

盛大燕急忙争辩道："我没有去告你，都是她们……"

方卉点点头："我明白，只是我们这么多年的姐妹，可惜了，我想跟你说，合适的时候我会辞职，你早找俞钱，不要再落空了。"

盛大燕有些意外，"你要去哪儿？"

方卉笑笑，"到时候你就知道了。"说完拍了拍盛大燕的肩膀，转身走了，留下盛大燕站在那儿发愣。

方卉的心里异常平静和轻松，前路虽然坎坷，但有了目标，便没有那么可怕，她朝着理发店走去，也许她该变一下发型，呈现一个全新的自己。

方卉与美兰、丹桂一起做完了头发，互相看着新发型，想象着宋红梅婚礼的情景，三个人兴高采烈地往回走。方卉说要请客，在路边的水果摊买了橘子、香蕉和瓜子，丹桂问有啥喜事，方卉只说心情好，丹桂看着美兰，美兰朝着她眨眼睛，便不好再问。

三个人刚进厂门口，就见谭哲站在办公室门前朝她们招手，丹桂屁颠屁颠地跑过去，谭哲将一封信交给她，要她捎给小茉。

丹桂问："是情书吗？"

谭哲笑而不答，神秘地说："你给她就知道了。"

三个人一路猜测着回到丽香斋，见小茉和宋红梅各躺在床上看书。

丹桂将信交给小茉，急切地看着小茉拆开信封，原来是干部考试录取通知书，小茉高兴地从床上跳下来，搂着丹桂转起圈儿，高声道："中了，中了，我考上了。"

大家兴奋得像中了头彩，又笑又叫。方卉拍着小茉的肩膀，眼眶有些湿润，宋红梅说："这才是真秀才。"王美兰拍着手道："到底成了。"

小茉问丹桂："谁给你的？"

丹桂说："是谭秘书。"

小茉亲了一下通知书，大声叫道："太好了！"

方卉说："这可真好，丽香斋双喜临门，红梅要结婚，小茉考上干部，值得庆贺。"

王美兰嘲戏道："只怕还有一喜。"

丹桂忙问是什么，王美兰不答话，只看着小茉笑。

小茉明白她们的意思，顿时羞红了脸，愠怒道："你们两个坏人，人家拿你们当姐妹，你们却拿人耍笑。"

方卉忽然想起了什么，从箱子里拿出一样东西递给小茉，说："刚刚好，给你，算作贺礼。"

小茉接过一看，是妈妈的旗袍，展开来，那破坏的地方绣了一枝茉莉花，与原花样巧妙相衬，天衣无缝。

小茉欢喜雀跃，搂住方卉，连声道谢。

丹桂高兴地说："到结婚的时候穿，多美呀！"

丽香斋里充满了欢声笑语。

宋红梅的婚礼顺利举行，吕小茉和刘丹桂做了伴娘，方卉和王美兰作为娘家人送亲，宋红梅穿了白色婚纱如仙女下凡，婚礼简朴而热闹，丽香斋的四位姐妹与一对新人合照，笑得如花般灿烂。喝完喜酒，四个人往回走，寂静的夜，宽敞的马路上空荡荡的，没有月亮，没有风，朦胧的雾气氤氲着，路灯呈现着一团团光晕，如梦似幻，寒气中弥漫着醉人的酒香，四个人松松散散，慢慢走着，享受着夜的美妙。

吕小茉喝了一点酒，晕晕乎乎，触景生情，心有所动，丽香斋的五朵金花被人掐走了一朵，将来会一个个离开，既高兴又伤感，她提了个刁钻的问题："下一个，咱们猜一猜，下一个结婚的是谁？"

丹桂一下来了兴致，她指着美兰嚷道："一定是美兰，大杨说了，到阴历年底就求婚。"

王美兰推了丹桂一把，佯装恼怒地说："就你知道，他单告诉你了？"

丹桂说："就是告诉我了，那又怎么样？"

王美兰笑说："你就是他肚子里的蛔虫，赶明儿娶你吧。"

丹桂回怼道："他要是跟我求婚，我就嫁给他。"

小茉叫道："不行，你要是嫁了，那兵哥哥怎么办？"

丹桂有些急眼，"你别瞎说，他是我叔家的哥哥——"

小茉笑道："嘁——到现在还拿着实话哄人呢？你可真是扮猪吃老虎，够装的。"

丹桂无从反驳，便扑上去挠小茉的痒痒肉，小茉躲到方卉身后，两个人缠住，扭麻花似的扭成一团。

王美兰在一边插话道："小茉，你呢？"

丹桂得了圣旨似的叫道："你呢？"

小茉高声说："我——不——嫁。"

王美兰说："你和谭秘书都考上干了，将来一个检察官一个法官，正好是一对。"

小茉回头正要怼美兰，哪想一错神，丹桂趁机抓住她，抱在怀里，便止不住尖叫，笑得岔过气去。

方卉止住两人，"你们别闹了，将来你们一个个都会出嫁的，我都给你们送亲。"

丹桂问："那你呢？"话一出口，霎时冷场，小茉暗自捏了丹桂一把，倒是美兰嘴快，接住话头说："方姐不结婚，我们也不结，我们陪着。"

小茉说："我们三个给你做伴娘。"

方卉说："傻姑娘们，我谢谢你们。"

小茉和丹桂左右挽住方卉的胳膊，美兰又搭住丹桂的肩膀，横成一排，大踏步地向前走。

小茉来了兴致，提议唱首歌，她起头，"没有花香，没有树高，我是一棵无人知道的小草……"大家边走边唱，为这冬的夜平添了几分生气，就这样唱着，嬉笑着，往前走着，女孩子们仿佛是这夜的主人。

尾　声

1996 年，翠春织布厂因经营不善破产。

五年之后，一个春日的上午，阳光普照着大地，已经成为熙春服装厂厂长的方卉与检察官吕小茉相会在翠春织布厂的原址，那里早已成为一片居民小区，回想过去，两人感慨万千。

方卉叹道："想不到几代翠春人奋斗来的成果毁在一个人手里。"

小茉说："俞钱生活糜烂，包养情妇，挪用公款，锒铛入狱，这是他应有的下场。"

"判了几年？"

"五年。"

"梦娜怎么样了？"

"俞钱的犯罪与她有很大关系，已经另案办理了。"

"这些人心里没有工人，只有自己的利益，我还记得小邱听到下岗时的情景，她一腚坐在地上，撕心裂肺地嚎。四五十岁，正是上有老下有小的年纪，风风雨雨几十年，又重新创业，冷暖自知，他们为改革付出了牺牲。"

一阵沉默。

小茉问道："邱淑月还在你那儿上班吗？"

方卉答道："去年退下来了，现在给女儿看孩子。"

"她男人呢？"

"她男人前年得了个急病走了。"

"大杨和美兰呢？"

"美兰在我那干，大杨在机械厂开床子。"

小茉说："我上次去青岛出差，跟丹桂约着见了一面，她随军这三年，又胖了不少，真是傻人有傻福。红梅呢？我好些时候没见她了。"

方卉道："红梅调到统计局了，生活得不错。"

小茉感慨道："人生很奇妙，各有归宿。"

方卉点头："是啊，十年变化太大了。"

"妈妈——"远处，有两个男孩在呼唤，旁边站着老齐和谭哲，方卉和小茉收起回忆，再望一眼那片居民小区，太阳的光辉折射在窗玻璃上，映出五彩缤纷的光，刺得人眼睛不敢直视。